U0054375

翻譯偵探事務所

偽譯解密！台灣戒嚴時期翻譯怪象大公開

賴慈芸 著

目錄 Contents

偷天換日之卷

高手雲集之卷

目錄 Contents

娛韻繞樑之卷

導讀　柯南與克難：為台灣翻譯史探查真相

單德興／中央研究院歐美研究所特聘研究員

賴慈芸教授《翻譯偵探事務所》問世，對台灣翻譯史與翻譯研究史具有特殊的意義。全書以深入淺出、風趣幽默的筆法，娓娓道出台灣翻譯史上許多軼聞與逸事，化枯燥無味的史實為平易近人的故事，讓人在輕鬆閱讀間吸取有關台灣翻譯史的知識，可謂另類的科普或「譯普」，先前多篇文章在部落格刊登時廣受歡迎與肯定，榮獲二〇一六年台灣部落格大賽「文化與藝術類」佳作。

在台灣翻譯學界，像賴教授這樣學經歷完整的學者屈指可數。她自幼喜愛閱讀，因為喜好中國文學而罕見地由台灣大學外文系轉到中文系，但依然以外文系為輔系，因此奠定了良好的中、英文基礎，培養了對中、英兩種語境與文化脈絡的知識（晚近為了研究需要，又修習日文）。就讀輔仁大學翻譯研究所時，在文學與翻譯高手康士林（Nicholas Koss）教授指導下，與同學分頭撰寫不同文類的英美文學在台灣的翻譯，她的碩士論文〈飄洋過海的繆思——

美國詩作在台灣的翻譯史：一九四五至一九九二〉（1995），連同其他同學的碩士論文，經常為台灣翻譯史的研究者所查詢、徵引。之後她前往身為華人世界翻譯研究的領頭羊的香港取經，以研究金庸武俠小說英譯（*Translating Chinese Martial Arts Fiction, with Reference to the Novels of Jin Yong*, 1998），取得香港理工大學中文及雙語研究系博士學位，指導教授就是以與霍克思（David Hawkes）共同英譯《紅樓夢》聞名的閔福德（John Minford）教授。返台後，多年任教於台灣的翻譯研究重鎮——台灣師範大學翻譯研究所——由助理教授、副教授而教授，並曾擔任所長，造就不少筆譯與口譯的新秀與學者。由此可見她不僅是翻譯研究科班出身，而且多年來研究與教學合一，作育眾多英才。

賴教授在翻譯（與）研究方面的表現多元而豐富。一直站在翻譯實踐最前線的她多年譯作不輟，去年剛出版了《愛麗絲鏡中奇遇》（Lewis Carroll, *Through the Looking-Glass, and What Alice Found There*〔台北：國語日報，2015〕）以慶祝《愛麗絲漫遊奇境》（*Alice's Adventures in Wonderland*）出版一百五十週年（先前曾協助修訂趙元任翻譯的《愛麗絲漫遊奇境》〔台北：經典傳訊，2000〕，以期兼顧趙氏名譯與現代讀者的語言習慣），譯作《遜咖日記》（Jeff Kinney, *Diary of a Wimpy Kid*）自二〇〇八年起至今已出版十集，是台灣書市少見的現象。先前的譯作《未來城》（James Trefil, *A Scientist in the City*〔台北：時報文化，1997〕）、《我絕對絕對不吃番茄》（Lauren Child, *I Will Not Ever Never Eat a Tomato*〔台北：經典傳訊，2002〕）與《當天使穿著黑衣出現》（Nathaniel Lachenmeyer, *The Outsider*〔台北：大塊文化，2003〕）分別獲得香港電台十本年度好書（1999）、聯合報讀書人最佳童書繪本類獎（2002）與中國時報開卷十大好書翻譯類獎（2003）等港、台具有代表性的獎項。

此外，賴教授也主持國立編譯館的研究計畫「建立國家中英文翻譯人才能力檢定考試『一般文件筆譯』命題及評分機制研究」（2007-2010），實際參與國家翻譯政策的擬定與執行。她所負責的國科會／科技部專題研究計畫「十九世紀英美小說翻譯品質研究：附評註書目」（2010-2012）與「戒嚴時期的歐美小說翻譯品質研究：附評註書目」（2012-2016），旨在兼顧台灣翻譯的歷史與品質研究。她的學術論文刊登於《編譯論叢》、《翻譯學研究期刊》、《英美文學評論》等代表性期刊，並獲邀為《中華民國發展史：文學與藝術》撰寫〈翻譯文學史〉，綜觀中華民國建國百年來的翻譯文學史。〈還我名字！——尋找譯者的真名〉一文更榮獲香港中文大學宋淇翻譯研究論文紀念獎「評判提名獎」（2014）。她的專書《譯者的養成：翻譯教學、評量與批評》（台北：國立編譯館，2009）頗受學界重視，如其中一篇〈評韓南新譯「明朝愛情故事」〉（Patrick Hanan, *Falling in Love: Stories from Ming China*〔Honolulu: University of Hawaii Press, 2006〕，原刊於《漢學研究》25卷1期〔2007年6月〕），二〇〇七年夏季我在哈佛大學與被評論的國際著名漢學家面談時，他對書評中的論點表示贊同，並要我轉致謝意。由此可見，她不僅翻譯實務經驗豐富，也參與政府的翻譯政策，既能深入研究個案，也具有翻譯史的廣闊視野，既能見樹，也能見林，既在象牙塔中登高望遠，也不時於十字街頭與網路行走，實為在翻譯實踐、研究、政策與教學多方位都有突出表現的學者。

凡是從事翻譯工作的人基本上都樂於與人分享，否則就不會從事這種吃力不討好、報酬偏低、地位不高的苦差事。因此，賴教授除了從事嚴肅的翻譯研究之外，也積極利用網路平台分享她在研究過程中發現的一些奇聞軼事。有鑒於二次大戰後台灣翻譯界的許多奇冤怪案，她成立了部落格「翻譯偵探事務所」（http://tysharon.blogspot.tw/），旨在「致力於挖掘台灣各種翻譯作品的來龍去脈。一方面釐清戒嚴時期，大量使用大陸譯本，又『依法』更改姓名的事實，還譯者公道；另一方面，也回顧過去數十年來影響我們的各種翻譯作品。」以偵探自居的她，「上窮碧落下黃泉，動手動腳找東西」（傅斯年名言），進行了許多超級任務，並把辦案的經過與結果，藉由靈活生動的文筆公諸於世，在知識的生產與傳播上，將嚴肅的學術成果普及於廣大的庶民社會，與她的研究計畫相輔相成，交互為用，這種研究過程與呈現方式在當今台灣尤其重要。先前筆者便在她的部落格閱讀過多篇，深知這一篇篇平易近人、不時透露出幽默風趣的文章，其實來自非常踏實綿密的偵察與推理功夫，每次相遇都戲稱她為「柯南」，並希望能早日結集出書，將研究成果分享廣大讀者，因此對於此書出版特別感到高興。

既然以名偵探「柯南」來形容她，當然就涉及辦案。以當時的大環境而言，台灣受到二次大戰後政治因素與戒嚴時期的影響，「投匪」或「陷匪」的譯者之作不能在光天化日下出現，加上語言與文化政策造成的青黃不接，有能力從事中文翻譯的人才不多，出版社或基於文化使命、文學喜好，或在商言商、有利可圖，於是上有政策、下有對策，將舊譯易容改裝、借殼上市，雖然不免風險，但畢竟相對較小，並可省卻找人重譯成本高昂、曠日廢時且品質沒有把握的情況，以致仿冒者眾，流風所及，出版界習以為常，除了少數明眼人之外，絕大多數讀者都遭矇騙而不自知。這種翻譯界的怪現象固然為當時台灣的文化荒漠注入一些活水，後遺症則是使得台灣翻譯史成了一筆糊塗帳，埋名隱姓、化名出版、冒名頂替、「謀殺譯者」的情況比比皆是，時間一久就沉冤莫白了。

這些不幸的譯者因為當時台灣當局的文化政策，以致譯作遭到禁止，「毀屍滅跡」，不見天日，雖然在出版社的變通下得以偷天換日，「借屍還魂」，卻是匿名、甚至為他人所冒名，其中固然有少數出版社是出於善意（如美國新聞處為了保護身陷中國大陸的譯者，避免他們受「美帝」牽連而遭遇不測），卻不脫「二度謀殺」之嫌（相對於禁書之首度謀殺）。因此，賴「柯南」的使命便是追根究柢，讓這些譯作得以認祖歸宗，譯者得以洗雪冤情，「還我真名」。因此這本深入淺出的書固然可以讓深者見其深，見識到作者在翻譯史料上所下的驚人工夫，以及其中或隱或顯的路數，而一般讀者也可由各篇文章了解當時的情境。換言之，作者藉由史料的考掘與鋪陳，試圖讓改名換姓、銷聲匿跡的譯者重見天日、重新發聲。就翻譯研究而言，這本書充分反映了皮姆在《翻譯史的方法》（Anthony Pym, *Method in Translation History*〔Manchester: St. Jerome Publishing, 1998〕）中所強調的四個原則：翻譯史「應該解釋譯作在特定社會時空出現的原因」；其「中心對象應為譯者」；必須聚焦於譯者置身的「社會脈絡」；從事翻譯史研究是「為了表達、面對並嘗試解決影響我們當前處境的問題」（ix-xi）。而這正是晚近翻譯研究的典範轉移：由以作者與原作為導向，轉為以譯者與譯作為導向。就《翻譯偵探事務所》而言，便是藉由有心人追根究柢，針對一例例個案加以處理，根據一塊塊碎片逐漸拼湊出大時代下的台灣翻譯史拼圖。

要成為一名傑出的偵探，至少必須具備底下幾個條件：（一）敏銳力：在不疑處起疑，在習以為常處覺察出異常；（二）觀察力：明察秋毫，「譯者」藏在細節裡；（三）活動力：腳到手到，四處蒐證；（四）想像力：竭盡所能納入各種可能性；（五）推理力：根據線索抽絲剝繭，順藤摸瓜；（六）意志力：鍥而不捨，使命必達；（七）敘事力：真相大白後，排比線索，說明始末。要兼具這些條件頗為困難，而賴教授也是在多年的翻譯理論、實務與教學中，逐漸強化這些能力，面對真偽雜陳、混沌不清的台灣翻譯史，根據縱橫糾葛、千絲萬縷的線索，逐一核實確認，多年努力終至有成，並不吝與讀者分享。所以本文標題〈柯南與克難〉可分為兩半三解：前半是佩服賴教授發揮名偵探柯南般的精神、技巧與績效；後半「克難」可有兩解，一是在研究經費有限的情況下，四處奔走，努力偵察，另一則是克服種種困難，衝破重重迷障，揭開台灣翻譯史上荒謬時代的面紗。

除了以幽默風趣的文字呈現嚴峻荒誕的史實之外，全書搭配了作者上下求索、千辛萬苦找到的許多珍貴圖片，以圖文並茂的方式來佐證內容的真實無訛。書中出現的一些圖表，也是多方耙梳經年累月的資料而來，不宜等閒視之。

台灣戒嚴時期的翻譯現象實在光怪陸離，五花八門，所以全書內容豐富多元，分為五篇，每篇十文，總共五十文。「獨裁秘辛之卷」呈現的是戒嚴時代翻譯與政治、權力、禁忌的關係，基本上依時間順序排列，揭露反共年代短命的編譯機構（台灣省編譯館），遭逢白色恐怖的春明書店與啟明書局，官方禁書政策下（如警總頒佈《查禁圖書目錄》）民間出版社的作為／作「偽」，美新處為了保護「投匪」或「陷匪」譯者而成為偽造譯者的始作俑者，台灣如何為了反共而偽譯（《南海血書》）或炮製不同的譯本（蔣介石閱讀的《荒漠甘泉》與國防部出版的《伊索寓言新解》），如何透過翻譯來看統治者蔣介石（從日文中譯的《蔣總統秘錄》）或中國大陸（從英文中譯的《天讎：一個中國青年的自述》〔今年易名為《從前從前有個紅衛兵》重新出版〕），以及戒嚴時期的禁書於解嚴後出現了一書兩譯的中文譯本與台語譯本（《一桶蚵仔》）。

「偷天換日之卷」是作者從已發現的一千四百多種抄襲的譯本中，選擇精采案例來說明張冠李戴、冒名頂替（受害者包括大名鼎鼎的林語堂、以翻譯俄國文學享有盛譽的耿濟之、譯作《茶花女》風行台灣的生物學家夏康農、譯作《魯賓遜漂流記》成為台灣主流譯本的吳鶴聲），同書異譯、一書多譯、抽樑換柱、魚目混珠的現象（三本《紅與黑》、十本《茵夢湖》），罕為人知的多位莎劇譯者（除了著名的梁實秋與朱生豪之外，還有曹禺、曹未風、方平、方重、章益、楊周翰等人），追根溯源（直接譯自阿拉伯文的《新譯一千〇一夜》），在台灣翻譯史上「功過難論」的遠景出版社，甚至舉證推測朱光潛翻譯過勞倫斯的名作《查泰萊夫人的情人》。

「高手雲集之卷」從個案中凸顯大時代的滄桑與個別譯者的命運，讀來往往令人不勝噓唏：如尋譯者（鍾憲民）不遇，因國共對抗、兩岸分隔而不得相見的父子（英千里與英若誠）與怨偶（沈櫻與梁宗岱），「逃避婚姻的天主教女譯者」張秀亞與蘇雪林，以創辦《文學雜誌》、培養出白先勇等作家聞名的文學教育者與反共譯者夏濟安，自由主義先驅、夾譯夾論的殷海光，父未竟譯作由子續完的郁達夫與郁飛，多產譯者卻因血案入獄的馮作民，白色恐怖下的受害譯者許昭榮、姚一葦、張時、糜文開、柏陽、朱傳譽、紀裕常、盧兆麟、方振淵、胡子丹、詹天增等人，以及雖分隔兩岸未能謀面、卻因《柴可夫斯基書簡集》結緣且惺惺相惜的愛樂者吳心柳（張繼高）與陳原。

「追憶再啟之卷」從作者本人的經驗出發，記錄與形塑我們這一世代的翻譯記憶，頗能引起讀者共鳴。討論的對象包括從原本無語到中譯有話的美國漫畫《小亨利》，歷三十多年不衰的日本漫畫《千面女郎》，台大中文系教授黃得時自日譯本轉譯的美國作品《小公子》與《小公主》（因刻意隱瞞以致日譯者隱形），同一年出現七個中譯本的《天地一沙鷗》，美國名將麥克阿瑟的〈為子祈禱文〉（《天》與〈為〉後來都編入部頒教科書），三毛譯自西班牙文的漫畫集《娃娃看天下》，始譯自林語堂、以何凡最持久、繼之以茅及詮、終於黃驤的美國時事諷刺翻譯《包可華專欄》，崔文瑜與張時翻譯的西洋羅曼史《米蘭夫人》與《彭莊新娘》，甚至自德文翻譯的〈搖籃曲〉，自英文翻譯的驪歌，自英文、日文翻譯的流行歌曲。

最末的「娛韻繞樑之卷」分享作者在辦案過程中發現的一些有趣現象，以博讀者一粲，如台日對照、做為學習台語之用、台灣最早的《伊索寓言》（1901），台灣最早的莎士比亞故事〈丹麥太子〉（即〈哈姆雷特〉，1906），最早的安徒生童話中譯其實是台灣出版的〈某候好衣〉（即〈國王的新衣〉，1906），把名盜亞森羅蘋的犯案現場移到高雄的《黃金假面》（1960），《拾穗》出版的香艷大膽蕾絲邊譯作《女營韻事》（1963），譯者邊譯邊貶作者的《紫禁城的黃昏》（1965），《畢業生》的七本中譯因「違反善良風俗」而遭禁（1971），使徒保羅由希臘文、經英文轉譯為中文聖經和合本、再譜為曲的〈愛的真諦〉（1973），把作者誤認為柯南道爾或其好友華生的《最後的難題》（1975），以及荷蘭漢學家高羅佩（Robert Hans van Gulik）由譯者成為作者而撰寫的充滿東方（主義）遐思的神探狄仁傑（1982）。

以上簡述全書大要，便足以一窺辦案者觸角之敏銳與範圍之寬廣，欲知詳情必須閱讀內文。總之，在有關台灣翻譯史的著作中，範圍如此廣闊、功夫如此扎實、內容如此深入、文筆如此風趣的作品可謂絕無僅有。讀者閱讀時可根據個人的興趣與經驗自行感受。至於癡長賴教授十幾歲的我，在閱讀中也能感受到彼此經驗的異同，如國語書店「世界名作全集」裡的《黑奴魂》、《孤星淚》、《斬龍遇仙》、《神箭手威廉泰爾》等可能都是我們共同讀過的版本。我大學時曾目睹台北公館書攤上海鷗滿天飛（《天地一沙鷗》）的盛況，也在政大的大一英文讀本讀過麥克阿瑟的〈為子祈禱文〉，然而這兩個充滿勵志或父愛的文本成為部頒教科書的教材，則余生也早，無緣體驗。至於宗教歌曲〈愛的真諦〉是在基督徒的團聚或婚禮中聽到，雖對「〔愛是〕不作害羞的事」有些起疑，但就當成全篇道德勸誡的一部分，未如作者般尋根探源，比對晚近的中文譯本，找到更貼切原文的字眼。類似的例子眾多，相信讀者在閱讀時當會找到與自己相應的經驗。

此外，書中提到的一些現象，在歷史對照下足令我們反思。最重要的當然就是藉由一些實例印證翻譯絕非無關緊要，其與時代、政治的關係密切而複雜，值得深入探討，並至盼因翻譯賈禍、因意識形態扭曲譯本、因政治因素使譯者銷聲匿跡等等「害羞的事」不復出現。又如，以往不重視智慧財產權，以致盜譯橫行，一有名作問世，市面上往往出現不同譯本，然而經由譯評和市場機制，會出現本書所說的「良譯驅逐劣譯」的情形。如今在智慧財產權保障下，只要一家出版社取得版權，其他家不得翻譯，這固然是對智慧財產權的尊重與保護，然而翻譯若所託非人，而出版社事前未能把關，事後不願負責，對如今偶爾一見的譯評又毫不在意，笑罵由人，使得劣譯成了唯一合法的版本橫行於世，任何人奈何不得，不僅對作者是莫大的傷害，也損及讀者的權益，並破壞出版社與譯者的聲譽，形成「四輸」的局面，能不慎乎？

儘管賴教授主持的翻譯偵探事務所已偵破不少困難的案子，然而台灣翻譯史上的謎團不勝枚舉，許多真相仍舊未能大白，許多譯者依然沉冤待雪，相信這本書只是辦案成果的初集，這位大有來頭的偵探將再接再厲，就像她的譯作《遜咖日記》般一集集出版，繼續為隱身不見的譯者伸張正義，使他們得以重見天日，讓台灣翻譯史真相大白，海清河晏。

現在就讓我們搭上時光機，在賴神探的引領下，重返犯罪現場，仔細採證，抽絲剝繭，讓多樁陳年舊案水落石出，為台灣翻譯史上蒙冤的譯者探尋真相與公義。

謹祝翻譯偵探事務所業務蒸蒸日上，賴「柯南」屢建奇功。

二〇一六年九月三日　台北南港

台灣翻譯大事記

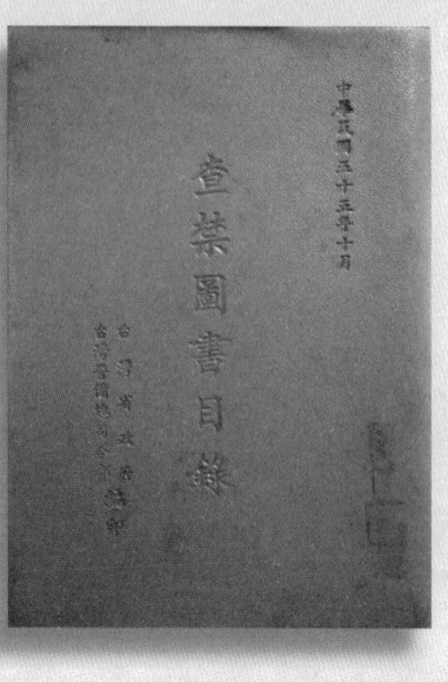

《查禁圖書目錄》

台灣從一九四九年五月開始戒嚴，五月底公布「台灣省戒嚴期間新聞雜誌圖書管理辦法」，開始查禁書籍。《查禁圖書目錄》由台灣省政府和台灣警備總司令部合編，登錄了曾被沒收的禁書，裡面當然也有不少翻譯作品。→ 56 頁

一八九六 台灣進入日本統治時期。

一九〇一 伊索寓言的台語譯本〈鳥鼠ノ會議〉登在《台灣土語叢誌》，為台日對照版。→ 334 頁

一九〇六 莎士比亞故事〈丹麥太子〉登在《漢文臺灣日日新報》，有模仿林紓痕跡。→ 338 頁

一九一二 伊索寓言台語譯本〈狐狸與烏鴉〉登在《語苑》，由日籍譯者翻譯，台日對照。→ 334 頁

一九三七 二戰爆發，台灣禁用漢文。

一九四一 郁達夫譯林語堂《瞬息京華》在新加坡連載。→ 259 頁

一九四五 二戰結束，日治結束。官方語言改為國語。

《拾穗》《海狼》

拾穗是高雄煉油廠出版的刊物，絕大多數的譯者都是隨國民黨來台的青年，常翻譯美國的暢銷書，如傑克．倫敦的《海狼》，也出版過多本與戰爭相關的著作。→ 351 頁

一九四六

長官公署國語推行委員會成立。

台灣省編譯館成立。→ 40 頁

一九四七

二二八事件。

台灣省編譯館結束。→ 40 頁

楊逵把魯迅《阿Q正傳》譯為日文，出版中日對照本。

一九四八

原台灣省編譯館館長許壽裳被暗殺。→ 259 頁

一九四九

中華人民共和國成立。

中華民國撤退來台，台灣進入戒嚴時期。

「台灣省戒嚴期間新聞雜誌圖書管理辦法」公布，禁止大陸圖書進口販售。→ 56 頁

一九五〇

蘇雪林譯《一朵小白花》在香港出版。→ 238 頁

《拾穗》雜誌在高雄煉油廠創刊，全部刊登翻譯作品。

《湖濱散記》《小城故事》

美國作家梭羅在台灣最知名的譯本，就是「吳明實」譯的《湖濱散記》，一九六四年由香港的今日世界出版社發行。不過，這個「吳明實」並不是真名，真正的譯者是徐遲。但「吳明實」也不是徐遲專用的假名。另一本今日世界的《小城故事》，譯者也署名「吳明實」，譯者卻是吳岩（孫家晉）。→69頁

一九五一 國語日報開始連載何凡譯《小亨利》。→298頁

一九五二 香港人人書店匿名出版徐遲的《華爾騰》，改名《湖濱散記》。

張秀亞譯《聖女之歌》在香港出版。

夏濟安譯《莫斯科的寒夜》在香港出版。→246頁

台灣省教育會出版《101世界名歌集》。

一九五三 春明書店陳冠英被槍決。→47頁

批評蔣介石政權的 A Pail of Oysters 在美出版。→80頁

殷海光譯《到奴役之路》。

一九五四 英千里節譯《孤星血淚》。

一九五五 張丕介譯《茵夢湖》在港出版。→163頁

世界名歌110曲集
ALBUM
OF
110 FAMOUS SONGS
1
世界名歌百曲集
ONE HUNDRED
UNIVERSAL
BEST SONGS
SHINKO MUSIC PUB. CO.

《世界名歌一一〇曲集》《世界名歌百曲集》

從小家裡的鋼琴上就一直擺著這本全音的《世界名歌一一〇曲集》，很多歌都從小就很熟悉。翻看日本新興出版社這本昭和二十七年的《世界名歌百曲集》，就好像看到好久不見的老朋友一樣。但從書名就可以知道全音這本並不是直接整本從《世界名歌百曲集》翻譯的：日文版收有一百首，全音則是一百一十首（還收了幾首像《滿江紅》這種中國歌曲），但我至少對出了其中四十五首是有日文版的。而且更讓我驚訝的是，這些伴奏的編曲都一模一樣！→ 293 頁

《到奴役之路》

殷海光雖沒有繫獄，但長期被監視控管，形同軟禁。他翻譯海耶克的《到奴役之路》；一九六七年海耶克訪台，他卻被當局阻擋不能與作者見面。→ 250 頁、273 頁

《聖女之歌》

《聖女之歌》是一九五二年香港新生出版社出版，後來台灣的大地出版社再版多次。原著是 The Song of Bernadette，作者是小說家 Franz Werfel，以小說手法描寫法國封聖的十九世紀修女 Bernadette 一生。→ 238 頁

《苦海孤雛》
英千里大多編譯英文教科書，很少翻譯文學作品，只有留下三冊英漢對照的節譯，即《苦海孤雛》、《浮華世界》和《孤星血淚》。
→ 253 頁

一九五六 國防部編譯《伊索寓言新解》。

一九五九 啟明書店沈志明夫婦因判亂罪被起訴，流亡美國。→ 47 頁

王家域譯《荒漠甘泉》出版。→ 105 頁

吳心柳校訂《柴可夫斯基書簡集》由文星書店出版，實為陳原譯《我的音樂生活》（1949，上海：群益）。→ 269 頁

成偉志譯《新譯一千〇一夜》在台出版，實為納訓譯本（1957，北京：人民文學）。→ 174 頁

一九六〇 把江戶川亂步小說搬到高雄場景的《黃金假面》出版。→ 347 頁

一九六二 白色恐怖受害者吳瑞炯出獄後譯童書《黑奴魂》（湯姆叔叔的小屋），由日文改寫版轉譯。→ 273 頁

東方出版社和國語書店都出版《小公子》，譯自同一個日文版本。

《伊索寓言新解》

一九五六年國防部出版的《伊索寓言新解》共收錄七十篇寓言故事並逐篇附上「新解」。封面和一般版本差別不大，盡是老鼠、烏龜、羊、鳥、蛇等動物，符合動物寓言的內容。但內文卻完全不是給小孩看的：每一篇寓言故事都有一篇比故事還要長好幾倍的「新解」，輔以插圖，說明共匪有多麼萬惡。→76頁

《小公主》《西遊記》《小公子》

提到台灣的兒童文學，不能不提東方出版社。東方是戰後第一家由台灣知識份子集資創辦的出版社，地點就在日治時期的新高堂書店，位於今天的重慶南路。東方早年大量翻譯日文改寫的作品，如收有《小公子》、《小公主》的世界少年文學選集、世界偉人傳記、福爾摩斯全集和亞森羅蘋全集、希頓動物故事等等，幾乎都是從日文的改寫本譯過來，至少有兩百多種。現在又授權中國大陸發行簡體字版本，日本譯者的影響更是深遠。→305頁

《一切的峰頂》

一九七一年，在台灣的沉櫻出版了一本譯詩集《一切的峰頂》，收錄哥德、里爾克、雪萊、波特萊爾、尼采等多家詩人作品共三十餘首。根據一九七六年大地出版社版本的書背介紹，這是她「選編作品中唯一的詩集」，版權頁的譯者也只有沉櫻一人，但其實這本譯詩集並不是沉櫻的作品，而是她那留在大陸的名詩人丈夫梁宗岱譯的。→ 228 頁

一九六三 女同性戀小說《女營韻事》刊登在《拾穗》雜誌。→ 351 頁。

一九六五 《紫禁城的黃昏》在香港出版。→ 354 頁

一九六六 中國大陸文革開始。

一九七一 沉櫻出版譯詩集《一切的峰頂》，實為留在大陸的前夫梁宗岱譯作。

一九七二 台灣與日斷交。

《天讎》英文版與中文版同時出版。→ 84 頁

七種《畢業生》譯本皆被查禁。→ 358 頁

《天地一沙鷗》七種中譯本出版，行政院長蔣經國推薦彭歌譯本。→ 310 頁

一九七三 〈愛的真諦〉以聖經和合本譜曲。→ 361 頁

一九七四 由日文翻譯的《蔣總統秘錄》開始連載。

《蔣總統秘錄》

《蔣總統秘錄》是一九七三年由日本產經新聞社企劃，提出的說法是因為蔣中正一九七四年米壽，以傳記祝壽之意。其實中華民國與日本才剛於一九七二年斷交，這個提案不無扳回論述權的意味，日本產經新聞就說他們要「拿出勇氣來正視歷史」、「希望有所裨益於中、日兩民族真正友好的基礎」，台灣出版的副標為「中日關係八十年之證言」。→95頁

一九七五

蔣中正過世。

蔣宋美齡在蔣中正棺木中放置王家域譯《荒漠甘泉》。

《最後的難題》標榜「華生遺作」出版。

一九七六

未授權的日本漫畫《千面女郎》開始出版。→302頁

三毛譯西班牙語漫畫《娃娃看天下》出版。

何凡開始譯〈包可華專欄〉。

《荒漠甘泉》

一九七五年，蔣中正過世，遺孀蔣宋美齡在棺木中放了四本書：《聖經》、《三民主義》、《唐詩》和《荒漠甘泉》。這段故事流傳甚廣，也見諸英文媒體。老蔣不諳英文，他看的《荒漠甘泉》當然是中譯本。蔣中正不只自己愛讀，他還叫張學良也要讀。→105頁

《最後的難題》

《最後的難題》是福爾摩斯的衍生小說，台灣出版社卻拿書中角色充當作者，有的署名「華生」，有的乾脆以柯南・道爾為作者，令人瞠目結舌。→364頁

《在監獄中》《鬥法》《移花接木》

一九七〇年代中期，一些啟明版本的書開始署名「應文嬋」譯，包括曾孟浦的《俠隱記》、林華和姚定安的《亞森羅賓全集》在內。應文嬋當時人在美國，不知這些掛她名字出版的啟明作品，是否曾得到她的授意？但坊間有些作者引述資料時不明這段歷史，竟以為啟明版的《亞森羅賓全集》真是應文嬋所譯的。其實老闆娘雖然是女作家，但並沒有譯過這幾本書。→ 47 頁

一九七七

《北京最寒冷的冬天》在日出版日譯本，台灣同年出現六種中譯本。

一九七八

中國文革結束。

台灣與美斷交。

《南海血書》出版。→ 115 頁

遠景推出「世界文學全集」，其中多本為一九四九年前的舊譯。→ 207 頁

吳奚真譯〈麥帥為子祈禱文〉。→ 313 頁

一九七九

余天翻唱〈榕樹下〉，譯自日文歌曲〈北国の春〉。→ 328 頁

一九八〇

陳來元譯《狄公案》。→ 367 頁

一九八一

方平譯莎士比亞名劇《亨利第五》（1955，上海）改署名「朱生豪」在台出版。→ 180 頁

鳳飛飛翻唱〈愛你在心口難開〉，譯自英文歌曲"More than I Can Say"。→ 328 頁

《娃娃看天下》

《娃娃看天下》原名 *Mafalda*，是阿根廷漫畫家季諾所繪，前後在布宜諾斯艾利斯的幾份報刊上連載，後來也在西班牙的報紙上連載，結集出版了十一冊單行本。根據三毛的序言，*Mafalda* 是一九七四年荷西在沙漠中的小文具店買到的，後來他們夫妻倆都迷上了這套漫畫，因此在遠流出版社的邀約之下，合作譯成中文出版。→ 316 頁

《包可華專欄》

包可華是美國專欄作家，原名 Art Buchwald，何凡則是譯者。何凡從一九六七年開始翻譯「包可華專欄」，每週刊登一篇在聯副，一直翻到一九七九年，結集出版十四集，這樣長青不輟的翻譯專欄也算是異數了。不過包可華第一個譯者並不是何凡，而是林語堂。→ 321 頁

《北京最寒冷的冬天》

《北京のいちばん寒い冬》於一九七六年十一月在日本《文藝春秋》開始連載，四期登完，一九七七年台灣就出了六個中譯本。以名人出版社為例，五月十五日初版，六月五日已經五刷，暢銷程度可見一斑。但奇怪的是，台灣讀者看的是一個日譯本的中譯本，但它原文就是中文啊！→ 84 頁

《南海血書》

「翻譯偵探事務所」破的案子，大都是本來確有譯本，只是台灣出版社把譯者名字改掉或不署名。但《南海血書》卻是一本真正的偽譯了——因為它根本不是翻譯作品。→ 115 頁

一九八七　解嚴。長達三十八年的禁書政策結束。

一九八八　馮作民因血案入獄，被判無期徒刑。→ 283 頁

一九九一　郁達夫之子郁飛譯《瞬息京華》在大陸出版。→ 258 頁

一九九三　英若誠到台灣為父親英千里掃墓。→ 253 頁

二〇〇三　《一桶蚵仔》台語版出版。→ 80 頁

二〇〇四　《千面女郎》第 42 集出版，書名改為《玻璃假面》。至二〇一二年出版到第 49 集未完。→ 302 頁

二〇一二　耿濟之外孫陳毅修改「耿濟之」譯《罪與罰》出版，其實他拿到的是汪炳焜譯作（1936，上海：啟明）。→ 146 頁

《世界文學全集》

遠景出版社在台灣翻譯史上佔有重要的一席之地。一九七八年推出的「世界文學全集」極為暢銷，具有經典化的重要性。也就是說，遠景有納入其全集的，多半就會是現在大家印象中的世界名著；而沒有納入其中的，往往就不易在讀者心中留下印象。→ 207 頁

《查泰萊夫人的情人》

一九八三年的電影《小畢的故事》中，飾演小畢的鈕承澤拿手電筒偷看《查泰萊夫人的情人》的一幕，青春洋溢，深入人心。但他看的究竟是哪一個譯本？又是誰翻譯的？→ 134 頁

《斬龍遇仙》《神箭手威廉泰爾》

馮作民譯作很多，大多數是從日文譯的。最早的譯作應該是《威廉太爾傳》和《公主復仇記》兩本少年讀物。這兩本原是國語書店一九六二年出版的「世界名作全集」，後來由文化圖書公司重出，書名分別改為《神箭手威廉泰爾》和《斬龍遇仙》，前者是德國作家席勒的劇作《威廉泰爾》，後者即《尼伯龍根的指環》，都是德文作品。→ 283 頁

推薦序　給翻譯史上的鍵盤柯南按個讚

管仁健／文史工作者、作家

記得以前《大一英文選》裡，有一課是這麼說的：

一群老鼠開會後，決定了一個對付惡貓的辦法，就是每次走出洞口前，先丟出一隻假老鼠。如果貓在洞口附近必定會有反應，這時大家就能從其他洞口出去了。

計劃開始時執行得很順利，不料這天假老鼠被丟出去，洞外只聽到一陣狗吠聲，老鼠們因此全衝了出去，沒想到全被惡貓一一捉住。

有隻老鼠就極不服氣的問了：「你明明是貓，為什麼要學狗叫？」只見惡貓得意洋洋地答說：「拜託！這年頭不會兩種語言，還能有飯吃嗎？」

的確，在這貓要學狗叫，狗要學貓跳的社會裡，若想混口飯吃，似乎還非會兩種以上的語言不可。因此對兩個語言不通的人來說，只能藉助於翻譯了。但問題來了，聽得懂兩種語言的人，就能勝任翻譯嗎？

當然不是，語言背後還有著歷史、階級、文化等種種差異，好的翻譯其實要比創作還難。創作的世界裡有天才，但翻譯就不可能只靠天分而一書成名了。

戒嚴時代有很多陷匪作家的創作，雖然內容完全沒有政治顧慮，但各大出版社仍不敢冒險，只好互展神通，怪招四出，為的就是鑽法律漏洞，希望在恢恢法網中謀點小利。而我與其他文史愛好者，讀了這些「人有問題，書沒問題」的書之後，也因此功力大增。在此就公佈一下「武林密笈」，看看當時台灣出版業者怎樣「強姦」陷匪作家的書？

（1）輪姦霸佔法

這是最常見的絕招，尤其是大陸來台的四大門派：中華、正中、商務、開明幹得最慷慨激昂、正大光明。「換人不換書」的經典例如：

中華書局將劉大杰的《中國文學發達史》，作者姓名改為「本社編」。

正中書局將朱光潛的《詩論》，作者姓名改為「本社編」。

商務印書館將湯用彤的《漢、魏兩晉南北朝佛教史》，作者姓名改為「本社編」。

開明書店將呂思勉的《中國通史》，作者姓名改為「本社編」。

當時台灣作品最多的，就是這四大門派裡那個叫「本社編」的黑道老大，陷匪作家的書幾乎都難逃魔爪。情治機關的爪牙對黑道大哥輪姦霸佔後的財產，通常是不聞不問的。

（2）隱姓埋名法

莊嚴出版社將王力的《中國語言學史》，作者姓名直接改成「佚名」，看這些情治機關的爪牙怎樣猜出這「佚名」究竟原來是誰？

「佚名」是繼「本社編」之後，台灣著作量第二高的作家。

（3）男扮女裝法

真善美出版社將梁漱溟的《印度哲學概論》，作者姓名改為「梁氏」。就像中國古代的良家婦女，有姓無名，看這些情治機關的爪牙敢為難良家婦女嗎？

男扮女裝是台灣出版業者的巧思，創造了許多一流的女性作家。

（4）以籍代名法

世界書局將陳垣的《元代西域人華化考》，作者姓名改成「陳新會」。內行人自然能依姓氏與籍貫猜出原作者姓名。

這算比較負責的出版社所做，春風一度後，總該將衣服還人吧！

（5）大刑伺候法

最擅長這絕招的，就是中國出版界的聞人王雲五，他的商務出版社將這招又化為「奪命三式」，很多陷匪作家都難逃斧鉞加身：

A、月下偷桃式：陳寅恪的《隋唐制度淵源略論稿》，作者姓名被閹割成「陳寅」。

B、攔腰一斬式：朱光潛的《變態心理學》，作者姓名被腰斬成「朱潛」。

C、黑虎偷心式：周予同的《群經概論》，作者姓名被動了「換心」手術，成為一個新人「周大同」。

（6）張冠李戴法

精益書局將茅盾的《世界文學名著史話》，硬是栽贓給林語堂。這種換法很沒有條理，連我這種內行人也都難免被騙。

最離譜的是魯迅的孫子周令飛，從日本來台「投奔自由」，成了「反共義士」，國民黨對這天上掉下來的禮物，自然是大肆宣傳。可是問題來了，塵封三十多年的魯迅一下被炒起來了，到底魯迅寫的是什麼「東東」呢？

一時之間，各大學門口都有這種小貨車，搶賣魯迅的小說。悄悄的來，匆匆的走，買的歡喜，賣的高興。可惜魯迅的小說就這麼幾部，出版商反正是盜印，乾脆盜印個徹底，於是一時之間，三〇年代沈從文、巴金、矛盾、丁玲的作品全登台了，但封面上卻有這一樣作者「魯迅」，誰叫他這麼「紅」？

（7）先姦後殺法

樂天出版社將朱光潛的《談修養》，作者改為「王治文」，書名又改成《勵志文獻》。這種先姦後殺法，既欺騙讀者，又不付版稅，太沒江湖道義。但話說回來，作這種缺德事的不只出版社，很多學者專家也盜用大陸作者作品，拿來作教授升等論文或出版牟利。

在創作書裡，台灣出版業有這種「強姦」大陸書的規則；而在翻譯書裡，陷匪譯者的遭遇比陷匪作家更慘，出版社匿名甚至改名，毫無規則可循，如今想要追查譯者是誰也就更難了。

身兼譯者與研究者的台師大翻譯研究所教授賴慈芸，她的部落格「翻譯偵探事務所」，對於戒嚴期間台灣出版業怎樣「強姦」陷匪譯者的書，絕非我等鄉民的雜敘閒聊，而是學術等級的分析鑑定。如今能夠結集成書，不只是還了這些譯者一個公道，也讓我們這些鄉民程度的讀者恍然大悟。

解嚴將近三十年，陷匪作家的書都已獲得平反；但陷匪譯者的書，仍待賴慈芸這樣有心且有能的學術偵探繼續追查。欣喜《翻譯偵探事務所》結集出書，身為曾是戒嚴時代的鄉民之一，我要給翻譯史上的鍵盤柯南按個讚。

獨裁秘辛之卷

- 短命的台灣省編譯館
- 沾血的譯本——春明書店與啟明書局
- 官逼民作偽——查禁圖書目錄
- 吳明實即無名氏——用假名的始作俑者是美新處
- 超譯《伊索寓言》——連伊索都反共
- 一桶蚵仔，兩種翻譯
- 君自故鄉來，應知故鄉事——透過翻譯看大陸
- 外國的月亮比較圓？——《蔣總統秘錄》也是譯本
- 老蔣棺材中的《荒漠甘泉》，跟市面上賣的不一樣
- 一本真正的偽譯——《南海血書》

翻譯不外乎權力。翻譯涉及兩種以上的語言，而語言從來都不平等，強弱之間自然有權力問題。誰決定翻譯什麼（或什麼不能翻譯）、怎麼翻譯、翻譯給誰看，也都涉及複雜的權力問題，因此翻譯與政治本來就密不可分。

台灣的翻譯尤其與政治相關。台灣在晚清成為日本殖民地，以日語為國語，但二次大戰後官方語言立刻從日文變成國語。國語以北方官話為基礎，而台灣漢人以閩粵後代為主，國語是全然陌生的語言。政府視日語為敵方語言或奴化語言，讓熟悉日語又不會國語的台灣知識份子和作家、譯者陷於失語的窘境，戰後一、二十年間譯者幾乎都是戰後來台的外省譯者，或直接翻印大陸時期的譯作。戰後初期，許多外省文人來台推行國語，如台灣省編譯館和國語推行委員會，不少上海出版社也來台開設分行，如商務、世界、春明、啟明等，提供台灣讀者中文書籍。但一九四九年國民黨全面撤台之後，開始戒嚴，留在台灣的外省文人也是人心惶惶。誰沒有幾個左派或附匪陷匪的朋友呢？一不小心就會被扣上思想犯的帽子。而且戒嚴之後，「陷匪」或「附匪」譯者的作品全變成禁書，警總隨時可以沒收查禁，出版社紛紛塗掉譯者名字或冠上假名以自保。台灣反左反共，中國大陸反右反美；左派譯者的書在台灣不能印，美國文學的書在大陸也是站錯邊，因此美國新聞處主導的今日世界出版社，也為了保護「陷匪」譯者，不得不隱匿他們的真名，以免譯者在大陸被清算。只能說在動盪不安的冷戰時期，譯者還真苦命。

翻譯的題材也很政治：台灣上下忙著反共，連《伊索寓言》都可以當成反共教材來翻譯；老蔣棺材中的《荒漠甘泉》雖是靈修書籍，卻充斥戰鬥用語，原來是專為老蔣量身定「譯」的，與原作關係頗為可疑。還有一本徹頭徹尾的假譯本《南海血書》，明明是虛構的越南難民故事，卻假託為翻譯作品，還編入中小學教材，是政府主導的一場騙局。而像《一桶蚵仔》這種外國人批評國民黨政府的，戒嚴期間當然是禁書，解嚴後台灣才能見到中譯本及台語譯本。文革後揭露「鐵幕真相」的書，台灣讀者無緣得見中文原文，要先譯成英文、日文，台灣的出版社再譯回中文。而原文是中文，透過譯本再回譯成中文的還有《蔣總統秘錄》：但這是國民黨提供蔣介石日記給日本產經新聞社，日方撰寫成書之後，台灣再根據日文譯回中文，合作無間。種種翻譯怪象，都跟政治有關。

這十篇文章大致依事件發生之時序編排，最早一篇是因二二八而解散的台灣省編譯館，最後一篇是中美斷交後用來恐嚇台灣人民的偽譯《南海血書》。

短命的台灣省編譯館

台灣省編譯館是戰後台灣第一個官方的編譯機構，直屬於台灣省行政長官公署，一九四六年八月成立，館長是許壽裳（1883-1948），為行政長官陳儀的同鄉，都是浙江紹興人。由於當時台灣人都說日語，看日文，館長許壽裳說，「本省的編譯工作，可說是從頭開始的工作，其他部門，其他工作，都有事業可以接收，唯有編譯事業，無法接收。」他邀請了同為魯迅好友的李霽野（1904-1997）來台擔任名著編譯組主任，計畫短期內出版五百種世界名著，「以提升國民文化水準」。

根據蔡盛琦〈戰後初期台灣的圖書出版——一九四五—一九四九〉一文，「該組出版了李霽野譯《莪默詩譯》、《四季隨筆》、李竹年譯《我的學生生活》、劉文貞譯《鳥與獸》、劉世模譯《伊諾克亞敦》、金瓊英譯《價值論》、《美學的理想》、謬天華譯《論語今譯》八種。」但林耀椿在《錢鍾書與書的世界》一書中卻說，台灣省編譯館只有在一九四七年一月出了李霽野的《四季隨筆》，其他待印書另有五種，來不及出版，包括劉文貞的《鳥與獸》也沒有出版。

到底這套書是出了八種，還是只出一種？其實只要找到劉文貞的《鳥與獸》，事情就很清楚了。事實上，這套書並沒有出足八種，也不是只出一種，而是出了兩種。以下是相關的時間表：

- 一九四六年十月　李霽野與劉文貞夫婦抵台
- 一九四七年一月　出版李霽野的《四季隨筆》
- 一九四七年二月　二二八事件
- 一九四七年五月　裁撤長官公署，台灣省編譯館隨之解散
- 一九四七年六月　出版劉文貞的《鳥與獸》
- 一九四八年二月　許壽裳在台大宿舍被暗殺
- 一九四九年四月　李霽野、劉文貞夫婦匆促離台返大陸

為什麼台灣省編譯館在一九四七年五月解散，六月還能出版《鳥與獸》？可能是五月間

劉文貞的《鳥與獸》。

書已印好，只是版權頁印上六月。至於其他幾本待印書籍，雖然出現在廣告頁上，但從來沒有出版過。所以這個名著編譯計畫，最後只成就了李霽野夫婦，各出了一本書，各印行兩千冊。至於其他幾位譯者，如劉世模在二二八事件中被捕、李霽野的學生金瓊英跑回大陸去當雲南大學教授、李竹年（李何林）也在許壽裳遇害後逃回大陸。也就是說，本來想轟轟烈烈翻出五百種世界名著的大計，不幸遇到政治問題，死的死、逃的逃，最後只出了兩本書。一群好友只有臺靜農一個留在台灣，成了台大名師。

《四季隨筆》原名*The Private Papers of Henry Ryecroft*（1903），作者是英國作家George Gissing（1857-1903）。作者假託是朋友Henry Ryecraft的日記，其實是創作。李霽野這本書並不是在台灣翻譯的，而是抗日期間在重慶翻譯的，最初在《時與潮》雜誌上連載。戰後來台時，看到台大圖書館有日文譯本，便將手邊的《四季隨筆》據日譯本增註後出版。台灣省編譯館解散之後，李霽野跟許壽裳都轉到台大任教，但許壽裳在青田街六號的台大宿舍被暗殺之後，李霽野見情勢不對，匆匆離台，自然成了當局的眼中釘。「李霽野」這個名字在戒嚴時期是不能出現的，所以台灣的譯本都改用其他名字或不署名：

- 一九六四年 「品美」《四季隨筆》 台北：天人出版社
- 一九六五年 「于北培」《四季隨筆》 台北：文星書店
- 一九六六年 未署名《四季隨筆》 台南：廣明出版社
- 一九六九年 「蔡文華」《田園散記》 台南：北一出版社
- 一九六九年 「楊馥光」《四季隨筆》 台南：大千文化服務社
- 一九七〇年 未署名《四季隨筆》 台中：學海書局
- 一九七一年 未署名《四季隨筆》 台北：學人月刊雜誌社
- 一九七五年 未署名《四季隨筆》 台南：大千文化出版社
- 一九七五年 未署名《四季隨筆》 台中：普天出版社
- 一九八二年 「蔡文華」《四季隨筆》 台南：大孚書局

最有趣的是文星書店署名「于北培」，其實這是因為李霽野的〈譯者後記〉最後一句是

「一九四四年二月十六日，譯者于北培；一九四六年十二月五日，註校完畢于台北」，文星同仁應該完全知道是誰譯的，故意以「于北培」作為譯者的假名，似乎頗有嘲諷當局的意味。

李霽野一走，他在戰前翻譯的《簡愛》，即名列警總的《查禁圖書目錄》中，查禁理由是「為匪宣傳」，好像簡愛支持共產黨似的。但喜歡看愛情小說是人性，《簡愛》是戒嚴期間被盜版最多次的小說之一，幾乎所有戒嚴時期的《簡愛》都大同小異，因為都是李霽野譯的，或根據李霽野譯本改的：

- 一九五四年　「季芳」《簡愛》　台北：新興書局
- 一九五七年　「季芳」《簡愛》　台北：東亞書局
- 一九五八年　「季芳」《簡愛》　台北：現代家庭
- 一九六〇年　「啟明編譯所」《簡愛自傳》　台北：台灣啟明書局
- 一九六一年　「李文」《簡愛》　台北：大中國圖書公司
- 一九六三年　「林維堂」《簡愛》　台北：文化圖書
- 一九六六年　「學者出版社編輯部」《簡愛》　台北：學者出版社

- 一九六七年「黃宗鈺」《簡愛》 台南：復漢出版社
- 一九六九年「吳文英」《簡愛》 台南：復漢出版社
- 一九七一年「季芳」《簡愛》 台北：大方出版社
- 一九七一年「施品山」《簡愛》 台南：北一出版社
- 一九七二年「紀德鈞」《簡愛》 台南：綜合出版社
- 一九七二年「陳介源」《簡愛》 台北：文友書局
- 一九七五年「文仲」《簡愛》 台北：清流出版社
- 一九七六年「陳介源」《簡愛》 台北：永大書局
- 一九七八年「鍾斯」校訂《簡愛》 台北：遠景出版社
- 一九八六年「書華編輯部」《簡愛》 台北：書華出版社

李霽野光靠這兩本書，就可以稱為暢銷譯者了，但太太劉文貞的《鳥與獸》，雖然有老公李霽野的序，但也許出版時機不對，後來並沒有見到任何一種盜版；大陸也沒有見到其他版本。這是一本描述鳥類和動物的散文集，作者威廉・哈德森（William Henry Hudson，

1841-1922）是出生於阿根廷的美國人，喜好賞鳥。這本《鳥與獸》是從他多本書中選出的文章合集，而不是從某本原作翻譯的。根據李霽野的序，這本書和《四季隨筆》一樣，都是抗戰期間翻譯的。又，劉文貞是李霽野在天津女子師院的學生，李霽野為了這段師生戀，還被迫辭去天津師範教職。因有此背景，李霽野還在序中提到「此書經我校改」，擺出老師的譜，為愛妻掛保證。

沾血的譯本——春明書店與啟明書局

二〇一五年年底，香港銅鑼灣書店老闆和員工五人「被失蹤」之事引起關注，[1]同樣地，國民黨追殺書店老闆、文人的案例也不只一樁。一九五三年六月，春明書店老闆陳冠英因叛亂罪被槍決；一九五九年，啟明書店老闆沈志明、應文嬋夫婦因代匪宣傳罪被起訴，就是出版界兩個著名的例子。而這兩個例子，都跟他們的譯者有點關係。隔海害死陳冠英的是「福爾摩斯」系列譯者胡濟濤，差點害死沈志明的則是斯諾（Edgar Snow）的《長征二五〇〇〇里》（*Red Star Over China*，又名《西行漫記》或《紅星照耀中國》），由六個譯者合譯，譯者包括趙一平、王念龍、祝鳳池、顧水筆、史家康、張其韋。

這兩家書店原來都開在上海，兩個來台的老闆都是少東。陳冠英是上海春明書店老闆陳兆椿之子，沈志明是上海世界書局老闆沈知方之子。上海春明書店創立於一九三二年，出版

1　二〇一五年十月至十二月期間，任職於香港銅鑼灣書店的五人陸續傳出失蹤的消息。失蹤五人是該店的股東、工作人員及母公司巨流傳媒有限公司的業務經理，失蹤半個月到三個月後，全部證實身處中國大陸並受有關當局控制。

言情小說、工具書、暢銷書之類著作，也出版過不少偵探小說。沈知方出身中華書局，一九二二年創辦了世界書局，兒子沈志明的啟明書局則成立於一九三六年，出版大量給中學生看的白話翻譯文學。戰後一些上海書店紛紛來台設立分公司，如商務、世界、中華、正中等都是。沈志明夫婦也來台展店，台灣啟明書局就設於重慶南路一段六十號，台北春明書店則設於重慶南路一段四十九號。

比較早出事的是春明。春明這個案子十分冤枉：陳冠英一九四九年八月就離開上海舉家來台，東家落跑之後，員工接手，一九四九年九月出版了一本《新名詞辭典》，由胡濟濤、陶萍天主編，分門別類解釋「解放後的新名詞」，其中「人物之部」分為「政治人物」、「專家學者聞人」、「軍事人物」、「文藝人物」四節。這本書從初版就與陳冠英無涉，問題是這本《新名詞辭典》在大陸十分暢銷，一九五二年的版本經過大幅加料，「人物之部」多出一節「反動人物」，把老蔣夫婦、胡適等人都罵得一塌糊塗。關於這本《新名詞辭典》版本的演進已有人研究，以台灣讀者熟悉的「胡適」為例：

- 一九四九年十二月版：「胡適，字適之，安徽績溪人，新文學運動的最初發動者。……」

• 一九五〇年六月版：「胡適，偽自由主義的無恥文人。字適之，安徽績溪人，新文學運動的最初發動者。……」

• 一九五二年六月版：「胡適，頭等戰犯之一，偽自由主義的無恥文人。字適之，安徽績溪人。他的思想是近代中國半封建、半殖民地社會中表現得相當集中和典型。……」

可見這本《新名詞辭典》已逐步成為中共的發聲筒。結果倒霉的陳冠英在一九五一年被人密告他「蓄意編印」此書，為匪宣傳。陳冠英當時人在香港，覺得此書在他離滬後才出版，與己無關，理直氣壯，遂回台解釋，誰知自投羅網，審判經年。一九五三年，根據軍法局四二安度字第〇七五六號「陳冠英叛亂案」記載，春明書店店東兼經理陳冠英「早在上海經營書店時，該書店特約編輯胡濟濤編著『名詞辭典』一書，內容荒謬，極盡詆毀元首侮蔑政府軍政首要，極力為匪張目，……實達於意圖以非法之方法顛覆政府而著手實行之程度，罪無可逭，應依法科處死刑。」一九五三年六月執行死刑，陳冠英死時只有三十五歲，台北春明書店及家產全被沒收。

隔海害死老闆的主編胡濟濤，生於一九一四年，浙江永康人，有一說解放後在青海師大中文系教書。他在一九三八年曾翻譯了一套白話福爾摩斯，而且顯然假想敵就是中華書局。他在前言中說福爾摩斯歷來的譯本「……都是艱澀難懂的文言，既不分段落，又不加標點，在閱讀上說來，也是感覺的諸多不便的。這部書就是針對著以上幾點兒選譯的。……為求譯文流暢起見，極力避免直譯，並且以白話翻譯，所以尚還曉暢流利」[2]，又說「本選集完全由鄙人一手翻譯，所以各集的筆調都能保持一致」[3]。確實，胡濟濤的內文相當白話，也省略不少細節。不過，有些地方看來似乎有日文痕跡，如「施丹福君」、「華聲君」、「福君」（華生稱福爾摩斯）等稱呼，還有「病院」等詞彙，有可能是轉譯自日文。

陳冠英死後，台南有一家文良出版社出了一本《血書》（*A Study in Scarlet*，今譯《血字的研究》），版權頁署名「胡濤」翻譯，其實就是胡濟濤的譯本。內文第一頁大辣辣署名「庫川胡濟濤編譯」（庫川是永康胡家的一支），讓人直捏一把冷汗。不過這套書在台灣只看到第一本，譯者聲稱譯了八冊，其他七冊卻未見。大陸此套書也很罕見，不知是否根本沒有出齊。

台北春明書店還來不及站穩腳跟就倒了，出的書很少，圖書館和舊書店偶爾能見到幾本上海春明的書，大概都是一九四九年以前就在台灣流傳的。春明書店被翻印最多次的是林俊

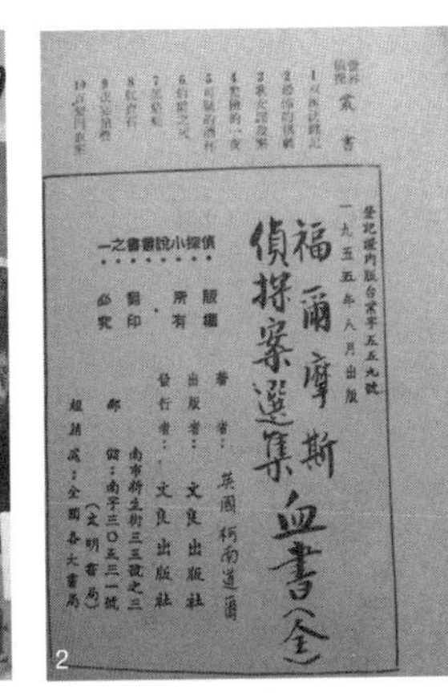

福爾摩斯偵探案選集　血書（全）

臺北縣內版台業字五五九號

一九五五年八月出版

偵探小說叢書之一

版權所有・翻印必究

著者：英國　柯南道爾

出版者：文良出版社

發行者：文良出版社

南市府前路三三號之三

郵儲：南字三〇五三一號（文明書局）

經銷處：全國各大書局

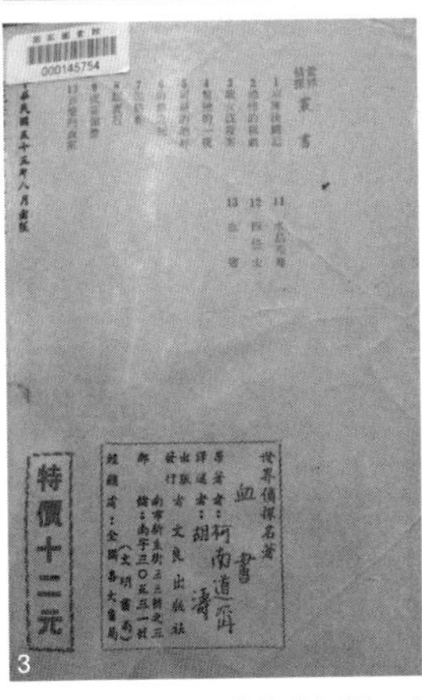

世界偵探名著　血書

原著者：柯南道爾

譯述者：胡濤

出版者：文良出版社

特價十二元

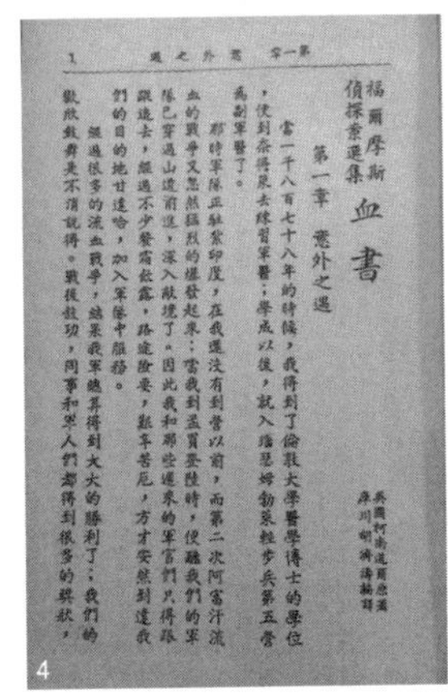

第一章　意外之遇　1

福爾摩斯偵探案選集　血書

第一章　意外之遇

當一千八百七十八年的時候，我得到了倫敦大學醫學博士的學位，便到奈特來去練習軍醫；學成以後，就入瑙瑟姆勃蘭輕步兵第五營為副軍醫了。

那時軍隊正駐紮印度，在我還沒有到營以前，而第二次阿富汗流血的戰爭又忽然猛烈的爆發起來；當我到孟買登陸時，便聽我們的軍隊已穿過山道前進，深入敵境了。因此我和那些遲來的軍官們只得跟蹤追去，經過不少艱苦，路途險要，艱辛苦厄，方才安然到達我們的目的地甘達哈，加入軍隊中服務。

經過很多的流血戰爭，結果我軍總算得到大大的勝利了；我們的歡欣鼓舞是不消說得。戰後敘功，同事和軍人們都得到很多的獎狀，

1. 台南文良出版社的《血書》，就是胡濟濤譯本。但封面設計者似乎誤以為血書是指用血寫的信，將插圖的信件字跡改為紅字，其實「血字」只是指牆壁上用血寫的Rache一個字而已。
2. 文良版《血書》版權頁。出版日期標為一九五五年，無譯者名。
3. 文良版《血書》封底。版權頁上標明「一九五五年」出版，在封底卻寫民國五十五年，令人困惑。譯述者名字「胡濤」似乎是以手寫補上的。
4. 文良版《血書》內文。封底署名「胡濤」譯述，在內文卻寫出全名「胡濟濤」編譯。

2 中華書局版就是文言的。不過一九二七年世界書局已經請程小青把他們文言的那套譯成白話了，所以胡濟濤並不是第一位譯出白話福爾摩斯的人。

3 中華書局版一共有十位譯者參與，包括程小青、周瘦鵑等，所以胡濟濤特別強調由一人所譯。

千的《小婦人》，至少被翻印十四次，包括遠景、書華署名「編輯部」、「鍾斯」、「鍾文」的各版本都是春明版本，另外章鐸聲的《好妻子》和林綠叢的《愛的教育》也都被翻印多次。但《血書》只見過這家台南文良出版社翻印。文良還翻印過春明版林俊千的《紅寶石》，譯者改署名「鴻聲」；以及吳鶴聲譯的《兩雄決鬥記》（福爾摩斯與亞森羅蘋），改名為《雙雄決鬥記》。看來文良出版社應該收了一批春明的書，拿出來翻印。但這家出版社也經營不善，圖書館及舊書店都很少看到。

1. 上海春明的《紅寶石》，林俊千譯述，台南文良出版社有翻印，譯者改署「鴻聲」。
2. 上海春明的《少年維特之煩惱》，黃魯不譯述。這個版本沒有被翻印的紀錄，在兩岸都是罕見版本。

在台灣流傳的譯本中，啟明書局的書比春明多很多，幾乎可說是一九五〇年代的主力出版社之一。沈志明夫婦在台灣的時間比陳冠英長，大量翻印上海啟明的書。一九五〇年代初期還有署譯者名字，後來大概風聲不對，乾脆全數掛名「啟明編譯所」。由於台灣啟明基本上就是出版上海啟明的書，只要找到上海版就可以知道原譯者是誰，我已還原一百一十六本譯者名字，數量驚人。

一九五〇年代，新興、大中國這些新成立的出版社，都用假名翻印大陸舊譯，來源很雜，有文化生活的、世界的、商務的，還有春明、春江、雨絲等一大堆，只有啟明始終規規矩矩，沒有用過假名。但據說啟明當年在大陸出版《長征二五〇〇〇里》，就已經被盯上了（雖然他們沒有自目到在台灣翻印這本書）；一九五八年台灣啟明翻印了一九三二年陸侃如和馮沅君合著的《中國文學史簡編》，其中第二十講「文學與革命」結尾提到無產階級文學運動：

作為這個運動中心的團體有左翼作家聯盟，藝術劇社等，雜誌有萌芽，拓荒者，創造月刊，太陽雜誌等。從這個中心出發，幾乎震撼了全國。但不久便招了當局之忌，書店封閉了，團體解散了，雜誌停刊了，書籍禁售了，整個運動就壓到地下去了。但我們瞻望前途，卻抱著無限的樂觀！

台灣啟明的書很多，一律署名「啟明編譯所」，都是上海啟明的書。

一九五九年二月二十八日，沈志明夫婦被捕，罪名是「歌頌共產文學」，以叛亂罪起訴。以當時的氛圍來說，這個案子的確是啟明不夠小心，沒有把這段話刪掉，看起來是有點和「當局」過不去，何況當初的「當局」也就是一九五九年的「今上」。此案重判也不無可能，還好兩位人脈夠力，沈志明的女婿黃克孫（就是用七言絕句翻譯《魯拜集》那位譯者）是麻省理工教授，在美奔走，驚動多位黨國大老營救，包括胡適、葉公超、黃少谷等，並因美國介入，終於有驚無險，三月兩人交保，六月獲判無罪，兩人隨即赴美避難。

一九七〇年代啟明版《在監獄中》，署名「應文嬋」譯，其實譯者是林華。

上海春明的歷史重演：老闆一走，啟明員工開始胡亂出書，尤其是一九六〇年出版的十二厚冊「世界文學大系」，簡直像是要把手上各種書都盡可能放進去一樣，不但各家出版社的來源都有，連排版也沒有統一，字體忽大忽小，更誇張的還有橫排直排放在一冊的，和早期啟明版本整齊從容的味道完全不同，令人難以相信這是由同一家出版社所出品。

啟明的書也是一九七〇年代台灣一大堆小出版社世界名著的主要源頭，被翻印最多次的是賽珍珠（Pearl S. Buck）的《大地》（*The Good Earth*）和《分家》（*A House Divided*），前者譯者是由稚吾，後者譯者是唐長孺，前者被翻印至少二十二次，遠景譯者署名「編輯部」和「鍾文」的都是啟明版本。比較奇怪的是，一九七〇年代中期，一些啟明版本的書開始署名「應文嬋」譯，包括曾孟浦的《俠隱記》、林華和姚定安的《亞森羅賓全集》在內。應文嬋（1912-1987）當時人在美國，不知這些掛她名字出版的啟明作品，是否曾得到她的授意？但坊間有些作者引述資料時不明這段歷史，竟以為啟明版的《亞森羅賓全集》真是應文嬋所譯的。其實老闆娘雖然是女作家，但並沒有譯過這幾本書。

春明和啟明這兩家出版社，都走通俗路線，譯者並不像文化生活、世界書局、商務那樣名家輩出。這些上海書店第二代來台發展，也只是想繼續營業出版世界名著而已，沒想到下場是死的死，逃的逃。他們從上海帶來的書，在台灣被盜印得一塌糊塗，北中南大大小小出版社競相翻印，亂掛名字，大做無本生意。而當時之所以會有這樣的出版亂象，始作俑者其實就是國民黨的文字獄。

官逼民作偽——查禁圖書目錄

台灣偽譯本會這麼多，一開始其實是被政府逼出來的。台灣從一九四九年五月開始戒嚴，五月底公布「台灣省戒嚴期間新聞雜誌圖書管理辦法」，開始查禁書籍。《查禁圖書目錄》由台灣省政府和台灣警備總司令部合編，登錄了曾被沒收的禁書，裡面當然也有不少翻譯作品。這份目錄看起來是要分發到各單位，方便大家對照，沒收禁書用的。為了怕漏掉，特地在使用辦法說明：

凡有下列情形之一而未編入查禁圖書目錄者，概予查禁。

1. 匪酋匪幹及附匪分子之著作及譯作，以及匪偽書店、出版社出版之書刊。

這份目錄的編排方式頗為有趣，是按照書名字數排的，就像唱卡拉OK的歌本一樣。例如李霽野翻譯的《簡愛》，就是在「二字部」下面。查禁機關是台灣省保安司令部，查禁日期是民國四十三年十二月二十日，下面還有個字號「安欽二〇九八」，不知道是不是某次行動的代號之類的？查禁原因是「二3」，根據《台灣省戒嚴期間新聞紙雜誌圖書管制辦法》第二條「新聞紙、雜誌、圖書、告白、標語及其他出版品不得為下列各款記載」的第三款「為共匪宣傳之圖畫文字」。大陸譯作被查禁的理由幾乎都一樣。像《簡愛》這樣一本十九世紀的英國愛情小說，跟共產黨一點關係都沒有，到底是要如何「為共匪宣傳」？簡直匪夷所思。其實，問題出在譯者身上。

戒嚴期間相關的查禁條文頒布多次，以下面三條為例，可以看出一些歷史演變：

- **第一階段：「共匪及已附匪作家著作及翻譯一律查禁」（一九五一年）**（也就是說，李霽野雖然在台大教過書，跑回去就是附匪了，翻譯一律查禁。）
- **第二階段：「附匪及陷匪份子三十七年以前出版之作品與翻譯，經過審查內容無問題且有參考價值者可將作者姓名略去或重行改裝出版。」（一九五九年）**（也就是說，出版社只要把李霽野名字改成「季芳」或「李文」，我們就不抓了。）

・第三階段：「匪酋、匪幹之作品或譯著及匪偽出版品一律查禁」（一九七〇年）（也就是說，李霽野是中共黨員，算匪幹吧，還是要禁。但傅東華這種被整的很慘的，我們就睜一隻眼閉一隻眼了。）

這本目錄分為「違反出版法」和「違反戒嚴法」兩部分，前面是台灣省新聞處查禁的，後者是台灣省保安司令部和台灣省警備總司令部查禁的。前者的翻譯書有四十二種，後者的翻譯書有八十四種，不乏名家手筆。如傅雷的《高老頭》和《貝多芬傳》、朱雯的《流亡曲》和《凱旋門》、李健吾的《情感教育》和《包法利夫人》等。俄國文學被禁最多，什麼托爾斯泰、杜思妥也夫斯基、契訶夫、果戈里都禁就算了，連美國文學也會被禁，像是侍衍的《紅字》、徐遲的《華爾騰》、焦菊隱的《愛倫坡故事集》這幾本，雖然一開始是上海美新處籌畫翻譯的，台灣又跟美國友好，卻因為這幾位譯者都「附匪」了，只能通通淪為禁書。還好政府有開方便法門：譯者換個名字就好啦！所以這些書其實也都看得到，只是把譯者名字換掉而已。

民國六十六年也有一本新版的《查禁圖書目錄》，但這些戰前名家的翻譯漸少，倒是增加了不少武俠小說、性愛指南、算命卜卦之類的書籍。

以下是違反出版法的譯作四十二種（其中，《深淵》是出現在一九七七年的查禁圖書目錄上，但查禁時間也是一九五二年四月，應該是一九六六年的目錄漏掉了，所以補在這裡）：

	書名	作者	譯述者	出版社	出版年	查禁時間
1	煙	屠格涅夫	陸蠡	文化生活	1948	1952.4
2	三天	戈爾巴托夫	斯勳	海燕	1946	1952.4
3	死敵	鄒洛霍夫	曹靖華等	文光	1947	1952.4
4	門檻	屠格涅夫	巴金	文化生活	1947	1952.4
5	春潮	屠格涅夫	馬宗融	文化生活	1938	1952.4
6	前夜	屠格涅夫	麗尼	文化生活	1939	1952.4
7	恐懼	亞非諾干諾夫	曹靖華	文化生活	1937	1952.4
8	亞瑪	庫普林	汝龍	文化生活	1949	1952.4
9	深淵	傑克倫敦	齊鳴	光明	1948	1952.4
10	遠方	蓋爾遠	佩秋，曹靖華	文化生活	1937	1952.4

	書名	作者	譯述者	出版社	出版年	查禁時間
11	磁力	高爾基	羅稷南	生活書店	1947	1952.4
12	懸崖	岡察洛夫	李林	文化生活	1937	1952.4
13	死魂靈	果戈里	魯迅	文化生活	1948	1952.4
14	金鑰匙	托爾斯泰	王易今	開明	1937	1952.4
15	性心理	愛理斯	明章	重光	1956	1963
16	性教育	美國堅斯博士		性教育叢書出版社	1950	1959
17	人之大倫	山口川子	湯巴天	幸福家庭雜誌社		1963
18	人生一世	薩洛陽	洪深	晨光	1949	1952.4
19	貝多芬傳	羅曼羅蘭	傅雷	駱駝		1952.4
20	性的祕密	美國堅賽博士	勻衣	性教育叢書出版社	1949	
21	草原故事	高爾基	巴金	文化生活	1935	1952.4
22	貴族之家	屠格涅夫	麗尼	文化生活	1946	1952.4
23	愛的奴隸	高爾基	任鈞	上海雜誌公司	1946	1952.4
24	豪門美國		杜若等	上海世界知識社	1948	1952
25	為了人類	高爾基	瞿秋白 呂伯勤	掙扎社	1946	1952.4
26	麵包房裡	高爾基	適夷	上海雜誌公司	1948	1952.4
27	上尉的女兒	普式庚	孫用	文化生活	1947	1952.4

	書名	作者	譯述者	出版社	出版年	查禁時間
28	不幸的少女	屠格涅夫	趙蔚青	文化生活	1946	1952.4
29	天藍的生活	高爾基	麗尼	上海雜誌	1949	1952.4
30	英雄的故事	高爾基	以群	上海雜誌	1948	1952.4
31	奧羅夫夫婦	高爾基	周筧	上海雜誌	1948	1952.4
32	奧勃洛摩夫	岡察洛夫	岡察蜀夫	新知書店	1946	1952.4
33	義大利故事	高爾基	適夷	開明	1946	1952.4
34	陰影與曙光	歐根雷斯	荃麟	開明	1947	1952.4
35	靜靜的迴流	屠格涅夫	趙蔚青	文化生活	1945	1952.4
36	羅曼羅蘭傳	威爾遜	沈鍊之	文化生活	1949	1952.4
37	俄羅斯的童話	高爾基	魯迅	文化生活	1947	1952.4
38	巡按史及其他	果戈里	耿濟之	文化生活	1947	1952.4
39	蘇聯文學與戲劇	萊奧諾夫等		光明書店	1946	1952.4
40	阿托莫洛托夫一家	高爾基	汝龍	文化生活	1947	1952.4
41	致青年作家及其他	托爾斯泰	曹靖華	上海雜誌	1946	1952.4
42	屠格涅夫的生活和著作	斯特拉熱夫	劉執之	文化生活	1949	1952.4

研究這份書目，可以看出大部分都是一九四〇年代上海出版品，多數是在一九五二年查禁的。一九六〇年代查禁的就比較是所謂誨淫的《性的祕密》或《查泰萊夫人的情人》等書。

有趣的是，和偽譯比對，可以發現這份禁書書單中至少九種有「安全版本」流傳：

禁書（違反出版法）	查禁時間	安全版本
陸蠡（1948）《煙》	1952	凡谷（1970）《煙》（台北：正文）
馬宗融（1946）《春潮》	1952	林峰（1958）《春潮》（台北：旋風）
麗尼（1947）《前夜》	1952	林峰（1957）《前夜》（台北：旋風）
傅雷（1946）《貝多芬傳》	1952	宗侃（1954）《貝多芬傳》（台北：新興）
王易今（1937）《金鑰匙》	1952	未署名（1968）《金鑰匙》（台北：大方）
麗尼（1937）《貴族之家》	1952	林峰（1957）《貴族之家》（台北：旋風）
趙蔚青（1945）《不幸的少女》	1952	李閔生（1970）《不幸的少女》（台北：巨人）
沈鍊之（1947）《羅曼羅蘭傳》	1952	哥倫（1967）《羅曼羅蘭傳》（台北：正文）
劉執之（1949）《屠格涅夫的生活與著作》	1952	林致平（1976）《屠格涅夫生平及其代表作》（台北：五洲）

違反戒嚴法的譯作更多，有八十四種，其中樓適夷一人後面有括號加註「匪幹」。看起

來查禁次數比出版法多，大部分是在一九五〇年代。這份書目錯字不少，「朱雯」誤植為「朱虔」，「巴爾札克」寫成「巴爾托克」。出版資料也常常有缺：

	書名	作者	譯者	出版社	出版年	查禁時間
1	文憑	蘇・丹青科	茅盾	永祥印書館	1946	1951安達
2	人間	高爾基	樓適夷（匪幹）	開明	1946	1972和篤
3	白癡	妥斯退夫斯基	叔夜	文化生活	1946	1952.4 安達0457
4	地糧	紀德	盛澄華	文化生活	1946	1956.6 安力0821
5	初戀	屠格涅夫	豐子愷	開明	1947	1956.6 功力0320
6	紅字	霍桑	侍衍	國際文化服務社	1942	1954.11 安欽1855
7	相持	斯坦倍克	董秋斯	駱駝	1946	1954.12 安欽2098
8	娜娜	左拉	王了一	商務	1947	1954安欽
9	異端	霍普特曼	郭鼎堂	商務		1955安愈
10	窮人	妥思退夫斯基	文穎	文化生活	1949	1958明旭
11	簡愛	沙洛蒂勃郎特	李霽野	文化生活		1954安欽
12	懺悔	高爾基	何妨	中華		1956安力

	書名	作者	譯者	出版社	出版年	查禁時間
13	人和山	伊林	董純才	開明		1954安欽
14	三姊妹	契訶夫	曹靖華	文化生活	1946	1952安達
15	石榴樹	索洛延	呂淑湘	開明	1947	1958宏實
16	伏德昂	巴爾札克	陳學昭	文化生活	1950	1952安達
17	紅馬駒	斯坦倍克	董秋斯	駱駝	1948	1954安欽
18	流亡曲	雷馬克	朱虔（?）	文化生活	1948	1952安達
19	高老頭	巴爾札克	傅雷	駱駝書店	1946	1954安欽
20	浮士德	歌德	郭沫若	群益	1947	1953安欽
21	華爾騰	梭羅	徐遲	晨光	1949	1958明旭
22	凱旋門	雷馬克	朱虔（?）	文化生活	1949	1952安達
23	幾點鐘	伊林	董純才	開明	1949	1954安欽
24	新越南	羅斯	移模	上海時代	1649（?）	1954安欽
25	誰之罪	俄．赫爾詹	適夷	世界知識	1947	1958明旭
26	雙城記	迭更司	羅稷南	駱駝		1954安欽
27	櫻桃園	柴霍甫	滿濤	文化生活	1949	1958明旭
28	乞丐皇帝	馬克吐溫	俞荻	神州國光	1951	1958明旭
29	天下一家	美．威爾基	劉尊棋	中外		1954安欽
30	世界政治	英．杜德	張弼等	生活	1947	1954安欽

	書名	作者	譯者	出版社	出版年	查禁時間
31	世界通史	海思等	劉啟戈	光明	1949	1956安力
32	我的童年	高爾基	卡紀良	上海啟明	1949	1959.10 憲恩
33	情感教育	福樓拜	李健吾	文化生活	1948	1958明旭
34	畢愛麗黛	巴爾札克	高名凱			1954安欽
35	葛萊齊拉	拉馬爾丁	陸蠡	文化生活	1947	
36	漂亮女人	陶樂賽派克	羅稷南	晨光	1949	1958明旭
37	經濟史觀	塞利格曼		上海商務		1960倡偵
38	綠野仙蹤	沃勒岡夫	金人，文霄	光明	1950	1955安愈
39	人間的條件		蔡謀渠等	公益	1959.9	1959憲恩
40	文學回憶錄	屠格涅夫	蔣路	文化生活	1949	1954安欽
41	古代世界史	密蘇里那	王易今	開明	1948	1952安達
42	古屋陳列室	巴爾托克（?）	高名凱	海燕	1949	1958明旭
43	包瓦利夫人	福樓拜	李健吾	文化生活		1955安愈
44	甲必丹女兒	（普式庚）	（孫用）	（東南）		1961倡偵
45	地區的才女	巴爾札克	高名凱	海燕	1950	1958明旭
46	你往何處去	顯克微支	喬曾劬	商務	1947	1958明旭
47	杜爾的教士	巴爾札克	高名凱	海燕	1949	1958明旭
48	迭更司評傳	莫洛亞	許天虹	文化生活	1949	1958明旭

	書名	作者	譯者	出版社	出版年	查禁時間
49	莫洛博士島	威爾斯	李林，齊裳（黃裳?）	文化生活	1948	1954安欽
50	格列佛遊記	史惠甫脫	范泉	上海永祥印書館	1948	1956安刀
51	敘述與描寫	盧卡契	呂熒	新新	1946	1957安練
52	微雪的早晨	郁達夫	楊逵	東華	1948	1952安達
53	愛情與麵包	斯德林堡	姚蓬子	作家書屋	1947	1958明旭
54	傑克倫敦傳	斯通	董秋斯	海燕	1948	1955安愈
55	萬尼亞舅舅	契訶夫	麗尼	文化生活	1949	1958明旭
56	戰爭與和平	托爾斯泰	郭沫若，高地	駱駝	1948	1957
57	十萬個為什麼	伊林	董純才	開明	1946	1958明旭
58	大衛科波菲爾	迭更斯	許天虹	文化生活		1952安達
59	匹克威克外傳	迭更司	蔣天佐	駱駝		1958明旭
60	幼年、少年、青年	托爾斯泰	高植	文化生活	1947	1953
61	世界名人逸事	臺爾，卡乃基	謝頌羔	國光	1947	1956安力
62	安娜、卡列尼娜	托爾斯泰	周覓，羅稷南	生活	1947	1957安練
63	米露埃．雨兒胥	巴爾札克	高名凱	海燕	1951	1958明旭
64	伊利阿得選譯		徐遲	群益	1947	1958明旭
65	政治理論系統	柯爾	劉成韶			1958宏實
66	基度山恩仇記	大仲馬	蔣學模	文摘	1948	1958明旭

	書名	作者	譯者	出版社	出版年	查禁時間
67	開墾的荒地	碩洛霍夫	鍾蒲	中華	1945	1954安欽
68	最新小兒科學		西醫學術編譯館	新陸	1959.1	1959.8憲恩
69	愛與死的搏鬥	羅曼羅蘭	李健吾	文化生活	1946	1952安達
70	愛倫坡故事集	愛倫坡	焦菊隱	人人	1952	1956安力
71	發明家的苦惱	巴爾札克	高明凱	海燕	1949	1958明旭
72	葛蘭法歐琴尼	巴爾札克	高明凱	海燕	1949	1958明旭
73	德國問題內幕		賓符	世界知識社	1948	1951安達
74	鄧肯女士自傳		于熙儉	文星 大眾	1965.1	1966莒控
75	少年維特之煩惱	歌德	郭沫若	群益	1949	1958明旭
76	外省偉人在巴黎	巴爾札克	高名凱	海燕		1958明旭
77	司徒雷登回憶錄	（司徒雷登?）	羅俊	文友		1958宏實
78	在敵人後方戰鬥	波利亞科夫	劉亞夫	光華		1955安愈
79	林肯在伊利諾州		袁俊	晨光		1955安愈
80	柔密歐與幽麗葉	莎士比亞	曹禺	文化生活	1947	1954安欽
81	世界名人逸事新集	美代爾卡耐基	李木		1948	1955安愈
82	果戈里怎樣寫作的	萬壘塞耶夫	孟十還	文化生活	1947	1955安力
83	俄國短篇小說精選	朱益才（?）	趙宗深	上海經緯		1954安欽
84	記原子戰下的廣島	約翰。赫爾塞	求思	合群社	1946	1956安力

這些禁書的命運各有不同，有些被改名翻印多次，如陸蠡譯的《煙》、盛澄華譯的《地糧》、李霽野譯的《簡愛》、徐遲譯的《華爾騰》（改名《湖濱散記》）、傅雷譯的《高老頭》、蔣學模的《基度山恩仇記》等，都是台灣六、七〇年代的主流版本；也有些就此消失，默默無聞。譯者絕大部份都是「附匪或陷匪」，但最倒霉的就是孟十還了：人在台灣，在政大教俄文，但他譯的《果戈里怎樣寫作的》卻名列禁書名單，一方面因為文化生活是左傾的出版社，二方面是我們在反共抗俄，所以俄國文學經常犯禁。但他因為人來台灣了，他的書在大陸又成禁書，幾乎看不到，可以說兩岸不是人。

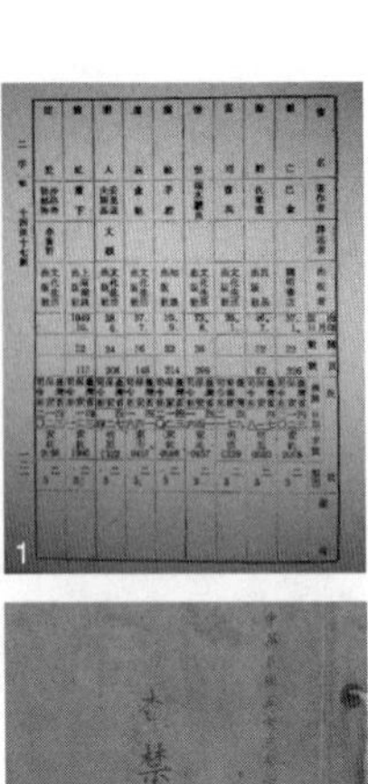

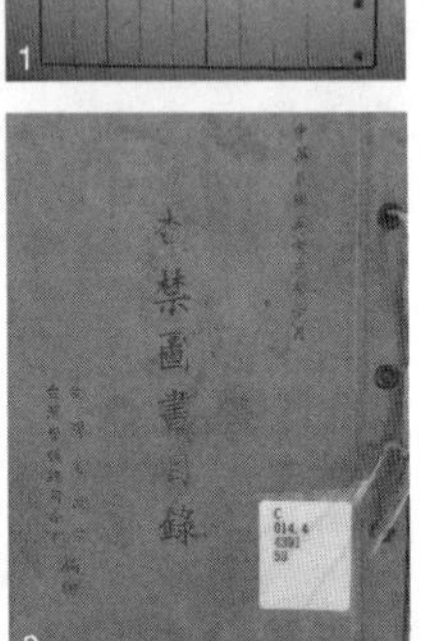

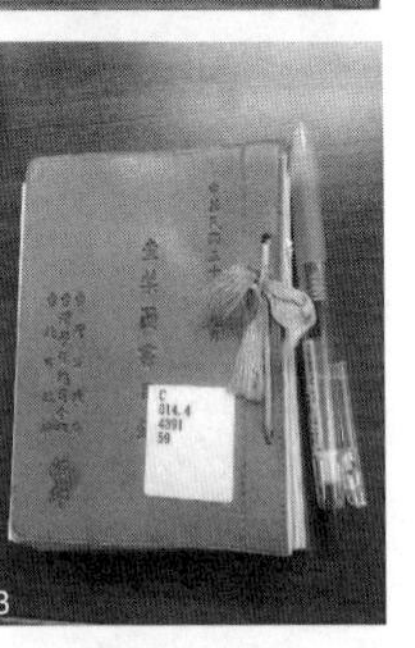

1. 1966年的查禁圖書目錄已有全文電子檔，使用最為便利。國立台灣圖書館現存一本紙本目錄。
2. 1964年的查禁圖書目錄以活頁裝訂，現藏國立台灣圖書館。
3. 1970年的查禁圖書目錄，開本變小，也是活頁裝訂，裡面有不少手寫註記。

吳明實即無名氏——用假名的始作俑者是美新處

美國作家梭羅（Henry David Thoreau）在台灣最知名的譯本，就是「吳明實」譯的《湖濱散記》（*Walden*），一九六四年由香港的今日世界出版社發行。不過，這個「吳明實」並不是真名，真正的譯者是徐遲（1914-1996）。但「吳明實」也不是徐遲專用的假名。另一本今日世界的《小城故事》（*Winesburg, Ohio*），譯者也署名「吳明實」，譯者卻是吳岩（孫家晉，1918-2010）。事實上，今日世界出版社署名「吳明實」的譯本還有《夏日煙雲》、《傑佛遜新傳》、《浩浩前程——論民主》等書，都不是徐遲或吳岩所譯，因此「吳明實」可能是美新處內部編輯共用的假名。這不禁讓我們好奇，今日世界又不是台灣戒嚴期間的小出版社，而是直屬香港美新處，又不怕國民黨，為什麼他們也要用假名？說起來有點冤枉。《湖濱散記》和《小城故事》都屬於一九四九年上海晨光出版的「美國文學叢書」，而這套書原本就是上海美新處處長費正清（John Fairbank）籌畫的。根據趙家壁一九四九年的〈出版者言〉：

「晨光世界文學叢書」的計畫擬議時，知道中華全國文藝協會上海分會和北平分會與美國國務院及美國新聞處合作，已編譯好了一套美國文學叢書，約五百萬言，計十八種。我們便和文協負責人鄭振鐸，馬彥祥兩先生接洽，經獲同意後，由本公司出版發行，同時就編入「晨光世界文學叢書」作為第一批新書。

根據趙家璧的回憶，費正清在重慶擔任美國駐華大使館文化參贊時即已提出合作計畫，由美國「負擔部分譯稿費」，一九四七年確定由晨光出版社發行，約定出書前後在全國各大報刊登大幅廣告，「廣告費用可由美新處負擔一部分」。但這套書在一九四九年上半年推出，十月中華人民共和國就成立了，中美成了對立陣營，美新處撤出中國大陸。這套美國文學叢書立刻成了燙手山芋：譯者都在大陸，如果用真名出版，不是陷他們於險境？但策畫經年，譯者都是名家好手，一時之選，出版這套叢書正可以宣揚美國文化，符合美國利益。於是，亞洲基金會（一九五〇年由美國國務院和中情局成立）資助的香港人人出版社，就在一九五二年以「世界文學精華編輯委員會」的名義，出版了這套叢書中焦菊隱的《愛倫坡故事集》和徐遲的《華爾騰》（改名為《湖濱散記》），又以「葉雨皋等」的名義出版了吳岩的《溫士堡．俄亥俄》（改名為《安德森選集》）。而章鐸聲、周國振的《頑童歷險記》也因為是重要的美國文學經典，雖然並非晨光所出，也同樣以「世界文學精華編輯委員會」名義出版。可以說人人出版社率先開了匿名先例，後來同樣有美國官方色彩的今日世界才又改以「吳明實」（無名氏）的名義重出了《華爾騰》（改名為《湖濱散記》）和《溫士堡．俄亥俄》（再次改名為《小城故事》）。

美國官方出資，中美合作的美國文學譯本，譯者卻不能以真名示人，已經夠尷尬了；這些書又因費正清與國民黨政府交惡，而且所有晨光的譯者皆「附匪」，晨光的書在台灣盡成禁書，左右不是人。然而，儘管在所謂「自由世界」的香港和台灣都不得以真名出版，這些大陸譯者仍然在劫難逃。趙家璧在一九八〇年回憶這套書時說：

十年浩劫期間，為了和這套叢書沾了邊，許多編委，特別是譯者都受到了無理的審查，吃盡了苦頭。我是叢書的出版者，當然被誣為「美國文化特務」，全套叢書被稱為「大毒草」。所有譯者工作單位的造反派，幾乎個個都派人來向我外調，無一倖免。

譯者羅稷南和焦菊隱死於文革；為這套叢書牽線的鄭安娜（曾在重慶美新處任職）和譯者馮亦代（鄭安娜的丈夫）被指控為「美蔣特務」而下放，馮亦代因而中風；譯者徐遲被指控為「反動學術權威」而下放五七幹校；譯者馬彥祥也在五七幹校養過豬。

諷刺的是，雖然趙家璧說，「這套叢書印數少，又逢戰亂，知道的人不多，影響也不大」；但其實這套書在台灣的影響可謂相當深遠，十八種書裡至少有十二種在台灣確定有盜印版本，而且多半不只印行一次。以徐遲的《華爾騰》為例，在港台至少有十四種版本：

出版年	各種版本的《華爾騰》
1952	未署名《湖濱散記》，香港：人人
1964	吳明實《湖濱散記》，香港：今日世界
1965	未署名《華爾騰》，台北：文星
1967	黃建平《湖濱散記》，台北：正文
1970	未署名《湖濱散記》，台南：新世紀
1971	李蘭芝《湖濱散記》，台北：正文
1971	黃建平《湖濱散記》，高雄：大立
1973	楊人康《湖濱散記》，台南：綜合
1974	未署名《湖濱散記》，台北：正文
1978	朱天華《湖濱散記》，台北：天華
1985	未署名《湖濱散記》，台北：嘉鴻
1987	吳明實《湖濱散記》，台北：台英
1990	吳麗玟《湖濱散記》，台北：遠志
1990	康樂意《湖濱散記》，台北：金楓

《華爾騰》在冷戰期間幾成定譯。以下為晨光其他各本有偽譯的譯作（台灣譯本僅各舉一例為代表）：

晨光成立不過四年，其美國文學譯本就有十三本在台灣改名發行，來自大陸的種子在台灣開枝散葉，並不像趙家璧所說的「知道的人不多，影響不大」。只不過知道真正譯者的人不多而已。

到了一九八〇年代，這些挺過文革風暴的譯者，知道自己的譯作改名在外流傳，又是什麼樣的心情？上海譯文在一九八三年重出《溫士堡・俄亥俄》，改名為《小城畸人》，譯者吳岩寫的〈譯

晨光美國文學譯本在台灣的偽譯：

原譯	台灣譯本
馮亦代《現代美國文藝思潮》	未署名《現代美國文藝思潮》（台北：寰宇，1970）
焦菊隱《海上歷險記》	顧隱《海上歷險記》（台北：新興，1958）
畢樹棠《密西失比河上》	齊霞飛《密西西比河上的生活》（台北：志文，1981）
朱葆光《珍妮小傳》	葆光《珍妮小傳》（高雄：三信，1971）
羅稷南《漂亮女人》	秀峰《鼠與人》（台北：新興，1958）
	未署名《漂亮女人》（台北：水牛，1966）
焦菊隱《愛倫坡故事集》	儲海《愛倫坡故事集》（台北：正文，1971）
吳岩《溫士堡・俄亥俄》	陳文德《安德生選集》（台南：北一，1968）
馬彥祥《在我們的時代裡》	徐文達《海明威小說選》（台北：志文，1978）
馬彥祥《沒有女人的男人》	未署名《沒有女人的男人》（台北：文星，1964）
徐遲《華爾騰》	吳明實《湖濱散記》（台北：今日世界，1964）
楚圖南《草葉集》	高峰《草葉集》（台中：創譯，1970）
簡企之《朗費羅詩選》	逸秋《朗費羅詩選》（台北：新興，1958）
趙家璧《月亮下去了》	趙家忠《月亮下去了》（台南：綜合，1973）

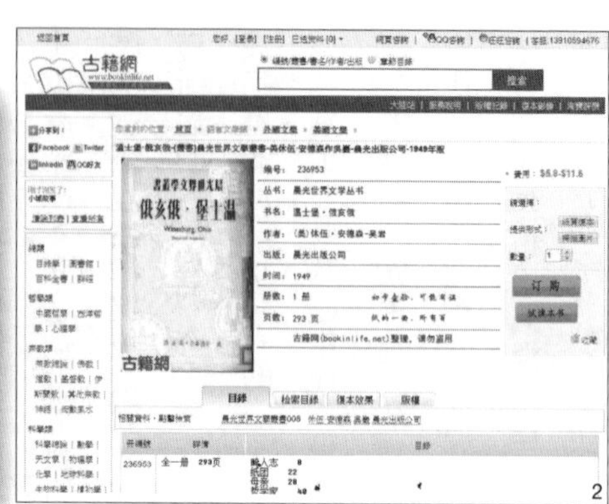

1. 1965年香港今日世界出版的《小城故事》，署名吳明實，實為吳岩於1949年所譯的《溫士堡．俄亥俄》。
2. 日前在網路上（如古籍網）仍可買到1949年吳岩版本。從封面可以看出，出版時為了避禍，把「美國文學叢書」改為「世界文學叢書」。

後記〉就提到這件事（遠流版改為譯序）：

這部安德森的傑作，原是我三十多年前的舊譯，曾列入「美國文學叢書」，由晨光出版公司在解放前夕的上海出版的。當時我直覺地認為書名如譯作《俄亥俄州溫士堡城》，也許會被認為是一本地理書，於是便硬譯為《溫士堡．俄亥俄》，其實是不合適的；但因為初版後一直沒有重版，也就無法改正了。這書在香港倒是再三印過的，叫做《小城故事》，……譯者署名雖不是我，但那十四篇的譯文卻基本上是我年輕時的舊譯；有些錯、漏的地方，也跟著我錯、漏了，這使我感到不安；也有幾處替我改正了錯誤，我在這裡表示感謝。

超譯《伊索寓言》——連伊索都反共

每個人小時候應該都讀過《伊索寓言》，隨便都可以舉出幾個故事，像是〈龜兔賽跑〉、〈放羊的孩子〉（又名〈狼來了〉）、〈披著羊皮的狼〉、〈狐狸與葡萄〉（又名〈吃不到葡萄說葡萄酸〉）……等等。現在市面上的《伊索寓言》通常都附有精美的插圖，文字不多，是給幼兒看的。不過，要是有幸讀到一九五六年國防部出版的《伊索寓言新解》，那還真是令人大開眼界！

這個版本的《伊索寓言》一共收錄七十篇寓言故事並逐篇附上「新解」。封面和一般版本差別不大，盡是老鼠、烏龜、羊、鳥、蛇等動物，符合動物寓言的內容。但內文卻完全不是給小孩看的：每一篇寓言故事都有一篇比故事還要長好幾倍的「新解」，輔以插圖，說明共匪有多麼萬惡。由於編譯者羅天俊的其他作品都和中共有關，所以他

國防部1956年出版的《伊索寓言新解》。

可能是國防部的人員。作者在「小引」中先說明伊索是希臘人，出生於紀元前五百多年，「當時那些享有優越權的人，鞭撻著千百萬奴隸，如同奴役牛馬一樣，是毫無自由平等的可言。……時代的悲劇，不幸又重見於二十世紀的今日，俄帝共匪正上演著比專制魔王還要兇暴的慘劇，他們凶狠殘暴的獸性，比伊索當年所寫的，只有過之而無不及。可惜伊索不復存在，要是他還在的話，很可能將他這寓言內的大多數故事，改為描述俄帝共匪的罪行了。」

像是第一篇〈狼和小羊〉，內容是說狼遇到小羊，編了許多理由要吃羊，都被小羊駁倒，但最後狼還是把羊吃了。「新解」就說：「共產匪徒，正如一群兇暴的豺狼，他們對付自己夥伴和人民，也和豺狼對小羊一樣，是以『莫須有』的罪名作藉口，遂行其殺人暴行的。……因此，向匪投靠，正如小羊遇到狼一樣，最後沒有不被吃掉了。」中間還用史達林找藉口殺掉托洛斯基的事件當作例證，好像讀者都對這些人很熟一樣。

〈驢和蚱蜢〉的內容是一隻驢羨慕蚱蜢的美聲，問他都吃什麼過活，蚱蜢說吃露水，驢子以後也只吃露水，後來就餓死了。「新解」則是：「共匪的騙人，正如蚱蜢的騙驢子一樣。……記住：只有蠢如驢子的人，才會相信共匪，上他的大當。」

有些新解涉及的「共匪」，現在看起來還真的不知道誰是誰。像是有一篇寓言〈狼與鶴

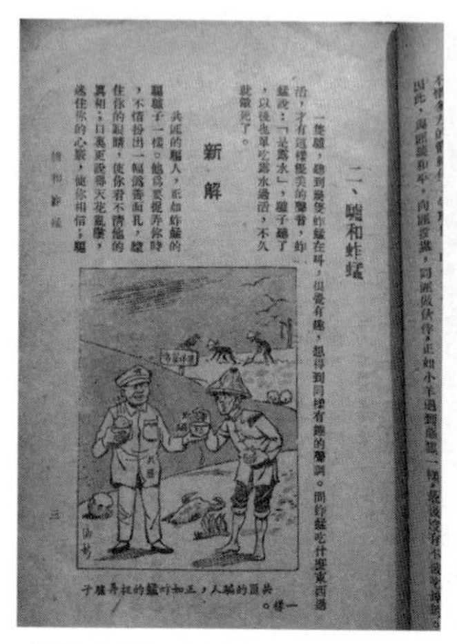
二、驢和蚱蜢

新解

〈驢和蚱蜢〉及新解。

一五、蒙羊皮的狼

新解

〈蒙羊皮的狼〉及新解。

雀〉，是說狼的喉中哽了骨頭，雇一隻鸛雀幫他挾出來，事後卻翻臉不付帳，還說不吃他已經是莫大的報酬了。「新解」卻是：「向共匪投降效力的靠攏份子，正如鸛雀一般，絕無好下場的。三十八年程逆潛自恃『起義』有功，要向毛酋算帳，毛知來意，乃派劉匪少奇代為接見。……劉匪惡狠狠的說：『我們保全了你的老命，已算特別優待了，其餘同你一樣起義的，連性命都不能保呢！』共匪本來就是狼，靠攏份子亦即是鸛雀，鸛雀怎能向狼去討報酬？程逆宜乎有此下場，活該。」

程逆潛？毛酋？劉匪少奇？程潛（1882-1968）是國民黨元老，追隨孫中山，打過北伐，只是後來反蔣，所以台灣這邊根本不熟悉這號人物。這本《伊索寓言》出版於一九五六年，當時程潛是湖南省人民政府主席，看不出來為什麼「絕無好下場」。毛酋自然是毛澤東，劉少奇（1898-1969）倒比較像狡兔死走狗烹的例子，但一九五六年人家還在當副主席，只在毛澤東一人之下。這段程潛與劉少奇的對話是誰聽到的？情報人員嗎？讀者如果不是非常瞭解中共內部，還看不懂這些「新解」呢。

一桶蚵仔，兩種翻譯

這真是超級任務——美國人用英文寫的台灣故事，要翻成中文嗎？明明知道裡面的人講的是台語，要全部翻成台語嗎？看得懂的人又有多少呢？

所以，才會出現同一家出版社，同時有兩種譯本存在的特殊現象。

作者維恩．史耐德（Vern Sneider，1916-1981）是美國軍人，戰後派駐亞洲，一九五一年以沖繩為背景寫了一本《秋月茶室》（*The Teahouse of the August Moon*）而聲名大噪，後來改編成舞台劇劇本，得了一九五三年的普立茲戲劇獎，還拍成電影。這本以台灣為背景的《一桶蚵仔》（*A Pail of Oysters*）是史耐德一九五三年的作品，由於書裡對於蔣介石政權有諸多批評，史耐德的遺孀說當年他離開台灣時，還得偷偷摸摸地把筆記帶出去。當然，像這樣敏感的小說，戒嚴期間也不可能在台灣出版。但這本書沒有《秋月茶室》暢銷，英文也早已絕版，只是在海外台灣人社群間流傳。

這兩本譯本，都是草根出版公司出的，洪湘嵐譯本出於二〇〇二年，五分珠譯本出於二〇〇三年。同一家出版社很少會如此密集地出兩種譯本，這樣不是自己跟自己對打嗎？但翻開內頁才知道，原來一本是中文譯本，一本是台語譯本。

先出的洪湘嵐譯本是中文本。但就像賽珍珠的《大地》和林語堂的《京華煙雲》這類書一樣，這種涉及回譯（back translation）的翻譯，技術上比一般翻譯還要困難，一不小心就會留下翻譯腔的破綻。洪湘嵐譯本的對話就有此痕跡：

- 我們試著在崗哨之間過馬路，也許我們可以勉強溜過去，然後回家。
- 我們也要為沒出生的小孩開始做準備，現在也許可以準備一塊鮮亮的布來包裹他。
- 一個土地改革的官員今天來視察，李流。他已經讓我十分疲倦。
- 日本人奪取，但他們也給予。
- 我知道烈日灼燒我的背是什麼感覺，我也知道在日落許久後才躺在床上，累得全身痠痛的感受。

這些句型都不是中文原有的，是我們改翻譯作業時常會遇到的翻譯式中文。如「試著」、「包裹他」、「他讓我十分疲倦」、「奪取」後面沒有受詞；最後一句「我也知道……的感受」前飾太長。結果就是書裡的人對話都不太像人話，何況他們說的是台語。你可以想像南部種田的老農說出最後一句那麼文藝腔的長句嗎？

後出的五分珠譯本是台語本。五分珠當然是筆名，譯者吳英資（1936-），日治時期出生，留美後就一直住在美國。這個譯本連介紹文字都是用台語寫的：「佇這本冊中，作者對白色恐怖時代的台灣社會環境、政治腐敗、貪官污吏佮無公平有深刻的描寫，對台灣當時的風俗民情有透徹的了解，並且會當看出作者對台灣人的命運有十分的同情。」再來看看他翻譯的同樣幾句對話：

- 咱佇這二崗位的中間爬過路，凡勢咱會當閃過因，轉去咱厝。
- 咱愛照顧猶未出世的，減採愛一條媠布通包嬰仔。
- 今仔日有一個土地改革的人來四界看土地。李流，伊互我真無爽。
- 日本人來提去，唔閣因嘛有互咱。

•我知影燒烘烘的台灣日頭曝著勼脊是啥款。佮我做穡做到日頭落海真久了後才倒店眠床頂是啥款的滋味。做到歸日攏真疲勞，歸身軀痠痛。

1. 洪湘嵐譯本出於2002年。
2. 五分珠譯本出於2003年。

的確看起來是沒有翻譯腔。但另一個問題是：其實我看不太懂。我從小講國語，台語能力僅限於與長輩的幾句簡單對話，基本上無法連續講三句以上，看歌仔戲要看字幕才能懂。所以這個台語譯本讀起來非常吃力（我也打字打得很辛苦啊）。既然中文版有翻譯腔，台語版又看不太懂，那也只能加減翻翻這本，看看那本，再不然就要去看英文的了。這時候，覺得如果能出版「敘述用中文，對話用台語」的折衷版本，像蕭麗紅的《千江有水千江月》或王禎和的《玫瑰玫瑰我愛你》那樣，可能比較易讀。

君自故鄉來，應知故鄉事——透過翻譯看大陸

冷戰時期，兩岸隔絕不通，數十萬外省人在台灣，不知故鄉人事變化，魂牽夢繫，十分煎熬。一九七〇年代有幾本描述文革的書在台灣暢銷，並不意外：一來符合反共政策，二來外省人都想知道故鄉發生的事情，三來台灣人對於陌生的「祖國」也充滿好奇。但奇特的是，關於中國的書，台灣讀者卻都只能看譯本。像《天讎：一個中國青年的自述》就很矛盾。既然是一個中國青年的自述，為何書上並列作者和譯者？難道他像林語堂一樣，不是用中文寫作？《北京最寒冷的冬天》也是如此，作者更在跋中自稱是「只能用中文寫作的中國人」，那為何我們看的還是譯本？

先說《天讎》。這本書最近出了新版《從前從前有個紅衛兵》，作者郭坤仁先生也親自來台參加新書發表會。這本書寫的是他親身經歷：一九六六年文革初起，他是廈門的高中生，參與了紅衛兵活動，也遠遠見過毛澤東。一九六八年與哥哥游泳投奔自由，從鼓浪嶼游到金門的大膽島上岸。來台後繼續中斷的高中學業，先讀員林實驗中學，再轉台中一中，

一九七〇年考上台大電機系，一九七四年大學畢業。維基百科和百度上都說《天讎》中譯本是一九七〇年出版的，此說有誤。《天讎》的英文版本 *The Revenge of Heaven: Journal of a Young Chinese* 和中譯本都是一九七二年出版的；一九七〇年的只是一篇發表在《紐約時報》（*The New York Times*）上的文章，標題叫做"*The Making of a Red Guard*"。之後由 Dr. Ivan London、Miriam London、李大陵等人組成研究團隊，多次訪問作者、作者的哥哥和其他相關人士，詳加考察，確認書中細節基本可信之後，才在一九七二年出版英文本。封面作者雖寫「by Ken Ling」，但版權頁所記載的版權擁有者是 Dr. Ivan London 和 Miriam London 夫婦。[4] 同年，香港新境傳播公司就推出了從英文版翻譯的中文版，譯者為當時人在美國加州的兩位台大外文系學生劉昆生和丁廣馨。此書無台灣版，台灣買到的還是香港版，由學生英文雜誌社總經銷。根據中譯本的原序：

> 本書是根據凌耿寫的中文稿五十萬字和數位中美人士所作三百多小時的正式訪問，再經

4 不過，作者郭坤仁在新版《從前從前有個紅衛兵》的新書發表會上說，當時英文版的版稅他有分到三分之一。

> 全體研究人員密切合作，費時數年才得完成……本書原作者「凌耿」是化名。目前，他正在大學進修。
>
> 謹向曾經竭誠協助本研究計劃的吳炳鍾，葉昌齡，劉昆生諸君致由衷的謝意。
>
> 研究計畫主持人 Ivan D. London
>
> 研究員 Miriam London 李大陵

可見凌耿的確寫了五十萬字的中文稿，但並沒有直接推出中文版本，反而還兜了個大圈子：透過研究蘇聯和中國的美國教授（London教授）、英文的撰述團隊（London 太太、李大陵）、顧問（吳炳鍾、葉昌齡）、兩位中譯者（丁廣馨、劉昆生），最後才出了這本中文的《天讎》。譯者丁廣馨和劉昆生也在譯者序裡，感謝「李大陵教授、倫敦教授伉儷和原作者凌耿先生。尤其李教授不厭其詳地逐頁審閱譯稿，糾正了許多專門性術語的錯誤，更是本書能完全忠實於原作的一個重要因素。」原作者的排名甚至在李大陵及 London 夫妻之後，真是有點不公平。

這個龐大團隊，除了作者以外，參與的至少有：

1. Ivan London：紐約市立大學布魯克林學院心理學教授，研究蘇聯和共產中國。一九八三年過世。
2. Miriam London：Ivan London的太太，與丈夫合著多本關於中國和蘇聯的研究著作。二〇一一年過世。
3. 李大陵：行政專科學校（今台北大學）畢業，美國康乃狄克大學歷史系教授，聯合國秘書處翻譯。
4. 吳炳鍾：一九二三年生，台大外文系教授，負責將凌耿的中文稿口譯為英文。吳炳鍾教授出身軍職，與美軍顧問團關係密切。二〇〇三年於舊金山過世。
5. 葉昌齡：不詳。可能是陪同Ivan London來台的聯絡人及口譯員。
6. 劉昆生：一九四〇年代生於昆明，父親劉俊華是原籍福州的南洋華僑，回國抗日。一九四九年後舉家遷居緬甸，至一九六八年又舉家遷台。台大外文系講師。留美，現居加拿大。

7. 丁廣馨：在上海讀過小學，來台後讀北一女和台大外文系，隨後赴美，從譯序中可知她當時正在美國加州，現居加拿大。譯過《捕蝶人》（*The Collector*）。

由此可以看出這些團隊成員都跟美國關係密切，甚至連行文風格都頗有美國味。書中一開始先從一九六六年六月一日的兒童節清晨寫起：

「曙光照亮了天邊，屋外的公雞啼了，賣蒸豆仁的老頭兒也開始叫賣了。這時，我聽到了我的小貓的叫聲。我每天早上一醒來，牠就會喵喵地叫著過來。我翻身伏臥在床沿，伸手握住牠的右爪，用俄語向牠道早安。」

The morning brightened. Outside, the cock crowed and the old man selling steamed beans

1. 1972年香港新境公司出版的中譯本，台灣由台灣英文雜誌社總經銷。
2. 1972年英文版在美國出版封面。

began to hawk his wares. Then I heard my little cat. Every morning she would come and meow when I awoke. I turned over facedown at the edge of the bed and extended my right hand to shake her right paw and said "good morning" to her in Russia.

就文學手法來說，這樣日常的早晨風光，媽媽洗衣，準備早餐，跟小貓玩，接下來一到學校後就開始喊打喊殺，形成巨大的反差，的確是很好看。但總覺得作者寫這回憶錄的時候才大一，才從慘絕人寰的文革中逃出來不久，又是讀理工的，還能這麼有興致細細描繪文革初起那天的早晨瑣事，連小貓都描寫了好幾次，有點不可思議。我猜想一般理工科高中生要寫自傳，大概不出「一九六六年文革開始時，我讀廈門第八中學高一，父親早逝，媽媽一手帶大六個兒女，我年紀最小，兄姐都對我極好……」等等，恐怕很難寫到這麼細膩，有情有景又有對話。

這本書後來居然會變成禁書，也實在很離奇。台灣當局最愛這種投奔自由的義士了，證明「暴政必亡」。所以郭坤仁一開始獲得熱烈歡迎，一九六八年八月才到台灣，國慶日就已經上台致詞了，現在還找得到當年的新聞照片和訪談影片。但後來據說是書中描寫紅衛兵的生活過得不錯，還有雞蛋可吃，當局要求郭坤仁修改，他硬是不從，這本書就變成禁書了。這本書只寫到他們兄弟游泳當晚就嘎然而止，據作者表示，其實他還有寫到他們到台灣後的種種，聽起來也相當精彩，例如受到救總和國安單位監控騷擾等等；可惜London教授說美國人對台灣沒有興趣，所以就被腰斬了。作者在美國事業有成，近年已經退休，也許可以考慮補述這段「被國民黨當成反共宣傳工具」的日子，應該也非常引人入勝。

《天讎》只有一個中譯本，台灣也沒有正式出版，後來又變成禁書，盜印本我只見過一種，就是「綜合月刊社」的版本。但另一本《北京最寒冷的冬天》，卻造成搶譯風潮，一共出了至少七種中譯本。

1977年日譯本《北京のいちばん寒い冬》，為中文諸譯本的來源文本。

《北京のいちばん寒い冬》於一九七六年十一月在日本《文藝春秋》開始連載，四期登完，一九七七年台灣就出了六個中譯本。以名人出版社為例，五月十五日初版，六月五日已經五刷，暢銷程度可見一斑。但奇怪的是，台灣讀者看的是一個日譯本的中譯本，而原文就是中文！作者「夏之炎」還在跋中說：

以我這個只能用中文寫作的中國人來說，如果不曾得到編輯和翻譯者的幫助，這部小說恐怕無法見到天日，我在這裡謹致謝意。

作者向譯者致謝雖不多見，但也不是沒見過，可是只見譯本而未見原文就罕見了，除了小說家的託辭（像是義大利小說家艾可的《玫瑰的名字》，就是假託為原文已經失傳的譯文），大概只有在中世紀手抄本時代才有這種事情吧？尤其有趣的是這篇跋應該也是從日文本翻譯過來的（因為作者都說了，他只能用中文寫作），而作者感謝的翻譯者顯然不是指中文譯者，而是指日文譯者溝口榮。

這是一本政治小說，一九七六年寫的時候是未來小說，場景是毛澤東死後的中國；沒想到小說八月寫完，毛澤東居然在九月真的死了，作者只好改寫了一次。小說中的另一個

1. 1977年名人出版社版本，譯者為舒怡民（本名蘇琨煌）。
2. 1977年聯合報版本，譯者為丁祖威。
3. 1977年好時年版本，譯者為胡水治。

預言是四人幫垮台，沒想到四人幫真的在十一月垮台，但當時日文翻譯已經完成，來不及改了，所以就在十一月發表，作者說這是「政治未來小說，結果變成了同時小說」。如果寫政治未來小說這麼有效，大家就趕快多寫幾本吧！

作者夏之炎當然是假名，他本名林洲（1932-2009），原籍海南，但祖先已僑居新加坡。幼時隨母親返回中國求學工作，一九六六年從大陸到香港，最後定居日本，但他母親和許多親戚都還留在北京。為了避免牽連他們，他當時並沒有公布真名。

由於這本《北京最寒冷的冬天》大為暢銷，一九七六年還得到「文藝春秋讀者獎」，他又繼續寫了好幾本續集，像是《腥風血雨天安門》（也譯《凜風・血雨・天安門》，原名《絕對零度下の鋼》）、《北京幻想曲：一九八X年》等，也都一樣先出日文版，台灣再由好幾家出版社搶譯。大陸開放之後，作者以日本華僑身份回大陸做生意，二〇〇九年在北京過世，人民日報還發了訃聞，稱他為「旅日愛國華僑」。訃聞中甚至把《北京最寒冷的冬天》當作他的主要作品來介紹，但隻字不提小說內容，連書的出版年份都寫錯：

> 林洲先生於一九七五年，出版了長篇小說《北京最寒冷的冬天》等十幾部作品。這一部

作品在日本發行量最大的雜誌上連載並獲得了當年的日本讀者獎。同時譯成十一國文字在全球出版，也被美國《時代》雜誌評為當年十佳書籍之一。

看訃聞寫得一副與有榮焉的樣子，難道不知道這本書的賣點就是「揭露中共的邪惡真相」嗎？還真是有點古怪。

《天讎》的原文是英文，又跟美國關係密切，譯者都是研究團隊選的，出版社也不敢造次隨便翻譯，但《北京最寒冷的冬天》就不一樣了。因為當時台灣與日本並無版權協議，大家愛怎麼翻就怎麼翻，日文譯者人力又充足，一下子出了七個中譯本。譯者不同，自然文筆有異，虛構的人名也有出入。如這段描寫主角之一留俄時的一段異國戀情：

「接近黎明時分，尼泊河畔的夜霧漫漫地吹散了。因通宵嬉玩而略顯疲憊的同學們，也開始陸續分手回家。始終挽著賈向英手臂的娜泰霞，貼近他的耳邊低聲喁語道：『諾，到不到我家去喝杯純正的露西亞紅茶？』」（舒怡民譯）

1981年《北京幻想曲》，蘇琨煌（筆名舒怡民）譯。

「接近黎明的時候，尼泊河的霧散了，暢遊終宵而疲憊不堪的學生們次第離去。一直挽著賈向東手腕的娜泰霞在他耳邊低聲喁語道：『可願去我家，喝杯真正的俄國紅茶？』」（丁祖威譯）

當然這種政治小說並非文學名作，讀者很少注意文筆，比較關心內容；「賈向英」或「賈向東」反正也都是虛構的人名。只是作為翻譯研究者，還是不免會猜想：不知作者會比較喜歡哪一個譯本？還是覺得都不如自己原來寫得好呢？

還好，作者到一九九〇年代以後，終於可以不必透過譯文，直接以中文面對中文讀者了。他在一九九四年出版的《怒海洪濤：現代洪門傳奇》（北京：華藝），就是先以中文版面世，才出了日文版。

外國的月亮比較圓？——《蔣總統秘錄》也是譯本

當代中文作者靠翻譯回銷中文世界的著作並不少見。林語堂的《京華煙雲》，翻譯的；陳香梅的情史《一千個春天》，翻譯的；張戎的《鴻》，翻譯的；嚴君玲的《落葉歸根》，翻譯的；哈金的《等待》，也是翻譯的。雖然這些作家都在中國長大，但他們一開始就是用英文書寫；因此在英美大賣之後，再回譯成中文，其實可以理解。更不必提像譚恩美（Amy Tan）這種自己中文就不行的華裔作家，雖然寫中國故事，還是非得靠翻譯不可。

但連《蔣總統秘錄》也是翻譯的，這就有點古怪了。事實上，這本傳記根本是國民黨提供蔣介石日記、國史外交秘密檔案、公文等給日本人，讓他們來寫，再從日文翻譯成中文。這樣不是很費事嗎？裡面大量引用蔣介石日記和公文，日本人翻譯成日文，譯者還不是得乖乖翻出原文來抄錄。從翻譯的觀點來看，提供原文給人家翻譯，再把譯文翻回原文，這不是多此一舉嗎？日本難道會找台灣人寫他們天皇的傳記，再譯回日文嗎？美國難道會找中國人寫羅斯福傳記，再譯回英文嗎？法國會找台灣人寫戴高樂傳記，再譯回法文嗎？

從《天讎》、《北京最寒冷的冬天》到《蔣總統秘錄》，這些看來多此一舉的翻譯，當然都跟政治有關。《蔣總統秘錄》可能是沒人敢寫，乾脆找日本人來寫，兜個圈子回來，萬一出事還可以卸責；《北京最寒冷的冬天》則是作者逃亡到日本時的匿名出版，大概是不敢出面。而《天讎》的作者雖然逃到台灣，但美國人似乎不太信任他，還找了教授組成研究計畫，多方訪談確認種種細節，最後才幫他修出一個經過美國人核可的版本，然後再翻譯成中文，連譯者也是美國新聞處選的。從這些「多此一舉」的翻譯背後，其實可以嗅到美、日、台各自的政治考量。

《蔣介石秘錄》日文版，單行本從1975年開始出版。

《蔣總統秘錄》是一九七三年由日本產經新聞社企劃，提出的說法是因為老蔣一九七四年米壽（日本說法八十八歲為米壽），以傳記祝壽之意。其實中華民國與日本才剛在一九七二年斷交，這個提案不無扳回論述權的意味，日本產經新聞就說他們要「拿出勇氣來正視歷史」，「希望有所裨益於中、日兩民族真正友好的基礎」，台灣出版的副標為「中日關係八十年之證言」。這個計畫得到國民黨大力支持，日方派人駐台數月，抄錄翻譯蔣氏日記、國史、外交、總統府各類檔案，最後由古屋奎二執筆。一九七四年八月開始在日本產經新聞報連載時，名為《蔣介石秘錄》；台北國民黨黨報中央日報同步連載，由於當時蔣介石仍是總統，書名改為《蔣總統秘錄》。中文版的聯絡人是老蔣文膽秦孝儀，譯者是當時任職中國農民銀行董事會秘書的陳在俊，他後來成為國民黨黨史委員會專員，曾發表一些與國民黨史有關的論文。從中央日報總編輯薛心鎔的回憶錄可知，陳在俊「中日文造詣俱深，譯筆嚴謹」，《蔣總統秘錄》的第一冊也有如下的說明：

本報的譯文，由陳在俊先生執筆，力求忠實於原著，每因一字一句之推敲而數易其稿。最難得者，為蒙秦孝儀先生于百忙中不獨身督其事，抑且親正其訛。

秦孝儀是留美的，怎麼校訂日文的翻譯？其實是政治審查的成分居多。但除了第一冊有說明譯者之外，其他冊不但封面沒有譯者名字，連版權頁都找不到。

第一冊連載完出單行本，出版日期就是老蔣生日：一九七四年十月三十一日，封面上還

1. 中譯本的第一冊，版權頁記載出版日期為1974年10月31日。
2. 中文版的分冊和日文版不同，中文版十一冊是日文版十二冊。

印有「恭祝　總統八秩晉八華誕」，馬屁意味十足；此外，第一冊還有詳細交代老蔣身體健康狀況。日文本的單行本是一九七五年二月才出第一本，可見中文的單行本比日文還早好幾個月，就是為了趕祝壽。只是人還在就出版「秘錄」，還叫日本人執筆，總覺得哪裡怪怪的。連載未完，老蔣一九七五年就走了；但傳記仍繼續連載，至隔年全文刊完。不過中文版其實重新編輯過，更改了標題分段，也沒有日文版每一冊的獨立標題。因此日文版有十五冊，中文版只有十四冊，第十五冊則是索引。

政治人物的傳記，跟執筆人的立場當然有很大的關係。《產經新聞報》是親國民黨的日本報紙，動筆時傳主蔣介石還在世，又有祝壽之意；中文譯本則是由國民黨黨報中央日報翻譯出版，立場之清楚，簡直是整個一九七〇年代造神運動的一環，所以內文當然沒有什麼公允客觀可言。以台灣人熟悉的「八百壯士」這個故事為例，日文版說上海淪陷前夕，謝晉元中校率領八百名官兵死守四行倉庫，十八歲女學生楊惠敏夜間泳渡蘇州河，獻一面國旗給謝晉元，士氣大振等等，但這個故事現在已被多人證明不符事實。因為楊惠敏（1915-1992）當時已經二十二歲，不只十八歲；四行倉庫裡面也不是八百人，而是四百多人；而且根據當時守在四行倉庫裡的軍官上官志標的兒子上官百成說，楊惠敏也不是游泳過去的，而是從垃圾橋通道摸進去的；甚至楊惠敏也沒見到謝晉元，第二天早上升起的那面國旗也不是楊惠敏帶進去的。楊惠敏當了民族英雄沒多久，就被戴笠關了四年，戰後心灰意冷跑到台灣當老師，絕口不提往事，連她的兒子都看了電影才知道媽媽是「民族英雄」。雖然不知道是誰加油添醋的，但日文版本的確採用了這個「八百人、十八歲女學生、游泳獻旗」的故事，中文版本自然照樣「翻譯」了過來，一九七六年林青霞主演的電影《八百壯士》也隨即上映。可見中日在造神運動上，的確是合作無間。

有趣的是，這書居然被大陸抄襲。湖南人民出版社在一九八八年出版了《蔣介石秘錄》，譯者寫的是「蔣介石秘錄翻譯組」，但其實就是抄襲台灣的譯本，版權頁有「內部發行」的字樣，推測一般書店是不賣的。該書編輯李建國在書前寫了長達五頁的〈致讀者〉警告讀者：

在閱讀《秘錄》時，讀者應特別注意以下兩點：

一、《秘錄》的觀點是親蔣反共的。通讀全書就不難發現，書中有些內容完全是蔣介石的獨白……全書極力美化蔣介石，把蔣介石描寫為足智多謀的將軍……書中盡量摘抄蔣介石的漂亮詞句，把蔣介石打扮成國家、民族和人民利益的忠實代表。由此而詆毀共產黨……對一些歷史事實的評述，也是片面地摘抄蔣介石的講詞、日記作為論據，而不予以實事求是的分析。

二、《秘錄》所涉及的歷史事實，有些是不可靠的。特別是關於蔣介石反共反革命的事件，《秘錄》竟顛倒是非，混淆黑白。……（以下長篇敘述中山艦事件）

基於以上兩點，懇切希望讀者有批判、有鑑別地閱讀《秘錄》，切忌被書中美化蔣介石的詞句和一些歪曲的歷史事實所迷惑。

感覺很像清朝紀曉嵐在編《四庫全書》時，遇到西洋人的著作總不免先消毒一下，如「所述多奇異，不可究詰，似不免多所夸飾。然天地之大，何所不有，錄而存之，亦足以廣異聞焉。」《職方外紀．序》其實李建國說的這幾點也不無道理，台灣讀者也不妨從這種「有批判、有鑑別」的觀點來看《蔣總統秘錄》。但打了預防針以後，他們就全文照抄了。如第十一冊開頭，中央日報版本是：

夜半槍聲

一九三七年（民國二十六年）七月七日深夜。在盛暑的季候裡，北平市長秦德純沐浴之後，穿上一件短衫，當即將就寢之前的片刻，靜靜地墮入沉思。突然，電話響了起來，時鐘指著十一時四十分。電話是由冀察政務委員會外交委員會主任委員魏宗翰專員林耕宇所打來：「剛纔日本特務機關長松井太久郎來說：在盧溝橋附近演習中的日軍某中隊，受到中國軍的射擊，日軍一名，去向不明；日本軍官要求進入宛平縣城檢查。」

這是從古屋奎二寫的第十二集《日中全面戰爭》翻譯的。原文是：

盧溝橋事件の第一報

一九三七年（昭和十二年）七月七日深夜。あまりの暑さに、北平市長、秦徳純は水ブロを浴び、シヤツ一枚の姿で、寝る前のひとときを、物思いにふけっていた。電話が鳴った。時計をみると十一時四十分であった。電話に出たの冀察政務委員会外交委員会主任委員、魏宗翰と専員、林耕宇である。

「いま日本の特務機関長、松井太久郎が来て、盧溝橋付近で演習中の日本軍のある中隊が、中国軍から射撃され、一名が行方不明になったので、その調査のため、宛平県城（盧溝橋城）に立ち入り検査すると要求してきている。」

再看所謂「蔣介石秘錄翻譯組」的譯文：

盧溝橋事變的第一個報告

一九三七年七月七日深夜。在盛暑的季候裡，北平市長秦德純沐浴之後，穿上一件短衫，當即將就寢之前的片刻，靜靜地墮入沉思。突然，電話響了起來，時鐘指著11時40分。

電話是由冀察政務委員會外交委員會主任委員魏宗翰專員林耕宇打來的：「剛纔日本特務機關長松井太久郎來說：在盧溝橋附近演習中的日軍某中隊，受到中國軍的射擊，日軍一名去向不明；日本軍官要求進入宛平縣城檢查。」

台灣版與大陸版最大的不同只有標題，前者標題大都重新擬過，後者則依日文版直譯。撇開標題不看，大陸版的內文除了國字數字改為阿拉伯數字，還有刪掉「民國二十六年」之外，幾乎全文照抄台灣的版本，即使是罵共產黨的部分也都照抄不誤，如批評共產黨「煽動群眾」、「花樣百出的陰謀」、「照例又是信口誑騙」等詞句也都不見更動。本是多此一舉的翻譯，又明知不可盡信，還要抄對手的譯本來罵自己，果然是奇案一件。

又，《秘錄》也有英文節譯本，一九八一年由中華民國駐聯合國代表張純明（1902-1984）翻譯，張純明是耶魯政治學博士，退出聯合國以後就一直留在美國終老。書名為 *Chiang Kai-Shek:His Life and*

1981年張純明的英文節譯本封面。

Times。版權頁只有作者 Keiji Furuya（古屋奎二）和譯者 Chun-Ming Chang（張純明），英文讀者大概以為這本書是直接從日文翻譯成英文的；其實張教授並沒有留日或日文經驗（他是河南人），我猜還是從中文本翻譯的可能性比較大。尤其這本書大家最想看的就是蔣介石的日記，這部分一定是直接從中文翻譯成英文。這樣看來，日文本還真是個幌子了。

老蔣棺材中的《荒漠甘泉》，跟市面上賣的不一樣

「親愛的同志，新年已展開在我們的面前，迎接我們的勝利。誰也不能預知在未來的路程中，將有什麼遭遇、什麼危險、什麼需要。可是我們確信現在已踏上了勝利的邊緣。」

——王家棫譯《荒漠甘泉》一月二日

一九七五年，蔣中正過世，遺孀蔣宋美齡在棺木中放了四本書：《聖經》、《三民主義》、《唐詩》和《荒漠甘泉》。這段故事流傳甚廣，也見諸英文媒體。老蔣不諳英文，他看的《荒漠甘泉》當然是中譯本。蔣中正不只自己愛讀，他還叫張學良也要讀。奉命翻譯的王家棫版在一九五九年出版，隔年張學良在日記中便記載著：

1975年5月悼念特版，封面題字者為書法家朱玖瑩（1898－1996）。

> 總統於昨日來西子灣。董大使（按：董顯光）告知我，今晨十時，總統將彼喚去，詢問我對於教理的感想，並特問對於《荒漠甘泉》看了否。董大使告訴總統說，《荒漠甘泉》不但天天看，而且有題注。……董說總統聽後滿意。

董顯光是奉蔣宋美齡之命，向張學良傳教的。看起來，張學良也藉著《荒漠甘泉》這本書，向老蔣夫婦表示自己很受教。張學良後來也受洗成為基督徒，《荒漠甘泉》這本書的作用顯然不小。當過經濟部長的李國鼎也說：「每天清晨起床後，我都要閱讀蔣總統審定的《荒漠甘泉》作為靈修日課，這一版本每日的標題都是蔣總統親撰的。」問題是，一本翻譯的靈修書，為什麼每日標題都是蔣總統親撰的？其實，老蔣棺木裡那本《荒漠甘泉》，跟今天我們在書店買到的中文版完全不同，兩者差距之大，實在超乎想像。

《荒漠甘泉》原名*Stream in the Desert*，是美國高曼夫人（Lettie Burd Cowman，1870-1960，又譯考門夫人）寫作的每日靈修書，一九二〇年出版。每天先引一則經文，然後有一

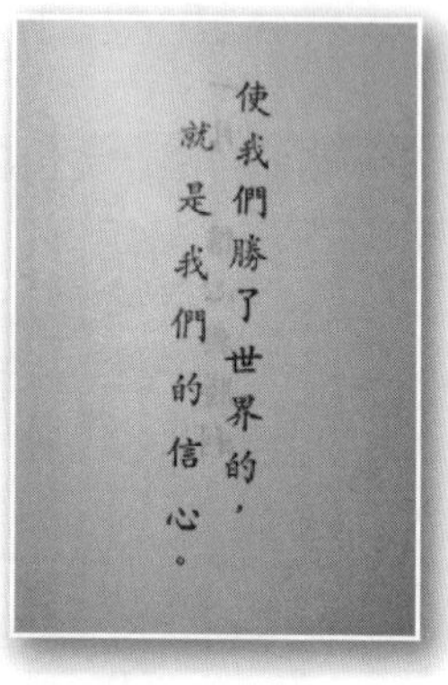
使我們勝了世界的，就是我們的信心。

《荒漠甘泉》王家棫譯本。

段對於經文的省思，有時也引用別人的詩文。現在中英文都有APP，可以每天把當日靈修內容傳到你的手機或平板上。以一月一日為例，首先引用的經文出自《舊約．申命記》：

你們要過去得為業的那地，乃是有山有谷，有天上雨水滋潤之地，是耶和華你神所眷顧的；從歲首到年終，耶和華你神的眼目時常看顧那地。（申命記11：11-12）

接下來，高曼夫人則引申此段經文鼓舞自己：

親愛的讀者，今天我們站在一個新的境界上，前途茫然。擺在我們前面的是一個新年，等待我們經過。誰也不能預知在將來的路程中有什麼遭遇、什麼變遷、什麼需要。可是在這裡有一段從父神那裡來的信息，頂能安慰我們，頂能激勵我們。

——一九三九年唐醒與袁周潔民合譯本，上海福音書房

Today, dear friends, we stand upon the verge of the unknown. There lies before us the new year and we are going forth to possess it. Who can tell what we shall find? What new experiences, what changes shall come, what new needs shall arise? But here is the cheering, comforting, gladdening message from our Heavenly Father, "The Lord thy God careth for it."

但老蔣「審定」的《荒漠甘泉》，一月一日所引的經文卻出自〈約翰福音〉：

耶穌說：「我已戰勝了世界」（約翰福音16：33）。

正文的開頭則是：

世界是一個大戰場，人生在世，就是在這戰場上，度著戰爭生活。

這也差太多了吧！〈約翰福音〉的經文雖然不是杜撰，但也未免斷章取義。原來《聖經》寫的是：「在世上，你們有苦難；但你們可以放心，我已經勝了世界。」竟然可以變成耶穌說，我已戰勝了世界？

這個「總統審定」的譯本，譯者是新聞局的王家棫（1908-1980），根據譯者自述，他在一九五六年奉總統命令翻譯、整理《荒漠甘泉》，表示「原稿曾蒙　總統親自核閱，對於體例、內容及文字，多所指示與匡正」。第一篇篇末有注，原來首篇是總統親撰，原著一月一日的文章硬是被往後推到了一月二日。王家棫版一月二日引用的經文是：

憑信前進，收復河山。（申命記 11：11-12）

出處和原作一月一日引文的確是一樣的，但把「你們要過去得為業的那地乃是有山有谷、雨

荒漠甘泉

一月一日

「你們要過去得為業的那地乃是有山有谷，雨水滋潤之地。是耶和華你神所眷顧的，從歲首到年終耶和華你神的眼目時常看顧那地。」（申十一章十一至十二節）

親愛的讀者今天我們站在一個新的境界上，擺在我們前面的是一個新年，等待我們經過。誰也不能豫知在未來的路程中將有甚麼遭遇，甚麼變遷，甚麼需要。可是在這裏有一段從父神那裏來的信息，頂能安慰我們，頂能激勵我們。——「耶和華你神……眷顧……從歲首到年終耶和華你神的眼目時常看顧那地。」

我們所有的接濟都可仰賴於神。祂那裏有不乾的活泉，永流的江河。祂那裏有恩典的誓約。如果祂作我們供給的源頭，就甚麼都不能使我們失望。沒有熱，沒有旱，能叫那道「使神的城歡喜」（詩四十六篇四節）的河乾涸。

我們要得的那地乃是有山有谷之地，不是一片光滑的平原。如果我們前面的生活只

荒漠甘泉　一

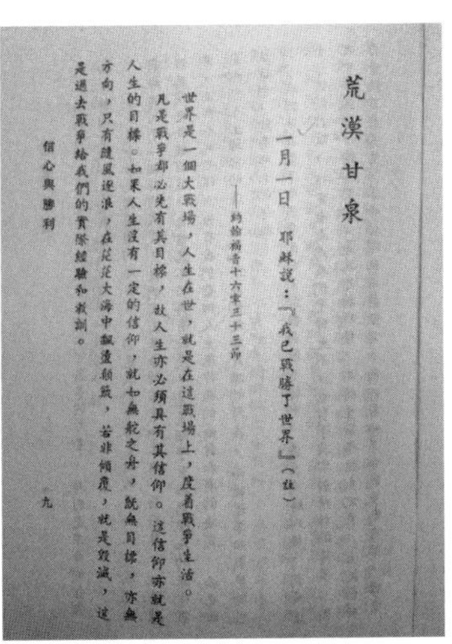

荒漠甘泉

一月一日　耶穌說：「我已戰勝了世界」（註）

——約翰福音十六章三十三節

世界是一個大戰場，人生在世，就是在這戰場上，度着戰爭生活。

凡是戰爭都必先有其目標，故人生亦必須具有其信仰。這信仰亦就是人生的目標。如果人生沒有一定的信仰，就如無舵之舟，既無目標，亦無方向，只有隨風逆浪，在茫茫大海中飄盪顛簸，若非傾覆，就是毀滅，這是過去戰爭給我們的實際經驗和教訓。

信心與勝利　九

唐醒與袁周潔民合譯本的一月一日（左）和王家棫譯本的一月一日（右）。

水滋潤之地」改為「收復河山」，這個審定還真的很厲害，連和合本也能改來為革命服務。

接下來的正文也有修改：

親愛的同志，新年已展開在我們的面前，迎接我們的勝利。誰也不能預知在未來的路程中，將有什麼遭遇、什麼危險、什麼需要。可是我們確信現在已踏上了勝利的邊緣。因為這裡有一段最能給我們鼓舞、安慰的信息，就是在申命記所說的……

此版本除了將friends改為「同志」之外，也多了「迎接我們的勝利」、「已踏上了勝利的邊緣」等等不知哪裡冒出來的翻譯。接下來更厲害，連續幾日所引用的經文都和原作不同。王家棫版的引用經文是：

一月三日：「非經激戰，魔鬼決不肯放棄他的掌握；要獲得精神解放，必須償付血的代價。」（馬可福音9：26）

一月四日：「從戰鬥中獲得試煉，從戰鬥中增強信心和力量，使我們不僅戰敗敵人，而且得勝有餘。」（羅馬書8:37）

一月五日：「躊躇一刻，即將危害你的神聖使命。」（約書亞記1:1-2）

一月六日：「只有戰鬥才能造成光榮勝利的軍人。」（申命記32:11-12）

原作一月二日的經文出自「以西結書41:7」，一月三日的經文出自「創世紀33:14」，一月四日出自「馬可福音11:24」，一月五日出自「歷代志下14:11」，都與王家棫版不同。事實上，我一路沿著兩個版本對下去，除了一月二日譯自原作的一月一日之外，從一月三日到一月三十一日，竟沒有一篇和原文相同。就連王家棫在一九七五年追悼文中所提及的四月五日，引用經文也和《荒漠甘泉》原文不同。而根據引文所註的出處去翻查聖經，也沒有一句和聖經和合本的文字相同。幾乎每日所引經文都有「勝利」、「戰勝」、「仇敵」、「信心」、「戰爭」這些關鍵字，真是戰地版新編《荒漠甘泉》，既非原來那本《荒漠甘泉》，所引聖經也不是經文原貌，只能說是面目全非了。

有人說這個版本其實是蔣宋美齡翻譯的，也有人說董顯光也翻譯過一些，但最後出版的是王家棫定稿，專給老蔣靈修之用。王家棫並非基督徒，而是作家兼老蔣隨員。這本為老蔣量身定作的《荒漠甘泉》似乎是從聖經中篩檢出有「勝利」、「戰鬥」等關鍵字的經文，重新「翻譯」成老蔣喜歡的句子，再加上一些符合老蔣心境的小故事，包裝成一本「靈修書」。但這本書跟原來的《荒漠甘泉》真的不是同一本。既然如此，乾脆自己編就算了，為什麼還要用《荒漠甘泉》這個書名，又註明「美國高曼夫人原編」？到底是誰騙了誰？還是誰要騙誰？還是誰在騙自己？看來這版精心製作的「假」譯本還真是內幕重重啊！

其實，老蔣還不只「審定」這個《荒漠甘泉》譯本，他連《聖經》都審定過，就是吳經熊的《聖詠釋義初稿》。

「聖詠」是天主教的說法，基督教稱為「詩篇」，是舊約中的歌集。這本譯本全用中文古詩翻譯，五言、七言、四言、騷體都有；一九四六年出版之時，白話和合本[5]已通行半世紀以上，這樣的返古現象還蠻有趣的。從經文的內容來看，很多也都符合主席心境，如「雖在重圍，何所用懾」、「雖聞凶音，無有恐怖。惟貞無畏，知敵必潰」、「何列邦之擾攘兮，何萬民之猖狂。世酋蠢起兮，跋扈飛揚」等等，與《荒漠甘泉》頗有輝映之妙。

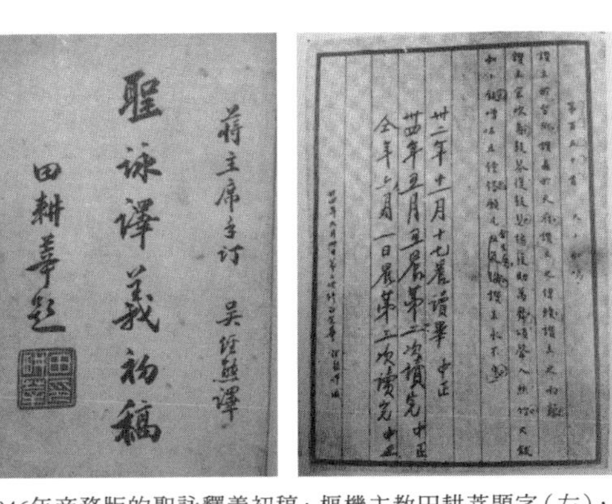

1946年商務版的聖詠釋義初稿，樞機主教田耕莘題字（左），附在吳經熊譯本的書信，證實蔣中正曾三閱譯稿（右）。

商務一九四六年版附上老蔣的書信，雖然信上很客氣地說「惟中不識外國文字不敢為足下臂助乃為畢生之遺憾」，但這本書出版時還是在書名上冠上「蔣主席手訂」五個字，不但封面如此，連版權頁也是如此。封面題字的是第一位亞洲的樞機主教田耕莘，還有于斌總主教和江蘇海門主教朱希孟作序，面子十足。

譯者吳經熊（1899-1986）是法學教授，一九二〇年代當過中國大陸東吳大學法學院院長、南京立法院立法委員、上海法院院長等要職，還是《中華民國憲法》的起草人之一。為什麼法院院長要翻譯《聖經》呢？根據于斌總主教的序：「數年前，主席囑吳子德

5《聖經和合本》（*Chinese Union Version*）是今日華語人士最普遍使用的《聖經》譯本，起源自一八九〇年在上海舉行的傳教士大會，會中各差會派代表成立了三個委員會，分別負責官話、深文理、淺文理三種譯本，稱為「聖經唯一，譯本則三」。後來深淺文理合併為文理和合本，因只發行十餘年，知者甚少，至於官話和合本，即現今稱為國語和合本者，則廣泛流行，成為教會常用譯本。

生重譯新經及聖詠。吳子既銜命，即毅然屏擋一切，從事翻譯。」這不是宗教之事嗎？怎麼聽起來主席比主教還大呢？跟那些歷代奉詔翻譯的佛教大師實在相去不遠。不但是主席交代，而且還親自動筆：「主席於萬機之餘，三閱譯稿，予以修正，加以潤色……其改善原稿之處，不一而足。」因此，「夫以一國之元首，重之以空前之戰事，竟能深思遠慮，躬親主持譯經之事。有史以來，未之前聞。今乃目睹之矣。此不特聖教之光，亦中華之幸也。」唐太宗還是請大學士去譯場幫忙潤筆，蔣主席連大學士都不用，自己就能提筆潤色，真是比唐太宗還厲害。

一本真正的偽譯——《南海血書》

「翻譯偵探事務所」破的案子，大都是本來確有譯本，只是台灣出版社把譯者名字改掉或不署名。但本案的主角《南海血書》卻是一本真正的偽譯了——因為它根本不是翻譯作品。雖然「譯者」朱桂真有其人，當時是崇右企專的老師，但《南海血書》並不是他從別的語言翻譯過來的，而是他的創作。

《南海血書》於一九七八年中美斷交之際，登在《中央日報》副刊，署名「阮天仇絕筆，朱桂譯」，「譯者」朱桂宣稱這是其內弟在南海捕魚時發現的一封絕筆血書。血書寫在襯衫上並塞入一海螺內，朱桂之內弟於荒島上偶然拾獲，全篇以越南文寫成，朱桂遂將其翻譯出來以公諸於世。文曰：

> 我再也支持不下去了！……在南海中一個不知名的珊瑚

《南海血書》封面。

礁上，我脫下襯衫，用螺螄尖蘸著自己身上僅餘的鮮血來寫這封信。我不知道該寫給誰？寫給天主吧？天主當吳廷琰被殺的時候就捨棄了越南子民；寫給佛祖吧？佛祖在和尚自焚的日子就已經自身難保了；寫給當年口口聲聲為我們爭自由謀幸福的民主鬥士吧？民主鬥士正在巴黎、倫敦、紐約忙著享受自由幸福；……

此文一出，人心惶惶，唯恐美國在越南落荒而逃的例子重演。一九七九年一月，中央日報出版單行本，在六頁的血書前後加了幾張越南難民的照片，又放了幾篇宣揚政府政績的文章，包括前行政院秘書長薛香川（用筆名薛翔川）寫的〈故鄉行〉，大讚台灣的建設；詩人涂靜怡得到「國軍文藝金像獎第一名」的長詩〈從苦難中成長〉，呼籲國人團結；還有一篇溫良恭的〈商青〉，居然通篇在痛斥七等生的〈我愛黑眼珠〉「悖禮背德」、「不知所云」、「心理幼稚」，警告社會大眾「防微杜漸」，以免「匪諜滲入文壇」。這幾篇文章都是從中央日報副刊選登的，就是政府的文宣。最後一篇尤其恐怖，寫個小說都被人懷疑是匪諜？這本小冊子一出，政府全力行銷，不但中小學都要買來上課寫心得，還編入小學課本〈怒海求生〉，甚至還拍成電影《南海島血書》，真是無所不用其極。行政院長孫運璿那句：「今日我們不能做一個為自由奮戰的鬥士，明天就會淪為海上漂流的難民」，全民朗朗上口。

不過，打從一開始就有人質疑《南海血書》的真偽。林濁水當年就在《八十年代》上痛斥這是拙劣的騙局，質疑從未見過血書這件證物的影像，而且「人體的血液容易凝固，從傷口流出來，流量無法控制；螺螄尖硬，又不易沾上液體；襯衫是布質，遠比紙張粗糙、太軟，吸水又極多，這三樣，都是最差的書寫工具。」這麼難用的書寫工具，大概要十個小時以上才能寫三千字；「阮天仇」先生已四十二天未進食，餓死前還能流十個小時的血，實為「神人」。再說血書的字不可能太小，拼音的越文比中文更佔空間，三千字的血書大概要十件襯衫才寫得下，十件襯衫又如何能塞進一個海螺？

至二〇〇三年，「譯者」朱桂本人也親口承認造假，說他本意只是創作，但被政戰頭子王昇拿來做為文宣工具。現在看起來或許十分荒謬，

版權所有
中央日報
翻印必究

南海血書

每册定價：新台幣十五元

譯著人：朱桂等
出版者：中央日報社
發行人：吳俊才
地址：臺北市忠孝西路一段83號
劃撥帳號：一二一二〇號
印刷者：上海印刷廠
中華民國六十八年一月四版
行政院新聞局局版臺業字第〇六〇三號
（本書如有缺頁、倒裝，請寄回調換）

《南海血書》版權頁。

但我記得小學的時候，大家都相信這是真的（也許大人不相信也不會告訴我），學校還有舉辦《南海血書》心得比賽，一個寫得比一個悲慘。優勝作品一篇篇貼在走廊上，我每次經過走廊去上廁所的時候，都覺得許多越南難民的冤魂就在那裏眼睜睜看著我，心裡毛毛的。

偷天換日之卷

- 樹大招風——揭露幾本冒名林語堂的譯作
- 小畢偷看的《查泰萊夫人的情人》，原來是朱光潛譯的？
- 耿濟之在大陸失傳的《罪與罰》在台灣重現？——空歡喜一場
- 一代不如一代？台灣的三種《紅與黑》
- 十本《茵夢湖》，六本源頭
- 也算是翻譯界的天方夜譚——一個曲折離奇的譯本流傳史
- 梁實秋和朱生豪以外的莎劇譯者們
- 生物學家譯的《茶花女》，風行台灣半世紀
- 踏破鐵鞋無覓處——《魯賓遜漂流記》奇案
- 功過難論的遠景世界文學全集

台灣翻譯書目問題重重，偽譯眾多，譯者不詳的、代以假名的、署以「編輯部」的、甚至張冠李戴的都有。目前我們已確認為抄襲的譯本超過一千四百種，被抄襲的「種子書」超過六百種，有些種子書甚至被抄襲二十多次之多，像是傅東華的《飄》、李霽野的《簡愛》、林疑今的《戰地春夢》、東流的《傲慢與偏見》、楊普稀的《蝴蝶夢》、張愛玲的《老人與海》，都被北中南大小出版社一抄再抄。

造成抄襲盛行的原因，一開始是政治。戒嚴期間，所有「附匪」或「陷匪」的譯者，譯作一律列為禁書。可憐台灣人才剛剛脫離日本統治，還在學北京話和「我手寫我口」的白話文，哪裏一時生得出那麼多譯者，既要外文夠好，還要能寫白話文。因此，把身陷大陸的譯者名字塗掉，出版他們的譯作，既無政治風險，又有書可賣，還不必付譯者半毛錢，就成了出版社賺錢的方便法門，也算是做文化功德。只是抄襲抄多了，有時連港台譯者的也抄，甚至消費名家，例如俄國作品都算耿濟之翻譯的，莎士比亞都算朱生豪的，連林語堂名下都多了好幾本譯作。

辨偽的方法，是否署名、出版社、年代、用語、序跋都是線索。只有作者，沒有譯者的，可疑。署名「編輯部」跟沒有署名差不多，也很可疑。新興、大中國、義士、五洲、正文、青山、綜合、逸群等出版社，抄襲譯本的比例很高。遠景的世界文學全集頗有集舊譯大成的味道，志文則新舊參半，而且還抄襲到文革之後的大陸新譯本，取的假名也不太重複使用，有時不易辨別真偽。被抄襲的大陸譯本以一九四〇年代最多，有時從用語還看得出時代痕跡，例如一九九〇年的《野性的呼聲》，裡面出現「水門汀」（水泥）、「推事」這種一九三〇年代的上海說法，或是一九七〇年代的《西線無戰事》譯序中說「我們華北地區正受到日軍的侵略」，當然都是明顯的年代破綻。發現可疑譯本，再去找大陸或香港譯本來比對，大概九成五以上都能破案。

樹大招風——揭露幾本冒名林語堂的譯作

陽明山仰德大道上的林語堂故居，是一九六六年老蔣贈送給林語堂的，希望能吸引這位國際知名的作家來台定居，為老蔣的「自由形象」加分。林語堂（1895-1976）是福建漳州人，因此晚年能聽到家鄉話，足慰老懷。他在這裡斷續住了十年（有時住在香港女兒家），備受禮遇，最後在香港過世，移靈回台，長眠於故居後園。林語堂故居清幽可愛，現在由台北市文化局管理，對外開放，裡面當然有收藏林語堂的著作，包括他英文著作的中、日譯本在內。不過，雖然是林語堂故居，也不能保證裡面掛名林語堂的都真的是他的著譯作。根據目錄判斷，當中至少有七冊不是他的，也都收在裡面了。

這七冊都是英譯中的著作，包括三冊《徬徨漂泊者》、一冊《勵志文集》、一冊《成功之路》和兩冊《如何出人頭地》。《勵志文集》、《成功之路》和《如何出人頭地》只是書名不同，其實內容一樣。也就是說，有兩本不是林語堂寫的，也不是林語堂翻譯的書，卻被當作林語堂的譯作在港台發行，最後還被收進林語堂紀念圖書館。林語堂若天上有知，大概也是啼笑

1. 1979年德華出版社的《徬徨漂泊者》不是林語堂譯的，而是黃嘉德譯的。
2. 1939年上海西風社的《流浪者自傳》，封面上有「林語堂推薦」字樣。
3. 1986年金蘭文化版的《徬徨漂泊者》，封面上居然變成「林語堂著」。

皆非。

第一本《徬徨飄泊者》其實是林語堂的好友黃嘉德譯的。這本書原名 *The Autobiography of a Super-Tramp*（1908），是威爾斯作家戴維斯（W. H. Davies）的自傳。作者不是很出名，但原書有蕭伯納的序，中譯本有林語堂的序，算是名家加持。黃嘉德的譯本書名為《流浪者自傳》，一九三九年上海西風社出版，封面上印有「林語堂蕭伯納推荐」字樣。黃嘉德（1908-1992）、黃嘉音（1913-1961）是林語堂的朋友和事業夥伴。他們兄弟和林語堂一樣是福建人，一樣出身基督教家庭，又都是上海聖約翰大學的學生。西風社就是黃氏兄弟和林語堂一起辦的。西風社的書，黃嘉德翻譯，黃嘉音發行，林語堂寫序推薦，合作無間。林語堂於一九三六年舉家赴美，之後在美國三十年，黃家兄弟則留在大陸，黃嘉音死於文革，黃嘉德藏書全被沒收，命運多舛。

不過，黃家兄弟雖然與大師林語堂交好，但因為他們沒有來台灣，不是附匪就是陷匪，所以他們的書仍被列為禁書。一九五七年，《流浪者自傳》在台灣重出，署名「序周」翻譯，台北書局出版。封面的「流浪者自傳」字樣是從右至左，「戴維斯原著 序周譯」卻是從左至右，一看就知道是拼裝書。內裝書名頁比較規矩，全部從右到左，也有「蕭伯納 林語堂推荐」。再看到林語堂序，鐵證如山，第六行明明白白寫著「茲承黃嘉德先生全本譯出，按期在宇宙風半月刊發表」，不知是編輯沒看到這個大破綻，還是故意留下線索，讓有心人可以按名索驥，知道這是誰譯的。

台北書局的《流浪者自傳》還算有誠意，沒有改書名，林語堂序也照錄：

> 啣噹啣噹又啣噹，老殘之串鈴，頭陀之盂缽，戴氏之放棄每星期十先令的固定生活，知之匪艱，行之維艱也。……觀其自述叫化撞騙，一句一句道來，全無自豪氣慨，是所謂純出天籟。至此文生於事，事生於文，文章與事實調和，可稱化工，是屬於本色美一派，與浮生

六記同一流品也。

一九七九年，林語堂已過世，死無對證，德華出版社把此書改名為《徬徨飄泊者》，假托是林語堂所譯。一九八四年，另一家金蘭出版社就直接把這本書列為「林語堂全集之十四」，當作是他的作品了。林語堂本來只是寫個序，這下居然成了譯者，佔了好友黃嘉德的便宜。黃嘉德還有一本《蕭伯納傳》，也在台灣被匿名盜版多次。林語堂的英語著作 *My Country and My People*（多半譯為《吾國與吾民》）據說原本是屬意黃嘉德翻譯的，但我始終沒有見過黃嘉德譯本。陝西師範大學在二〇〇六年出版了署名「黃嘉德」譯的《吾國與吾民》，但一翻內文，其實是鄭陀譯本。林語堂的 *Moment in Peking*（《瞬息京華》或《京華煙雲》）指名郁達夫翻譯，但郁達夫沒譯完就過世了，因此鄭陀、應元杰的譯本滿天下，遠景沒署名的譯本就是鄭陀和應元杰的。看來，林語堂雖然自己中文文筆過人，但不肯翻譯自己著作的結果，就是始終沒有等到他心目中的理想譯者，只能任人翻譯了。

《流浪者自傳》至少是林語堂寫的序，另外一本是美國二十世紀初的勵志作家馬爾騰（Orison Swett Marden）在一九一三年出版的 *Training for Efficiency*（即《勵志文集》、《成功之路》或《如何出人頭地》）。林語堂創作力旺盛，中譯英或半譯半作的是有，英譯中就很少了，連自己的書都沒時間譯了，更不會譯這種美國通俗勵志書。再說，他不是常常笑美國人過於認真，不會生活，又怎麼可能鼓吹勵志？也就是說，這本號稱林語堂譯的勵志書，當然不是林語堂譯的。問題是，原來的譯者是誰？

先看《勵志文集》，譯文生澀，一點也不像林語堂手筆：

> 假使我們有志氣而不想去實踐志氣，則我們的志氣將不能保持一種銳利而固定的態度，我們的天秉將變成遲鈍而失去能力。

譯序尤其奇怪：

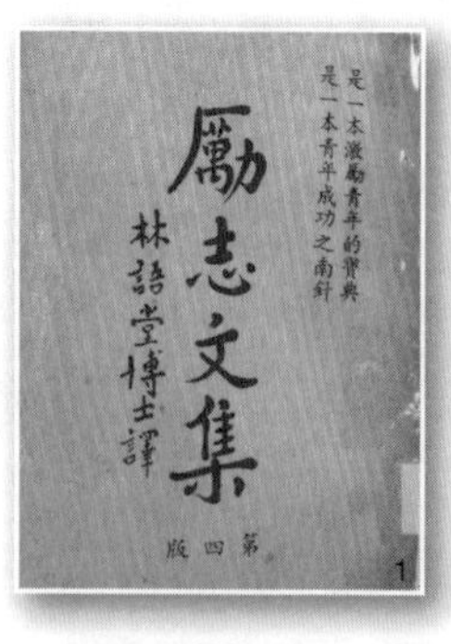

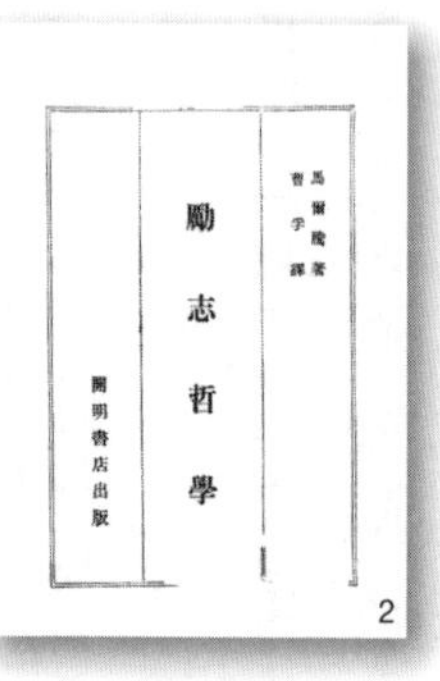

1. 1961年海燕的《勵志文集》，署名「林語堂博士譯」，實為曹孚譯的《勵志哲學》。
2. 1932年上海開明的《勵志哲學》，由曹孚翻譯。

譯者對於時代青年所經驗到的煩悶、消極，等等滋味，譯者未曾錯過，自讀馬氏的原書後，精神為之大振，人之觀念為之一變。煩悶、消極、悲觀、頹唐的妖霧陰霾，已經驅除盡淨。

跟印象中的林語堂形象太不合了。樂觀積極的做人道理，林語堂自己隨便寫都可以寫一堆，還可以教美國人過生活呢，何須讀美國人的書才能精神大振？頗令人不解。原來，這本是曹孚翻譯的《勵志哲學》，譯序也是曹孚寫的，一九三二年開明書店出版。曹孚（1911-1968），江蘇寶山人，十九歲時就翻譯了這本書，後來留美拿到教育博士，死於文革。不過，這起案子其實並不是從台灣的海燕開始抄的，在大陸時期就已經開始掛林語堂的名字了。

一九三九年，新月出版社把曹孚的譯本改名為《成功之路》，並掛上林語堂的名字出版。林語堂當時已經赴美，對於別人用他的名字大概並不知道，或是鞭長莫及。但就我所見，許多書目還真把這本書列為林語堂的譯作，真是誤會大了。又，香港的授古書店在一九五三年也出過一本《勵志哲學》，署名「曹明」翻譯，其實也是曹孚版本。這個版本很有意思，雖然封面和版權用了假名「曹明」，但內頁又留下「曹孚」的署名與日期。這本現在看來沒什麼特別的勵志書籍，想不到卻在兩岸三地皆有冒名偽譯，還真是有志一同。

另一本書名很像，內容不同的書，也偽託林語堂譯，是人際關係大師卡內基（Dale Carnegie）在一九三六年出版的超級暢銷書 *How to Win Friends and Influence People*。還好林語堂紀念館沒有收藏這一本。馬爾騰今天可能沒什麼人聽過，但卡內基在台灣卻因為黑幼龍的「卡內基訓練機構」而紅到今天。這本書號稱史上最暢銷的勵志書籍之一，中文譯本很多，現在最常看到的是《卡內基人際溝通》，其他譯名還包括《人性的弱點》、《影響力的本質》（以上兩本合起來才是完整譯本）、《如何贏得友誼和影響力》、《使你成功的書》、《創造影響力》等等，都是譯自同一本書。商周還在二〇一二年出過七十五周年紀念版：《改變一生的人際溝通關鍵法則：人性的弱點七十五周年最新增訂紀念版》，真可說是歷久不衰。這本書最早中譯本是《處世之道》，一九三八年在上海出版，由謝頌羔和戴師石兩人合譯。後來還有林俊千的《處世門徑》、仲淵才和談倫合譯的《處世教育》，出版時間都差不多，可說是競相出版。作家林良在回憶錄《永遠的孩子》中提過，他從家鄉逃難到香港時，身邊還慎重地帶了卡內基的《處世教育》仔細研讀。林良生於一九二四年，初中大約是一九三七到一九四〇年之間，從書名來看，林良看的或許就是仲淵才和談倫的譯本。我最感興趣的是最後一篇「怎樣保持家庭快樂」。他先舉出歷史上幾位可怕的太太為例，如拿破崙太太、林肯太太和托爾斯泰太太，說她們不但使丈夫喪失了一切幸福，並且創造了自己一生的悲劇，接著奉勸夫妻不要爭吵，要討好對方、要注意小節、還要記得快去買一本關於性知識的名著來讀。最後甚至附上了夫妻習題，例如給丈夫的第四題是「當她因生理關係鬱悶不樂，或性情暴躁時，能夠原諒她並安慰她嗎？」、給妻子的第三題是「你平日做菜能夠常常翻新，使你丈夫捉摸不出嗎？」，現在看來，好像在看白朗黛漫畫的感覺。

一九五六年，文化圖書公司出版了仲淵才和談倫合譯的《處世教育》，把書名改為《處世文粹》，署名「談倫合譯」。這個署名十分詭異：難道譯者是叫作「談倫合」嗎？否則一個人究竟要怎麼「合譯」？跟卡內基合譯嗎？一九五八年，新陸署名林語堂翻譯的《勵志教育》，正是仲淵才和談倫的合譯本，一字不差。這個版本也在大陸時期就有抄襲本，一九四一年重慶的建國書店出版署名「黃毅」翻譯的《處世教育》；而後又有中國文化服務社版（一九四一）、國風版（一九四二）、文座版（一九四二）……等，都是重慶的出版社。香港中文大學圖書館所藏的最早版本，是一九四二年的文座版，也是署名黃毅。

其實，林語堂自己的翻譯功力一流，只是很少出手。蕭伯納的《賣花女》（*Pygmalion*，電影《窈窕淑女》的原著）是少數的例外。

像是女主角的無賴父親跑去教授家裡找人那段就十分精采：

郝先生：是你唆使她來的不是？

杜立達：天地良心，相公，我沒有。我敢賭咒，我這兩個月來就不曾看見我的女兒。

郝先生：那麼，你怎知道她在這兒的？

杜立達：（音調鏗鏘，而有悲楚之致）我要告訴你，相公，倘使你准我說一句。我情願告訴你。我正要告訴你。我等著告訴你。

這一段的最後一句，原文是這麼寫的：

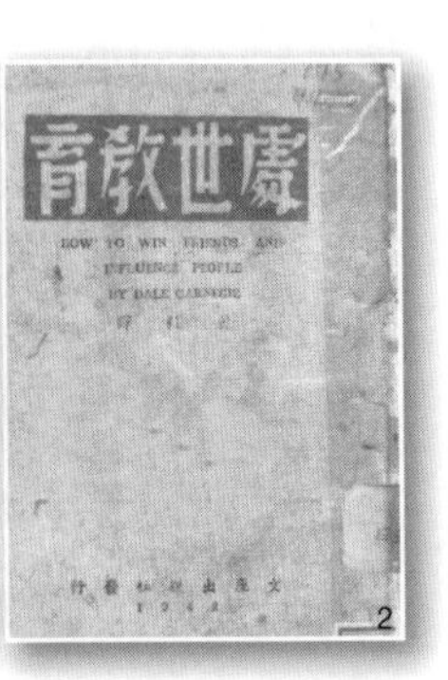

1. 1958年新陸的《勵志教育》，署名林語堂譯，實為仲淵才和談倫合譯的《處世教育》。
2. 1942年重慶文座出版社的《處世教育》，已經抄襲仲淵才和談倫的譯本。

DOOLITTLE ["most musical, most melancholy"] I'll tell you, Governor, if you'll only let me get a word in. I'm willing to tell you. I'm wanting to tell you. I'm waiting to tell you.

最後一句尤其翻得活靈活現，聲調鏗鏘，是相當成功到味的劇本翻譯。不過一九六四年李曼瑰的三一劇藝社重出這個劇本，竟然沒有署名。

林語堂的著譯作資料一片混亂，可分為三大類：

・林語堂翻譯，卻沒有署名的：

《賣花女》（台北：三一劇藝社，1964）。原為一九四五年上海開明出版。

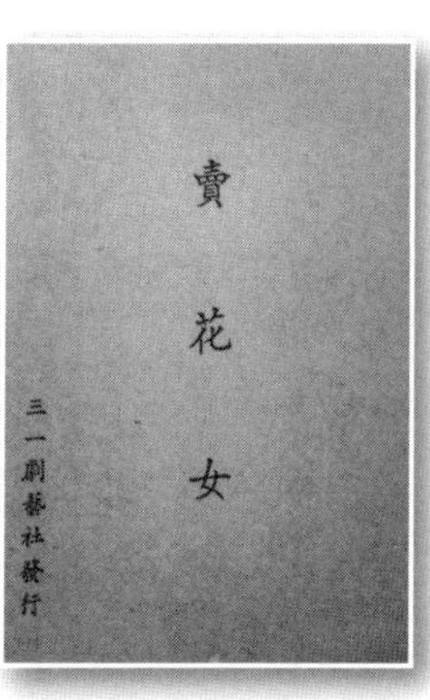

1964年三一劇藝社的《賣花女》沒有署名，實為林語堂所譯。

・不是林語堂翻譯，卻署名林語堂譯的：

原作	原譯	假託林語堂著譯
The Autobiography of a Super-Tramp（1908）	黃嘉德譯《流浪者自傳》（上海：西風社，1939）	林語堂譯《徬徨漂泊者》（台北：德華，1979）
		林語堂著《徬徨漂泊者》（台北：金蘭文化，1986）
Training for Efficiency（1913）	曹孚譯《勵志哲學》（上海：開明，1932）	林語堂譯《成功之路》（台北：臺北書局，1956）
		林語堂譯《勵志文集》（台北：海燕，1961）
		林語堂譯《如何出人頭地》（台北：新力，1976）
How to Win Friends and Influence People（1936）	仲淵才和談倫合譯《處世教育》	林語堂譯《勵志教育》（台北：新陸，1958）

・林語堂用英文寫作，但中文版不是他自己翻譯的：

此類作品台灣出版社往往沒有署名譯者，讀者很容易誤以為是林語堂的中文著作，例如：

原作	原譯	台版
With Love and Irony（1940）	蔣旗譯《諷頌集》（上海：國華，1941）	林語堂著《諷頌集》（台北：志文，1967）
My Country and My People（1935）	鄭陀譯《吾國與吾民》（上海：世界新聞，1938）	林語堂撰《吾國與吾民》（台北：大方，1968）
		林語堂撰《吾國與吾民》（台北：金川，1975）
		林語堂著《吾國與吾民》（台北：遠景，1976）
		林語堂著《吾國與吾民》（台中：義士，1976）
		林語堂著《吾國與吾民》（台北：金蘭，1981）
		林語堂撰《吾國與吾民》（台北：風雲時代，1989）
The Importance of Living（1937）	越裔譯《生活的藝術》（上海：世界文物，1940）	林語堂著《生活的藝術》（台北：大方，1975）
		林語堂著《生活的藝術》（台北：遠景，1976）
		林語堂著《生活的藝術》（台北：德華，1979）
Moment in Peking（1939）	鄭陀、應元杰譯《京華煙雲》（上海：春秋社，1940）	林語堂著《京華煙雲》（台北：文光，1956）
		林語堂著《京華煙雲》（台北：遠景，1976）
		林語堂著《京華煙雲》（台北：風雲時代，1989）

想來真是無奈，該署名的不署名，不是他的偏又說是他的；尤其是勵志、如何成功這種書籍，根本和林語堂的人生哲學相悖，竟然還堂堂混入林語堂紀念館！只能說樹大招風，建議林語堂故居倒不如另闢一小區收容此種署名林語堂的偽書，也是一種另類的收藏。

小畢偷看的《查泰萊夫人的情人》，原來是朱光潛譯的？

一九八三年的電影《小畢的故事》中，飾演小畢的鈕承澤拿手電筒偷看《查泰萊夫人的情人》的一幕，青春洋溢，深入人心。但他看的究竟是哪一個譯本？又是誰翻譯的？

電影中的這個版本不但沒有寫上譯者的名字，也沒有出版年份，一看就是盜印本。但一翻內文，其實是一九三六年饒述一在上海出版的譯本。說也奇怪，一九八二年的台灣一窩蜂出了好幾本《查泰萊夫人的情人》，包括：

- 一九八二年　「蔡明哲」譯的《查泰理夫人》　台北：德華
- 一九八二年　「潘天健」譯的《康妮的戀人》　台北：金陵圖書
- 一九八二年　「本局編譯室」譯的《查泰萊夫人的情人》　台南：魯南
- 一九八二年　「施品山」譯的《查泰萊夫人》　台南：大孚

如果小畢手上那本也是一九八二年出版的，那麼那一年台灣就出了五本《查泰萊夫人的情人》，而且全都是抄饒述一的版本。其實，台灣從一九五三年就開始盜印這個版本了，最早是台北紐司週刊社出版，署名「李耳」的《查理夫人》。《查理夫人》後面附有廣告多種，包括一位腎毒專科中醫師的廣告，還註明「本醫師專治腎病梅毒其他謝絕請原諒」，暗示讀這本書的讀者容易腎虧或得梅毒，簡直把這本名作當成色情書刊了。

到了一九八一年，由於美國電影 *Lady Chatterley's lover* 上映的關係，忽然又掀起一波查泰萊夫人熱。一九八一年，遠景出了香港名譯者湯新楣的《康斯坦絲的戀人》（後來也從眾，改名為《查泰萊夫人的情人》）；而其他小出版社就紛紛拿早期的饒述一版本來盜印，反正這種一九四九年以前的老譯本，譯者九成以上在大陸，不會有人追究，抄湯新楣的比較危險，抄饒述一的可說毫無風險，一本萬利。但既然人人可出，各家出版社的行銷就各出奇招。德華版的《查泰理夫人》封面上寫著「林語堂鄭重推薦『西方金瓶梅』」，有林語堂大師掛保證，又有「金瓶梅」這個比喻，應該頗為有效。更

台灣第一個譯本，署名「李耳」，實為饒述一譯本。

有趣的是，書裡附了三十張彩圖，全是裸女圖：包括竇加的《跨在浴缸上的女人》、雷諾爾的《金髮浴女》、哥耶的《裸裎的瑪亞》、畢卡索的《紅色背景的裸婦》，倒真的都是名家作品沒錯，只是跟這本小說毫無關係就是了，算是給讀者的福利嗎？金陵版的《康妮的戀人》封面火辣，署名「潘天健」，推薦人是「英國大文豪蕭伯納」，還號稱是「五十年來中國唯一全部重新翻譯的版本」，也是莫名其妙：一九八二年的五十年前是一九三二年，中國根本還沒出現譯本。第一個中文譯本是王孔嘉在《天地人》連載的《賈泰來夫人》，比饒述一的譯本早幾個月出現，但兩者都是在一九三六年出版的，到一九八二年也還不到五十年，不知「全部重新翻譯」是哪裡來的？這家金陵圖書的其他出版品也讓人頗為傻眼，包括《中國帝王回春術》、《中國百家氣功圖解》、《中國民俗搜奇》等等，《康妮的戀人》看來是他們唯一的一本翻譯小說。可見各出版社有志一

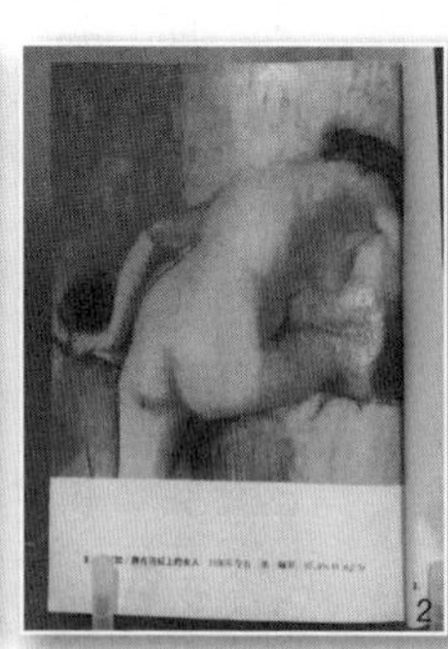

1. 德華出版過「林語堂全集」，封面上也寫上「林語堂鄭重推薦」字樣。
2. 德華版本附上的裸女彩圖之一，這張是竇加的作品。跟本書內容毫無關係。
3. 金陵圖書公司的版本，封面火辣，封面上有「英國大文豪蕭伯納特別推薦」字樣。

同，從紐司週刊到德華到金陵圖書，都把這本書當作色情小說來出版就對了。

這本一九二八年的作品，公認是英國作家D．H．勞倫斯（David Herbert Lawrence，1885-1930）最「誨淫」的作品。內容描寫查泰萊男爵因第一次世界大戰傷殘而不能人道，膝下無子，竟建議年輕貌美的查泰萊夫人去「想辦法」生一個孩子，以繼承爵位和財產。於是，夫人真的和男爵家獵場的管理人發生關係，也真的懷了孩子，男爵卻又嫉妒反悔，處處刁難。由於D．H．勞倫斯幾場雲雨橋段寫得十分詳細露骨，導致《查泰萊夫人的情人》常被當成淫書，不但作者生前無法在英國本地出版，死後多年也只能出刪節過的「淨本」，一直到一九六〇年，該書才在英國首度以完整的版本問世，出版商還得上法庭辯護。不只在英國，該書在澳洲也被禁，日本一九五〇年代的譯本也被罰款過。

譯者當然也知道這本書有被當成淫書的風險。林語堂在一九三四年的《人間世》上發表過一篇〈談勞倫斯〉，用一種間接的方式討論了這本書。這篇〈談勞倫斯〉是假託「朱柳兩位老人」的閒談，「柳先生」就是林語堂自己，「朱先生」則是《查泰萊夫人的情人》的譯者。「朱先生」說自己雖已差不多譯完，但並不打算發表，因為：

我想一本書如同和人說話一樣，也得可與言而與之言，才不至於失言。勞倫斯的話是對成年人講的，他不大容易懂，給未成熟的社會讀了，反而不得其旨。……現在的文人、教士、政治都跟江湖賣膏藥的庸醫差不多，文字以聳人觀聽為主，……我頗不願使勞倫斯淪為走江湖賣膏藥的文學，所以也不願發表了。

後來饒述一在一九三六年出版的《查泰萊夫人的情人》收錄了林語堂的這篇文章，看來饒述一可能就是那位文章中的「朱先生」。而根據譯者序的線索，這位朱先生可能就是北大教授朱光潛（1897-1986）。譯者序開頭便說：

這本書的翻譯，是前年在歸國途中開始的。後來繼續翻譯了大部分，便因私事，和某種理由擱置了。

朱光潛一九三三年在法國取得博士學位，同年應北大文學院院長胡適之聘，返國任教。因此一九三三年歸國途中起手翻譯，正好符合林語堂〈談勞倫斯〉一文中的朱先生所述，一九三四年已譯完大半。而且朱光潛一九三四年在北大開的「現代小說」一門課，其中授課書目就包括《查泰萊夫人的情人》，邊教邊譯也是很自然的事情。至於擱置的理由，林語堂的文章中已經寫得很清楚，就是覺得社會不夠成熟，恐怕會讓勞倫斯淪為走江湖賣膏藥的文學。那為何最後又決定出書呢？主要是受了劣譯的刺激所致：

> 最近偶閱上海出版的某半月刊，連續登載某君的本書譯文，便趕快從該刊第一期起購來閱讀。不讀猶可，讀了不覺令人氣短！原來該刊所登的譯文，竟沒有一頁沒有錯的（有好多頁竟差不多沒有一段沒有錯的！）而且錯得令人啼笑皆非。不待言，許多難譯的地方，該譯者連下筆都不敢，便只好漏譯了，把一本名著這樣胡亂翻譯，不單對不住讀者，也太對不住作者了。因此使我生了把舊稿整理出來出版的念頭。在人事倥傯中，花了數月的功夫，終於將舊稿整理就緒，把未完的部分譯完了。

文中的某君就是王孔嘉，上海的半月刊就是《天地人》，主編徐訏曾向朱光潛邀稿，因此很有可能朱光潛也看了王譯。王孔嘉的《賈泰來夫人》從第一期連載到第九期。三月開始連載，七月饒述一的譯本就出現了，饒述一果真是氣得厲害。不過，被這麼重話批評的結果，王孔嘉譯本後來沒有連載完，七月中就被腰斬，成了殘本，當然後來也沒有發行單行本，是「良譯驅逐劣譯」的好例子。另一個「饒述一」是朱光潛的證據，是他用的法國版本和法文譯本：

> 本書係根據未經刪節過的法國印行的大眾版本（英文本）翻譯的，兼以Roger Cornaz氏的法文譯本做參考。Cornaz氏是勞倫斯指定的法文翻譯者，他的譯文是可靠而且非常優美的。有許多原文晦澀的地方，都是靠這本法譯本的幫助解決的。

由於原作在英國只能出刪節本，法國才買得到未刪節的英文全本，譯者還用法文譯本作為輔助，可見其與法國淵源甚深。一九三〇年代人在法國，又有這樣興趣和能力的譯者應該不多。最後一項證據，則是譯者的所在地。這個譯本雖然是在上海出版，但我們可以看到譯者序署「於北平」。回推朱光潛一九三六年還在北大任教，當然住在北平。到這裡為止，「饒述一」是朱光潛的「一次性筆名」已經呼之欲出，而他之所以使用筆名，可能就是因為這本書爭議性太大的關係。

翻譯這樣一本經典名作的饒述一生平不詳，毫無資料，正是筆名的關係。然而事後諸葛，還好朱光潛當時用了筆名。因為蔣介石在一九四九年派了一架飛機接北大教授到台灣時，胡適上了這架飛機，朱光潛卻沒有，主要的理由是他的小女兒患有骨結核，醫生說不適合長途旅行。文革開始以後，他被視為「資產階級右派」、「反動學術權威」，備受凌辱。但幸虧他這本「資產階級淫書」用了筆名，不然恐怕被鬥得更慘。

一九三六年北新書局的版本，台灣未見，國家圖書館內藏有一本一九四九年重慶版。饒述一版本是譯者自費發行，北新書局只是經銷，朱光潛抗戰期間在四川大學教書，因此於重慶重新出版此書也頗為合理。該版小說一開頭是這樣的：

我們根本就生活在一個悲劇的時代，因此我們不願驚惶自擾。大災難已經來臨，我們處於廢墟之中，我們開始樹立一些新的小建築，懷抱一些新的微小的希望。這是一種艱難的工作。現在沒有一條康莊的到未來的路了，但是我們卻迂迴地前進，或攀援障礙而過。不管天翻地覆，我們卻不得不生活。這大概就是康士丹斯·查泰萊夫人的處境了。

Ours is essentially a tragic age, so we refuse to take it tragically. The cataclysm has happened, we are among the ruins, we start to build up new little habitats, to have new little hopes. It is rather hard work: there is now no smooth road into the future: but we go round, or scramble over the obstacles. We've got to live, no matter how many skies have fallen. This was more or less Constance Chatterley's position.

然而，幾個抄襲版本的第一段卻都不知所云。如「蔡明哲」譯本：

我們生活在一個悲劇的時代，我們不願驚惶自擾大災難已經來臨，或在廢墟之中，我們開始樹立一些新的小建築，懷抱一些新的小希望。這是一種艱難的工作。現在沒有一條到將來去的康莊之路了，但是我們卻迂迴地前進，或攀援障礙而過。不管天翻地覆，我們卻不得不生活。這大概就是康士丹斯·查泰理夫人的處境了。

第二句和第三句之間少了一個標點符號，變成「我們不願驚惶自擾大災難已經來臨」，

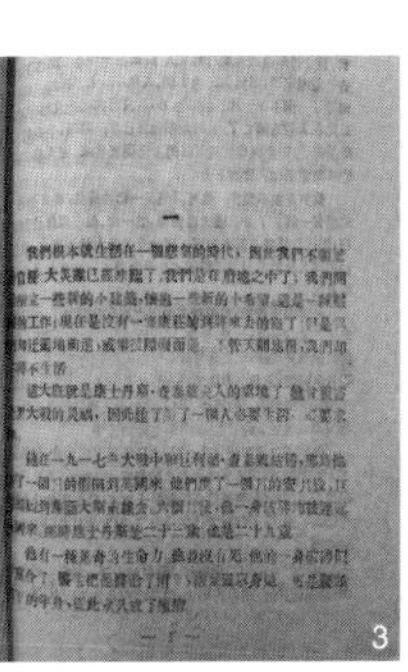

1. 國圖收藏的1949年饒述一版本，紙張極差。

2. 1949年渝版扉頁。這本書由譯者「饒述一」自費發行，北新經銷。

3. 1949年重慶出版的饒述一版本，第一頁第二行有個破洞，導致多本抄襲本斷句錯誤。

簡直不知所云。為什麼會這樣呢？看了國圖的饒述一版本，才知道原因：因為渝版紙張極差（抗戰期間物資缺乏，四川出的版本都非常差），有許多小破洞，而那個標點符號的位置正好就有一個破洞。所以抄襲者以為那裏沒有標點符號，就造成這個難以理解的句子。

金陵版的改動比較口語一點：

> 我們本來就生活在一個悲劇的時代裡，因此我們不會庸人自擾地認為大禍臨頭，我們本來就出生在廢墟中，於是我們建造了新的小房子，懷抱著新的小希望。這是艱難的工作：前面沒有康莊大道，我們只能迂迴前進，或攀援障礙而過。就算天塌下來，我們也必須生活下去。這大概就是康斯坦絲·查泰萊夫人的

處境了。

金陵版的斷句也還是錯的，還自圓其說，改成「庸人自擾地認為大禍臨頭」，完全悖離原文語意。看來編輯也很急，想要快點進入精彩床戲部分，這種哲學思考的部分就隨便刪刪改改，能省則省。所以「這是一種艱難的工作」就變成「這是艱難的工作」，「天翻地覆」改成「天塌下來」，這樣也能號稱是「五十年來中國唯一全部重新翻譯的版本」，厚顏程度令人吃驚。

1992年漢風未署名版本，仍為饒述一版本。這本封面上正在讀書的女性，顯然不是一次大戰前後的查泰萊夫人了。

一九八〇年代，台灣的「小畢們」還能看到各種饒述一版本的《查泰萊夫人的情人》（當然他們不知道饒述一是誰，可能也不知道朱光潛是誰），大陸卻只有手抄本在地下流傳。文革結束之後，第一個推出這本「資產階級禁書」的出版社是湖南人民文學出版社。他們一九八七年重出饒述一的譯本，據說訂了書的書商，車子排在印刷廠外領書，場面相當壯觀，可見想看這本書的讀者很多。但沒過幾天就被查禁了，不只出版社的總編輯被撤職，連湖南省出版局局長和出版社社長都被記過處分。

回到台灣，這個譯本的盜版情形也並不是只發生在解嚴前，一九九二年台南漢風署名「編輯部」譯的《查泰萊夫人的情人》，依然是饒述一譯本。只能說，饒述一（朱光潛）還真是「嘉惠」兩岸青年良多。一九九四年，也就是朱光潛翻譯此書的六十年後，台北新銳出版社才終於出版了如實署名「饒述一」的繁體字譯本。然而，我在一本研究勞倫斯的碩士論文中，看到天真的研究生竟把饒述一譯本當成「一九九〇年代」的譯本來分析，真是心頭火起。如果找我去口考，這論文一定要重寫了！

耿濟之在大陸失傳的《罪與罰》在台灣重現？——空歡喜一場

外公怎麼也想不到的是，《罪與罰》在他去世六十五年後的今天奇蹟般地出現在台灣……我簡直不敢相信自己的眼睛！……（台灣國家圖書館館藏）清單上竟然清清楚楚，赫然列出了耿濟之譯的《罪與罰》！

二〇〇九年，耿濟之的外孫陳逸，聽說外公失傳的《罪與罰》在台灣出現，特地從美國飛來台灣見證奇蹟。並在二〇一二年，由遠景出版祖孫合譯新版，扉頁上印著：「獻給敬愛的外公 濟之先生」，署名「耿濟之原譯，陳逸重譯」。如此一段佳話，只可惜到頭來並不是真的。原來，陳逸手上那本署名「耿濟之」的譯本，其實是上海啟明「汪炳坤」的版本。耿濟之在天之靈，恐怕不是陳逸所想像的「悲喜交集」，而是「啼笑皆非」吧！更尷尬的是，序還是鄭振鐸的孫子鄭源所寫，真是兩個「憨孫」。

耿濟之（1899-1947），上海人，民初名譯者，北京俄文專修館出身，從俄文翻譯了許多重要作品，包括杜斯妥也夫斯基的四本作品：《死屋手記》、《少年》、《兄弟們》（後來書名改譯《卡拉馬助夫兄弟們》）、《白癡》。根據耿濟之的女兒耿靜芬的說法，《罪與罰》也譯了，可惜手稿送進商務印書館排印時，被日軍炸毀了。據說耿濟之為此常感落寞，這麼大部頭的書，要重譯談何容易？當年手稿只有一份，又沒有影印店，丟了就丟了，戰亂期間的譯者不少人有類似的經驗。如戰後來台的德文譯者周學普，曾在歌德《愛力》的序中說，自己其實早就翻譯過一次，一九四七年把手稿寄給杭州友人準備出版，誰知兩岸隔絕，稿子拿不回來，只好硬著頭皮重譯一次。

既然稿子炸掉了，為何台灣會有「耿濟之」的《罪與罰》呢？其實很簡單：這不是耿濟之譯的，是戒嚴期間台灣出版社常見的張冠李戴手法。現在電子資源方便，只要比較一下就知道譯本是誰的了。

遠景所謂「耿濟之」版是這樣開頭的：

> 七月初的一個酷熱的晚上，一個住在S城的青年，從他的

1936年上海啟明出版的汪炳焜譯本，是遠景版的來源。

寓所樓上出來，懶洋洋地一直向著康橋踱去，看去似有所思般的。當他在下樓時很敏捷地避開了老闆娘的視線。他所住的房間是在一座高聳著的五層樓的房子的屋頂底下，這間房倒很像一個飲食櫥呢。那每天供給他膳宿，和服侍的老闆娘是住在下一層樓的，他每次出去時，必須經過她的廚房，廚房的門總是開著的。他每次經過這兒就要發生一種不快的，怕懼的情緒，使他皺著額似覺有點靦然的樣子。為的是他欠老闆娘的房錢無法償付，委實有點怕看見她呢！

而一九三六年汪炳焜版是這樣開頭的：

> 是在七月開始的一個酷熱的晚上，有一個住在S城的青年，從他的寓所樓上出來，懶洋洋地一直向著康橋踱去，看去似有所思般的。當他在下樓時很敏捷地避開了老板娘的視線。他所住的房間是在一座高聳著的五層樓的房子的屋頂底下，這間房倒很像一隻飲食櫥呢。那每天供給他膳宿，和服侍的老板娘是住在下一層樓的，他每次出去時，必須經過她的廚房，廚房的門總是開著的。他每次經過這兒就要發生一種不快的，怕懼的情緒，使他皺著額似覺

有點靦然的樣子。為的他欠老板娘的房金無法償付，委實有點怕看見她呢！

兩者差異極小，除了「七月開始」改成「七月初」、「老板娘」改成「老闆娘」、「一隻」改成「一個」、「房金」改為「房錢」，其他重要的句子主幹都沒動，甚至像「使他皺著額似覺有點靦然的樣子」這種不自然的句子都一字未改，可見遠景版實為汪炳焜版無可置疑。那為什麼陳逸會有這樣的誤會呢？這要從這個譯本在台灣的流傳歷史談起。

一九三六年汪炳焜譯本由上海的啟明書局出版。上海啟明書局的老闆沈志明是世界書局老闆沈知方之子，在戰後沈志明夫婦來台開設台灣啟明書局，由沈志明妻子應文嬋擔任發行人，落腳重慶南路。台灣啟明在一九四九年以前就帶了大批上海啟明版本的書過來販售，沒想到一九四九以後兩岸隔絕，回不去了，更糟的是國民黨頒布戒嚴法，宣布「附匪」及「陷匪」作家、譯者的作品通通不能賣。那豈不是等於無書可賣？所以啟明想出了一個巧妙的對策，就是把所有譯者都改署「啟明書局編譯所」，就這樣出了數百種署名「啟明書局編譯所」的書。

啟明書局並不用假名，在台灣一開始時也規規矩矩只出自己上海啟明的書。不過，一九五九年時，沈志明夫婦因出版「匪書」被捕而遭叛亂罪起訴，還好他們夫婦是胡適的學生，時任中研院院長的胡適找美國施壓營救，兩人得以在獲釋之後逃往美國，終老於斯。自此之後，啟明便從一九五〇年代譯印大陸舊譯的大本營，變成一九六〇年代全台大小出版商的免費盜印來源。因為老闆跑了，自己也心虛，不能告別人抄襲（萬一又被人告密說在印匪書），所以啟明就成了大宗種子書來源。這本《罪與罰》即是在這種情況下成為台灣的主流譯本。以下是按年代排列的已知版本：

- 一九六〇年　「啟明編譯所」譯。台北：台灣啟明書局
- 一九六八年　「甲兵」譯。台中：一善書店
- 一九六八年　未署名。台北：江南
- 一九七四年　未署名。台北：學海
- 一九七五年　未署名。台北：青山
- 一九七七年　未署名。台北：遠行

- 一九七九年　「遠景編輯部」。　台北：遠景
- 一九八〇年　未署名。　台北：喜美
- 一九八一年　未署名。　台北：名家
- 一九八六年　「書華編輯部」譯。　台北：書華
- 一九八六年　「耿濟之」譯。　台北：遠景（八版）
- 一九九九年　「耿濟之」譯。　台北：錦繡

根據陳逸的〈出版緣起〉，他在國圖看到了四個版本，分別是江南、學海、遠行三個沒有署名的版本，以及遠景署名「耿濟之」的第八版。因為這四個版本全同，又只有最後一個版本有署名，所以他就誤以為所有版本都是「耿濟之」的。其實遠景自己就是翻印大陸舊譯的大本營（遠行的發行就是遠景，書華和錦繡也都和遠景同屬一脈），江南、學海這幾家出版社也都是翻印舊譯常客，只能說國家圖書館的館員熱情有餘（陳逸還特別感謝國圖館員的熱情協助），專業不足，否則應該要警告陳逸這幾家出版社都有出版資料不實的前科，應該要更謹慎查證才是。

陳逸的修改，據說是根據俄文版和英文版。改的幅度相當大，至少比遠景的「耿濟之」改汪炳焜的幅度大很多：

> 七月初一個十分炎熱的晚上，一個年輕人從他租住的第七小巷的一棟公寓裡走了出來，似乎很猶豫地，慢慢地朝K橋走去。下樓的時候，他成功地避開了女房東的視線。他所住的閣樓是在一幢五層樓房的頂層，與其說那是一個房間還不如說像一個壁櫥。每天為他提供膳宿和服務的女房東就住在他的下一層。他外出必定要經過她的廚房門口，而廚房的門一直是開著的。每次經過那裡時，年經人總是有一種病態的害怕心理，使他皺著眉頭好像感到羞恥一樣。他欠了女房東的房租無法償付。他很怕撞見她。

除了修改這本張冠李戴的《罪與罰》之外，陳逸欲罷不能，二〇一三年又修改了一樣是署名耿濟之的遠景版《死屋手記》，還好這就真的是耿濟之譯的了。

一九八六年遠景出版的六本杜斯妥也夫斯基全掛名耿濟之譯，其實只有《死屋手記》、《少年》和《卡拉馬助夫兄弟們》這三本是他譯的。而其他三本雖然都署名「耿濟之」，但原

1. 1977年遠行版，不著譯者。實為汪炳焜譯本。
2. 1986年書華版，署名「書華編輯部」，也是汪炳焜譯本。

譯者與其譯作其實分別是：汪炳焜的《罪與罰》（1936，上海：啟明）、紹荃麟的《被侮辱與被損害者》（1943，上海：文光），以及高滔／宜閑合譯的《白癡》（1943，上海：文光）。

其中最奇怪的是《白癡》，明明有耿濟之的譯本（1947，上海：開明），為什麼挑了別人的譯本，又要掛耿濟之的名字？亂用耿濟之的名字還不只遠景一家出版社而已，一九七三年台南東海出版的《煙》，明明是陸蠡譯的，也署名耿濟之。反倒是耿濟之本人譯的《獵人日記》，卻以「江子野」、「克強」等假名被翻印。其他莫名其妙多了幾筆作品的還有朱生豪、林語堂和伍光建，這些譯者地下有知，可真是要哭笑不得。只能說，台灣書目資料真是一筆糊塗賬，千萬不可盡信。

1986年遠景推出多本杜斯妥也夫斯基作品，譯者全數署名「耿濟之」，但真假難辨。左圖《罪與罰》，實為汪炳焜版。中圖為《白癡》，實為高滔／宜閑（胡仲持）譯本。右圖為《少年》，這本才真的是耿濟之譯本。

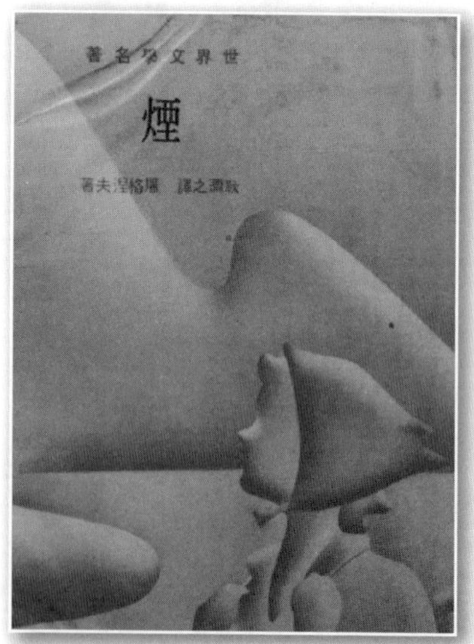

1973年台南東海出版社的《煙》，署名「耿濟之」譯，其實是1940年陸蠡的譯作。

一代不如一代？台灣的三種《紅與黑》

十九世紀法國小說家斯湯達爾（Stendhal，1783-1842）的名著《紅與黑》（*Le Rouge et le Noir*），號稱中國翻譯史上重譯次數最多的法國小說，中國大陸還將此書列在大學生必讀、中學生閱讀推薦的世界名著書單。一九九五年，南京大學的許鈞教授主持了一個大規模的讀者反應研究，列出五種譯本的幾段譯文，請讀者票選最喜歡哪個譯本。結果反應熱烈，回收了三百多份問卷，激起許多討論，最後結集出版了《紅與黑漢譯研究》一書。那次讀者調查中，發現大多數讀者其實比較喜歡有點翻譯腔的譯作，跌破很多翻譯教師的眼鏡。那本集子中也有一篇許鈞的〈社會、語言及其他──讀海峽彼岸的紅與黑〉，文中說他請朋友幫他調查台灣譯本，結果得知台灣只有一種譯本，就是「一九七八年遠景出版社黎烈文的譯本」。許鈞教授所託非人，如果他來找我，就會知道他的資訊錯得很離譜。事實上，非但大陸早期的兩種譯本──趙瑞霟和羅玉君的譯本──台灣都翻印了多次，黎烈文的譯本也不是一九七八年初版的，而是一九六六年就已出版了。

1. 趙瑞霟譯的紅與黑（1947版），藏於台大，為2010年凌德麟教授捐贈特藏。
2. 1958年高雄百成書店的《紅與黑》，署名劉頌文譯，實為1947年趙瑞霟譯本。

台灣最早出現的《紅與黑》譯本，是一九五六年署名「劉頌文」的版本，有文友版和百成版，再版多次。這個譯本其實就是一九四七年趙瑞霟的譯本。百成再版至少四次，可見在一九五〇年代相當受歡迎。

趙瑞霟在書前寫了長達三十二頁的譯者序，前面二十餘頁是在介紹法國文學和作者作品，後面則寫自己的心路歷程。從高中聽老師說故事，到大學時從圖書館借到書來讀，後來在越南看到二手書，想買卻買不起，最後在重慶借到書開始準備翻譯……

> 我從相識這部法國文學名著，以至欣賞它，愛惜它，不時撫摸它，而有心把它迻譯出，獻給中國的讀書界以來，也快有十度華年了。……我第一次曉得斯丹達爾和這部小說的名

字，是在我的故鄉——溫州，一個嫵媚而柔情的山水之鄉。……二年後，我離開了故鄉，到那紅櫻碧海之都的青島。有一天偶然在國立青島大學圖書館的卡片上與它邂逅……一九三八年我乘粵滬路車南下，經過香港，再搭輪船穿過東京灣（越南），到了海防。某個芭蕉味的南國黃昏，我和二三個朋友上街走走，踏進一家安南人開設的書舖子，想買幾本舊法文書。我瞧見靠窗口，滿是塵埃和蜘蛛網的書架上，在薄暮的幽暗裡，髣拂明耀的星球似的——閃出了 Le Rouge et le Noir。……拿下來一計算錢，還不夠買上冊，悵然若失，撫愛再三……一九四一年冬日，我從昆明到了重慶以後，便託一個多年未見的朋友向中央大學圖書館借到一部巴黎納爾孫叢刊本的「紅與黑」。……我正式開始翻譯此書，還是當我在嘉陵江畔一個寂靜的小村鎮，柏溪，安居下來的時候。那已是一九四二年的秋天了。……不管這書譯得好，譯得壞，在我總算償還了一樁心事，做完一場遼遙的紅黑色的幻夢！又彷彿一個縴夫，把這隻滿載我十年悲歡的醉舟，沿著記憶的江岸，拉回那碧澄澄的海了。——噯，好累！

——趙瑞蕻，民國三十三年九月一日，柏溪國立中央大學

前言寫得這麼曲折動人，讓我恍惚覺得他筆下的小城市竟然就是柏溪了：

維鯉葉可以算是茀樂煦—康忒州一座最嫵媚秀美的小城市了。那裏粉白色的房屋，有著高高聳聳的屋頂，朱瓦紅檐，綿延散落在一個山丘的斜坡上。山坡上最淺隘的曲折蜿蜒之處，都顯露著一叢叢茁壯的栗樹。那條杜河在砲壘堡砦底下，約莫有數百呎的地方奔流著。這壘砦原是往年昔日西班牙人所建造的，如今卻已毀圮荒廢，僅留遺蹟了。

趙瑞蕻（1915-1999），浙江溫州人，詩人；太太是以翻譯《呼嘯山莊》出名的楊苡（1919-），楊苡又是翻譯家楊憲益的妹妹，所以趙瑞蕻是楊憲益的妹夫，一家子個個都是名譯者。他還有一本斯湯達爾的中篇小說集《愛的毀滅》，一九五一年被文藝出版社改書名為《她接受了愛的酷刑》重出，署名「劉士敏」譯。

第二個版本是羅玉君一九五四年的上海平明版譯本。根據許鈞的研究，這個譯本在

1. 1968年台南的北一出版社版本，署名陳文德譯，實為羅玉君譯本（上海：平明，1954）
2. 1981年喜美出版社的版本，也是羅玉君的譯本。

一九八六年郝運譯本出現之前，都是大陸的主流譯本。這個版本在台灣也能見到，最早的版本是一九六七年海燕出版社的版本，一九八一年喜美未署名版本也是羅玉君譯本。不過，為什麼戒嚴期間還會有一九五〇年代的大陸譯本流入？這就要問海燕（即五洲）出版社了。海燕能夠在一九六〇年代大量引進香港和大陸一九五〇年代譯本，想必有其特殊管道。

其實羅譯也流暢可讀，但似乎不如趙瑞霟的譯本精緻玲瓏：

維立葉爾小城可算是法朗士—孔德省裡最美麗的城市當中的一個了。它的白色的房屋，有著用紅瓦蓋成的尖尖的屋頂，疎疎密密，排列在一個山坡的斜面上，曲折蜿蜒的地方，卻被一叢叢的茁壯的栗樹襯托出來。杜伯河在舊堡寨的下面，約有數百步的地方奔流著，這舊堡寨是從前西班牙人建築的，到今日只剩下斷瓦頹垣了。

羅玉君（1907-1988），本名羅正淑，四川人。曾經被軍閥看上要納為小妾，幸而脫逃，後來留法，一九三三年拿到巴黎大學博士，成為山東大學文學院第一個女教授，也在那時候

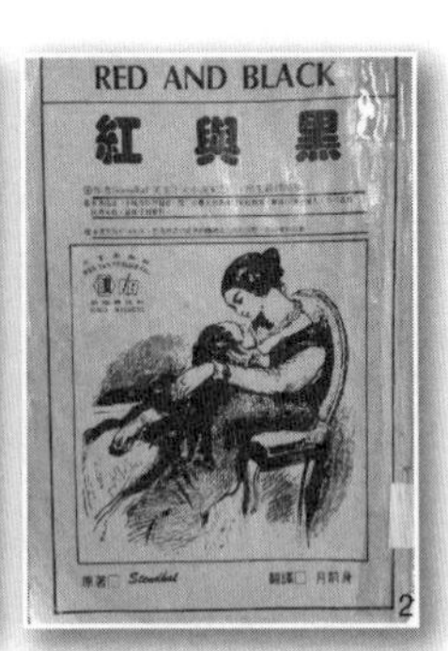

1. 1966年文壇社的黎烈文版本。
2. 1982年文言出版社的版本，署名月前身譯，是修改黎烈文譯本。

開始翻譯《紅與黑》。趙瑞蕻是一九一五年生，在青島讀大學時看了《紅與黑》，算起來不也就是羅玉君在山東任教的時候嗎？原來《紅與黑》跟山東這麼有緣分。

第三個版本則是大陸未見的黎烈文譯本。黎烈文（1904-1972）在三人中年紀最長，也很早開始翻譯《紅與黑》，無奈世事多變，譯本反而最晚出。他一九四六年即應留法同學李萬居之邀，來台任職《台灣新生報》，一九四七年開始在台大任教，由於大陸時期與許多左派文人交好，台灣當局頗有疑忌，日子過得挺抑鬱，他的《紅與黑》直到一九六六年才在台灣出版：

> ……一部「紅與黑」纔譯出二十萬字，便發生了盧溝橋事變，我也就放下一切，奔赴國難……迨抗戰勝利，來到台灣，又以時會艱難，遭遇種種意外的變動，生計日蹙，負擔日

重，……總之，譯書微志，二十年無成。

黎烈文在翻譯上是魯迅一派，強調翻譯是要用來改革中文的，現在讀來未免過於直譯：

威利埃那小小的城市，可以算得佛朗黛・孔特最美的城市之一。白色的房子，帶著蓋有紅瓦的尖屋頂，展開在一座小丘的斜面。壯大的栗樹的枝葉，描出了這小丘的極微的起伏。朵河在往日西班牙人築成而現在頹敗了的城壁下面幾百米突的地方流著。

遠景一九七八年的世界文學全集收了黎烈文的《紅與黑》，之後同一脈的書華、桂冠當然也都是用黎烈文譯本，可說是台灣知名度最高的譯本。遠景至少出到二十八版，銷售量驚人。一九八二年台南的文言出版社譯本署名「月前身」，看來是根據黎烈文譯本「再翻譯」，文學性越來越薄弱：

威利埃這小城可說得上是法蘭斯・孔特最美的城市之一。紅瓦尖頂的白屋在一座小丘的斜面舒展開來。茂盛的栗樹叢使這山坡看來極微起伏。朵河在城垣碉堡下數百呎處流著。這個很久以前由西班牙人建蓋的城垣現已成廢墟了。

但一路看下來，這四個譯本，從四〇年代的趙瑞蕻譯本，到五〇年代的羅玉君譯本，到六〇年代的黎烈文譯本，再到八〇年代的月前身譯本，恐怕只能說是一代不如一代。

十本《茵夢湖》，六本源頭

很小就看過《茵夢湖》這個書名，印象深刻，一方面是因為意境太美，另一方面也是因為美麗的女星胡因夢。這本薄薄的小書，很多世界文學名著都會收錄，版本也很多。日前因在舊書店買到一本一九五七年的《三色紫羅蘭》，裡面也收錄了〈茵夢湖〉一篇，於是把手邊的資訊整理比對，竟然發現國內眾抄襲本有三個源頭，錯綜複雜。

茵夢湖是十九世紀德語小說家施篤姆（Theodor Storm, 1817-1888）的中篇小說，原名 *Immensee*。故事很簡單：青梅竹馬一對情侶，長大後男生離鄉讀書之際，女方的母親作主，讓女生嫁了當地的有錢少爺，兩人事後湖邊相見，徒留悵惘。《茵夢湖》的第一個中譯本是郭沫若一九二一年譯的，大概五四時很多人對於婚姻不能自主頗感戚戚，譯本非常受歡迎，後來也出了多種譯本，有不同的書名，像是《漪溟湖》、《意門湖》、《蜂湖》等等，但還是以最早的《茵夢湖》勝出，後來連巴金的《蜂湖》也都改名為《茵夢湖》了。

初見《三色紫羅蘭》一書，猜想是香港張丕介的譯本。張丕介（1904-1970），山東館陶人，留德的經濟學博士。一九四九後落腳香港，是香港中文大學新亞書院的創校元老之一。由於這本署名「亮華」譯的版本收有三篇作品，包括〈茵夢湖〉、〈三色紫羅蘭〉和〈史陶慕的生平與作品〉。而我所見過的張丕介譯本收的也是這三篇，並且也把作者名字譯成風雅的「史陶慕」，而不是現在常見的「施篤姆」或「史篤姆」。但實際拿出張丕介的版本來比對時，才赫然發現沒這麼簡單。〈三色紫羅蘭〉和〈史陶慕的生平與作品〉的確如我猜想，是張丕介的作品，一字未改；〈茵夢湖〉卻不是，另有源頭。

署名「亮華」譯本：

一個深秋的下午，有一個服裝整齊的老年人慢慢地下街走著。他形乎從散步後回家去，因為他的不時式的扣鞋上蓋滿了灰塵。

張丕介譯本：

1. 1957年台中重光書店版本，署名亮華譯。〈三色紫羅蘭〉為張丕介譯本（1955），〈茵夢湖〉不是。
2. 1959年台中現代家庭雜誌社版本，署名張治文，內容與重光版全同。
3. 1955年香港人生出版社的張丕介譯本。台灣流傳的〈三色紫羅蘭〉幾乎全出自張丕介譯本。

> 一個衣履整齊的老人，在一個深秋的下午，緩緩的沿街而來。看他那雙過了時的滿佈著灰塵的皮鞋，他好像散罷了步，走回家去。

兩個版本的敘述順序差異很大，看起來不是改的，是另有所本。這就激起我的好奇，又找了更多版本來比對。一九五九年台中現代家庭雜誌社的《茵夢湖》，跟重光版的《三色紫羅蘭》除了書名不同以外，內文完全一樣，根本是同一個版型印的。也就是說，〈三色紫羅蘭〉和〈史陶慕的生平與作品〉是張丕介的，〈茵夢湖〉卻不是。比對了巴金的〈蜂湖〉、唐性天的〈意門湖〉、朱偰的〈漪漣湖〉、張友松的〈茵夢湖〉也都不是。看來又要成為懸案之際，忽然出現一個

1. 1956年文光版是抄1947年上海三民書店的華英對照系列。
2. 1952年香港三民圖書的華英對照版，版權頁有署名譯者為李紹繆。

意想不到的轉機。

這個轉機就是一九五六年文光圖書署名「呂津惠」譯的中英對照版本。這本中英對照版本，中文部分的譯文就和重光版及家庭雜誌社版本一模一樣。「呂津惠」是早期常見假名，既然查不到更早源頭，難道真有呂津惠這個譯者，而重光出版社（1957）和家庭雜誌社（1959）都是抄呂津惠的嗎？還好文光版前面附了一篇〈華英對照的意義〉。這篇引文我是眼熟的，上海三民書局出版的一套華英對照叢書每本前面都有這一篇。於是，我立刻上網搜尋三民華英對照版本的《茵夢湖》（1947），果然順利破了案，譯者叫作李紹繆。一九五二年香港的三民書局也有重出這個華英對照版本，版型和上海版一致。呂津惠版本就是抄襲三民的華英對照版本；而重光和家庭雜誌社都採用了這個版本的〈茵夢湖〉，再加上張丕介的〈三色紫羅蘭〉和〈史陶慕的生平與作品〉出版成書。

奇怪的是這個華英對照版的〈茵夢湖〉翻譯得並沒有張丕介好，譯名也比較古老，像是伊莉莎白譯為「依琍薩勃」，第一人稱都用「吾」，不知為什麼重光和現代家庭雜誌社都已經有張丕介的譯本了，還要採用這個原本是為中英對照而翻譯的版本。如以下的詩：

• 李紹繆版本：

吾母親強作著主
要吾另嫁作別人婦
吾心屬意的那人兒
他呀！必要我把他忘
吾心裡反對著，沒奈何

吾曾訴苦
怨母親把創痛給吾
吾以前矢志本無他

• 張丕介版本：

母也強作主
我作伊人婦
心繫多情郎
此情豈能忘
嗚呼豈能忘

母也鑄大錯
幽怨我最多
光榮付逝水

今竟鑄成了大錯
何時再希望著他和我？

——

而今成大過
嗚呼可奈何

可以看出李譯並不像詩，尤其是「怨母親把創痛給吾」實在並無詩意，遠不如張丕介譯本。下一個譯本就同時採用了張丕介的〈茵夢湖〉和〈三色紫羅蘭〉，但又加上了巴金一九四三年譯的〈遲開的薔薇〉和〈鐘聲殘夢〉（巴金原譯〈馬爾德和她的鐘〉），還有一篇毛秋白譯的〈杏革莉笳〉等幾個短篇。一九八七年大夏出版社未署名的《茵夢湖》，則幾乎都採用巴金譯本，包括〈茵夢湖〉（巴金原譯蜂湖）、〈遲開的薔薇〉、〈鐘聲殘夢〉幾篇，只有〈三色紫羅蘭〉和〈施篤姆的生平和作品〉是抄張丕介的。

也就是說，源頭有三種包含了〈茵夢湖〉：

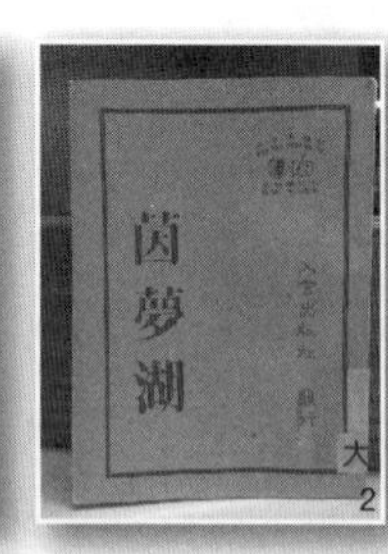

1. 1966年大眾的呂津惠版本，不是雙語對照本，只有中文。可能太薄了，後半又加上《少年維特的煩惱》（羅牧譯）。
2. 1981年文言出版社版本，未署名，還是李紹繆譯本。
3. 1982年署名「謝金德」的輔新譯本，同時收錄張丕介和巴金譯作。
4. 1987年大夏的版本，收錄多篇巴金譯作。但〈三色紫羅蘭〉還是張丕介譯本。

A.一九四三年　巴金《遲開的薔薇》　上海：文化生活

B.一九四七年　李紹繆《茵夢湖》　上海：三民

C.一九五五年　張丕介《茵夢湖/三色紫羅蘭》　香港：人生

還有兩種源頭不包括〈茵夢湖〉：

D.一九三五年　毛秋白《德意志短篇小說集》　上海：商務

E.一九三一年　羅牧《少年維特的煩惱》　上海：北新

各家出版社再各自搭配出自己的版本：

- 一九五六年　文光《茵夢湖》：B
- 一九五七年　重光《三色紫羅蘭》：B＋C
- 一九五九年　現代家庭《茵夢湖》：B＋C

- 一九六六年　大眾《茵夢湖》：　B＋E
- 一九八一年　文言《茵夢湖》：　B
- 一九八二年　輔新《茵夢湖》：　A＋C＋D（〈茵夢湖〉是張丕介版）
- 一九八七年　大夏《茵夢湖》：　A＋C（〈茵夢湖〉是巴金版）
- 一九八八年　久大《茵夢湖》：　B／C
- 一九九〇年　漢風《茵夢湖》：　A＋C＋D
- 二〇〇一年　桂冠《茵夢湖》：　B／C

一九八八年署名俞辰的譯本，很多地方看起來很像張丕介的版本。這個譯本的開頭是：

> 一個深秋的午後，一位衣履整齊的老人，緩緩的沿街走著。從他那雙滿佈著灰的舊皮鞋上看來，他好像才散罷了步，正要回家去。

許多用詞都和張丕介譯本一致。除了上段劃線的部分以外，還有「奇異的對照」、「舉目四顧」、「安適而清靜的地方」、「嫻雅的小姑娘」（李紹繆版作「文雅態度」，巴金版作「秀美」）等，看起來是根據張譯本編輯修改的。但詩卻跟李紹繆的譯本較像，看來只能說是一個綜合版。

俞辰版本的詩：

母親強作著主
要我另嫁他人婦
我心屬意的人兒
必要我將他遺忘
我心裡反對，但沒奈何
我曾苦苦申訴
怨母親狠心

1. 1988年久大署名「俞辰」的譯本，是根據張丕介譯本修改的。桂冠到2001年還在採用「俞辰」譯本。
2. 1990年漢風版，未署名，收七篇短篇，皆有上述各版影子。

把創痛給我
我矢志無他
如今竟成春夢
何時再能與他相聚？

而一九九〇年的漢風版也有這樣的情形。若是再與郭若沫及巴金的版本相比較：

●漢風出版社版本：

我母親強作主
要我另嫁他人婦
我心屬意的那人兒
卻要我把他忘
我徒然的反對

●郭沫若版本：

阿娘嚴命不可違
要我嫁作他人妻
以前所愛的一切
如今得通通忘記
我可真不願意！

●巴金版本：

依我母親的意思
我得嫁給另外一個人
從前我想望的事
現在要我心裡忘記
我實在不願意

我曾怨母親傷我心
以前本矢志無他
今竟鑄成了大錯
何時再能默默相對？

怪只怪我的媽媽
是她鑄成了大錯
從前的一身清白
如今只留下罪過
叫我怎奈何？

我埋怨我母親
實在是她誤了我
從前的清白與尊榮
現在卻變成了罪過
叫我怎麼辦啊！

由此可知，影響台灣譯本最大的其實是李紹繆譯本。郭沫若和巴金都是名譯，但其實對台灣眾譯本的影響並不大。尤其是郭沫若譯本，未見任何抄襲版本。（大概那句「阿娘嚴命不可違」實在有點難接受吧！）

也算是翻譯界的天方夜譚——一個曲折離奇的譯本流傳史

民國四十八年，台北世界書局的主編楊家駱寫了一篇長達六頁的〈一千零一夜〉，為成偉志翻譯的《新譯一千〇一夜》作序。文中詳細介紹原書*Arabian Nights*的故事梗概及流傳歷史，並依序介紹九個中譯本，包括周桂笙本、譯者不詳的大陸書局本和繡像小說本、悉若本、彭兆良本、姚杏初本、紀贈生本、汪學放本及納訓本。末段提及出書因緣：

> 自從去年七月起，直到今日，我為了維護世界書局，曾遭遇到一連串舉世駭然的災難，成偉志先生是我新認識的朋友，有一天來社慰問，將這「一千零一夜」的繕本留在我處。他的原意是讓我看著遣愁。……但我以為不應獨享，同時世界書局本有譯印世界古典文學名著足本的計畫，於是我決心把它出版。

乍看之下似乎是一段佳話。白色恐怖時期，出版業人人自危，隨時會惹上麻煩，此時居然有新識毫不避諱，不但親自來訪，還以新譯一本相贈。但仔細分析，這段話另藏玄機。最重要的疑點就是，這本所謂「成偉志」翻譯的《新譯一千〇一夜》，譯者其實是上述九位中最後一個：納訓。

納訓譯本（1957）是這樣開頭的：

國王山魯亞爾及其兄弟的故事

相傳在古代印度和中國的海島中，有一個薩桑國，國王養著龐大的軍隊，宮中婢僕成群。他的兩個兒子，都是英勇的武士。大兒子山魯亞爾比小兒子沙宰曼更勇武。

而成偉志譯本（1959）的首頁是：

國王山魯亞爾及其兄弟的故事

相傳在古代印度和中國的海島中，有一個薩桑國，國王養

1. 1959年台北世界書局版本，實為納訓譯本。
2. 1958年香港建文版。

著龐大的軍隊，宮中婢僕成群。他的兩個兒子，都是英勇的武士。大兒子山魯亞爾比小兒子沙宰曼更勇武。

兩個譯本一字不差。納訓（1911-1989）是回族譯者，曾留學開羅，這個版本是從阿拉伯文翻譯的，在一九五九年以前出過兩版，第一次是抗戰期間的長沙商務版，第二次是一九五七年的北京人民文學版。納訓在〈譯者前言〉中說明，他第一次翻譯「是在抗日戰爭時期，譯了六個分冊，由商務印書館出版了五冊……近年來，決心再度從事翻譯一千零一夜的工作。我們舊譯找來一看，覺得譯筆實在太差，於是決定重新譯過。」

所以，是楊主編受騙了嗎？真的有一個叫「成偉志」的人來看過他嗎？

以楊家駱對九種中譯本如數家珍的介紹看來，他不太可能沒看過納訓的譯本，還很清楚納訓譯本的冊數、文體及篇數。即使有新舊譯之別，譯者個人風格通常都還是明顯可辨。再從楊家駱的背景來看：他出身上海書香世家，是大名鼎鼎的目錄學家及藏書家，戰前已編過《民國以來出版新書總目提要》和《中國文學百科全書》，戰後又任上海世界書局的總編輯；民國三十八年來台後，繼續當台北世界書局總編輯，且根據徐泓說法：「利用其特殊的關係，在每本書前寫一『識語』，書頁註明楊家駱主編的方式，大量影印大陸新點校的古籍」。[1]以這樣的資歷背景，世界書局又是第一個翻印大陸出版品的台灣出版社，[2]難道會一時糊塗，被來歷不明的友人以大陸新譯本蒙混？想來可能性甚低。比較可能的真相，大概是楊家駱拿到大陸或香港的納訓新譯，於是以這篇長文作為「識語」，婉轉告訴讀者這是大陸的新譯本。的確，相較於納訓一九四〇到四一年間的長沙商務版，這也是「新譯」沒錯。至於「成偉志」這個名字，所有書目資料都只出現在世界書局的《新譯一千〇一夜》，別無資料，應是只使用一次的化名。

楊家駱在戒嚴期間，苦心積慮規避當局騷擾，易名出版的納訓譯本，後來便成為橫跨解嚴前後的暢銷譯本來源。遠景出版社在一九八一年出版了上下兩冊的《天方夜譚》，收入「世界文學全集」，譯者署名「鍾斯」，但這個譯本的開頭如下：

國王山魯亞爾及其兄弟的故事

1　徐泓（2009），〈民國六十年間的明史研究：以政治、社會、經濟史研究為主〉。收錄於《明史研究》十二期。

2　蔡盛琦（2004），〈台灣地區戒嚴時期翻印大陸禁書之探討（1949-1987）〉。收錄於《國家圖書館館刊》二〇〇四年第一期。

相傳在古代印度和中國的海島中，有一個薩桑國，國王養著龐大的軍隊，宮中婢僕成群。他的兩個兒子，都是英勇的武士。大兒子山魯亞爾比小兒子沙宰曼更勇武。

顯然這位「鍾斯」也是納訓的另一個化名。這個版本相當暢銷，一開始的三十二開本就多次再版，一九八四年遠景改為二十五開本後，至一九九二年已經二十版。一九九三年桂冠也出版了同樣署名「鍾斯」的相同譯本，書前還有外文系教授導讀。一九九四年書華出版社繼續出版「鍾斯」譯本，錦繡出版社也在一九九九年同樣推出「鍾斯」版。不過，遠景、桂冠、書華都是上下兩冊，收錄三十一則故事，版型完全相同；錦繡則改為小本單冊，只收了五則故事。因此到一九九九年為止，納訓版本的流傳史可能是這樣的：

- 一九五七年　納訓譯，《一千零一夜》　北京：人民文學
- 一九五八年　納訓譯，《一千零一夜》　香港：建文

署名鍾斯的譯本，來源為1957年納訓的《一千零一夜》。

- 一九五九年　成偉志譯，《新譯一千〇一夜》　台北：世界
- 一九八一年　鍾斯譯，《天方夜譚》　台北：遠景
- 一九九三年　鍾斯譯，《天方夜譚》　台北：桂冠
- 一九九四年　鍾斯譯，《天方夜譚（又譯一千零一夜）》　台北：書華
- 一九九九年　鍾斯譯，《天方夜譚》　台北：錦繡（節本）

在上述七種版本中，台灣出版的五家出版社版本皆為偽譯。其中納訓的名字曾出現在錦繡版的書背簡介上：「中譯本有多種，以納訓直接從阿拉伯文原著翻譯的譯本最善。」這段話出自《中國大百科全書》，但錦繡出版社的版本仍署名鍾斯所譯，似乎渾然不知鍾斯即納訓。

梁實秋和朱生豪以外的莎劇譯者們

不知為何，提到戒嚴時期的莎士比亞劇本，似乎不是梁實秋就是朱生豪。但仔細追查，其實還有好幾個版本在台灣流傳。

一九六六年正文出版社的《莎士比亞悲劇全書》，署名彭生明編譯，收錄六個劇本：〈哈默萊特〉、〈該撒大將〉、〈馬克白〉、〈安東尼與枯婁葩〉、〈李耳王〉、〈柔蜜歐與幽麗葉〉。彭鏡禧老師的《細說莎士比亞論文集》一書中，認為這本書是根據梁實秋版本，其實不是。根據我逐一比對的結果，這六個劇本沒有一個是梁實秋譯本，也沒有一個是朱生豪譯本。那究竟是誰的譯本呢？

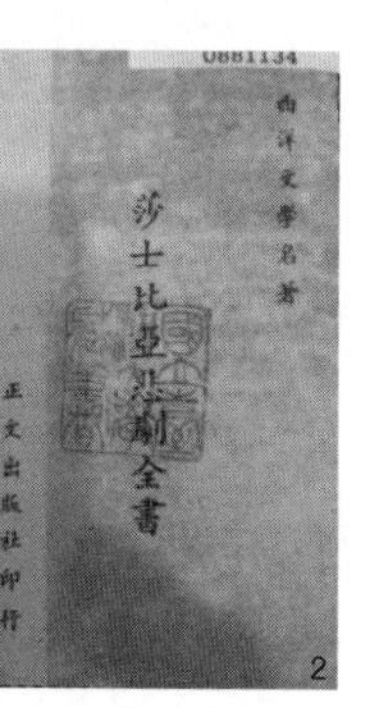

1. 1966年正文出版社的《莎士比亞悲劇全書》書背。
2. 1966年正文出版社的《莎士比亞悲劇全書》書名頁。

這六個譯本體例差別很大，有的有序，有的沒有；前三個啟明版本都是散文體，後面三個劇本的無韻詩卻都是分行的仿詩體。

引一段梁實秋的〈李爾王〉和曹未風的〈李耳王〉的父女對話，便可知兩種譯法的差異：

梁譯：

李　你不說我便不給，再說說看。

考　我誠然不幸，我不能把心嘔到嘴裡；我按照我的義務愛陛下；不多亦不少。

李　怎麼，怎麼，考地利亞！把你的話稍修補一下罷，否則要毀了你的財產。

考　陛下，你曾生我，養我，愛我；我的回報亦將恰如

彭生明編譯作品	真實譯本源頭
〈哈默萊特〉	周平（一九三八）的〈哈夢雷特〉（上海：啟明）
〈該撒大將〉	孫偉佛（一九三八）的〈該撒大將〉（上海：啟明）
〈馬克白〉	周莊萍（一九三八）的〈馬克卑斯〉（上海：啟明）
〈安東尼與枯婁葩〉	曹未風（一九四六）的〈安東尼與枯婁葩〉（上海：文化合作）
〈李耳王〉	曹未風（一九四六）的〈李耳王〉（上海：文化合作）
〈柔蜜歐與幽麗葉〉	曹禺（一九四五）的〈柔蜜歐與幽麗葉〉（上海：文化生活）

其分，服從你，愛你，尊敬你。我的姊姊們為什麼要嫁丈夫，如其她們說她們只愛
你一個？我出嫁的時候，和我誓盟恩愛的郎君，或者就要攜去我一半的愛，一半的
眷懷與義務；一定的，我不能像我的姐姐似的結婚，而還專愛我的父親一個。

曹譯：

李　沒有話說就沒有產業；你重說吧。

蔻　我滿心是悲傷，我不能將我的心思
用我的唇舌來褒揚；我按照我的名份
敬愛你大人；一些不多也一些不少。

李　怎麼，怎麼，蔻黛里亞！把你的話改正一些，
不然它可要妨害你的財產了。

蔻　我的好大人，
你生了我，養育我，又深愛我；我把這些

恩典全依照我的本分報答給你，
服從你，敬愛你而且給你最大的尊崇。
我的姊姊們為什麼要出嫁，如果她們說
她們全心愛你？也許，在我結婚時，
那位行將接受我的愛情的大人只能夠
攜去我一半的愛情，我一半的照顧與責任。
一定的，我絕不能似我姊姊們那樣出嫁，
還全心愛著我父親。

梁實秋的翻譯是一九三〇年代的散文譯法，一九四〇年代曹未風的譯法已經注意到文體，不再採用朱梁的散文譯法。曹未風也有翻譯〈羅米歐與朱麗葉〉（1946），我覺得比曹禺的〈柔蜜歐與幽麗葉〉（1945）高明，但可惜正文採用的卻是曹禺的譯本。

這些早期譯本還有一個很特別的現象，就是在人名翻譯的選字上常帶有暗示意味。如：

- 哈「夢」雷特（Hamlet）：趕快去報仇，不要再做夢了！
- 馬克「卑」斯（Macbeth）：想篡位嗎？人品卑劣！
- 安東「逆」（Antony）：逆子！
- 「枯」婁「葩」（Cleopatra）：令萬人枯骨的奇葩？
- 李「耳」王（King Lear）：耳根子太軟，只想聽好話？
- 「柔」蜜歐（Romeo）：溫柔的情人？
- 「霸」禮（Paris）：一方之霸？想要強取幽靜的幽麗葉？
- 「猛」泰（Montague）：太猛？所以害死自己柔弱的兒子柔蜜歐？
- 悌「暴」（Tybalt）：脾氣暴躁好鬥毆？

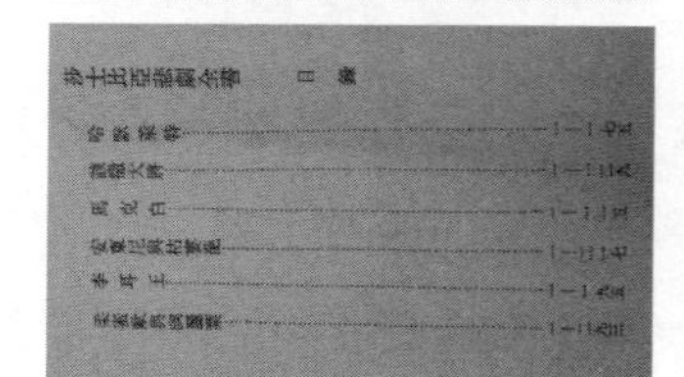
莎士比亞悲劇全書 目錄

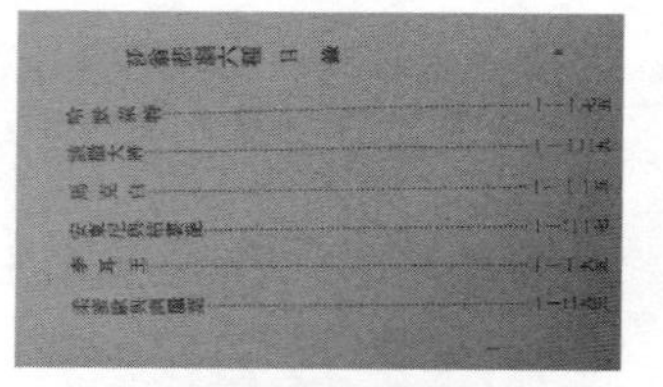
莎翁悲劇六種 目錄

透過比較1966年正文版《莎士比亞悲劇全書》目錄（左），及1961年啟明版《莎士比亞悲劇六種》目錄（中），可知1961年啟明《莎士比亞悲劇六種》（右）是正文版《莎士比亞悲劇全書》的源頭。

這本《莎士比亞悲劇全書》名實並不相稱，至少〈奧賽羅〉沒有收錄，就是一大遺憾。該書其實是翻印自李石曾主編的啟明版《莎士比亞悲劇六種》（1961），但並沒有全用啟明版本，而採用了更佳的曹未風和曹禺譯本，也是頗有眼光。這本出版時已在啟明老闆出事繫獄之後，應是員工自己拼湊出版。《莎士比亞悲劇六種》是老實的書名，《莎士比亞悲劇全書》

就有點膨風了。

朱生豪（1912-1944）是浙江嘉興人，大學一畢業就進了世界書局，開始翻譯莎士比亞。可惜英年早逝，終究沒能譯完莎士比亞全集。照理說，他戒嚴前就已過世，既沒有附匪也沒有陷匪，禁書令應該與他無關才對，但台灣還是改名出版過他的翻譯。

朱生豪的翻譯	台版
《仲夏夜之夢》（上海：世界，1947）	宗翰譯《仲夏夜之夢》（台北：新陸，1966）
《漢姆萊脫》（上海：世界，1947）	宗翰譯《漢姆萊脫》（台北：新陸，1966）
	陳憲生《漢姆萊脫》（台北：新陸，1969）
《女王殉愛記》（上海：世界，1947）	（不著譯者）《女王殉愛記》（台北：新陸，1966）
《麥克佩斯》（上海：世界，1947）	陳憲生《麥克佩斯》（台北：新陸，1969）
《羅密歐與茱麗葉》（上海：世界，1947）	（不著譯者）《羅密歐與茱麗葉》（台北：新陸，1966）
《奧瑟羅》（上海：世界，1947）	（不著譯者）《奧瑟羅》（台北：新陸，1967）
	陳憲生《奧瑟羅》（台北：新陸，1969）
《李爾王》（上海：世界，1947）	陳憲生《李爾王》（台北：新陸，1969）

更神奇的是，朱生豪當年因肺結核而沒有譯完的《亨利五世》，居然在台灣有完整的譯

本！這當然不是朱生豪在地下譯的，而是別人的譯本，掛了他的名字。台灣出版的《亨利五世》署名「朱生豪」譯，其實是方平的《亨利第五》。

原譯	署名朱生豪的台灣版本
方平《亨利第五》（上海：平明，1955）	朱生豪《亨利五世》（台北：河洛，1981）
方重《理查三世》（北京：人民文學，1959）	朱生豪《查理三世》（台北：河洛，1981）
章益《亨利六世》（北京：人民文學，1978）	朱生豪《亨利六世》（台北：河洛，1980）
	朱生豪《亨利六世》（台北：國家，1981）
楊周翰《亨利八世》（北京：人民文學，1978）	朱生豪《亨利八世》（台北：河洛，1980）

生物學家譯的《茶花女》，風行台灣半世紀

「可憐一卷茶花女，斷盡支那蕩子腸。」這兩句嚴復寫給林紓的詩句，說明了小仲馬的*La Dame aux Camélias*（1848）在中國翻譯史上難以取代的地位：林紓一八九九年出版的《巴黎茶花女遺事》是近代第一部西洋翻譯小說。春柳社一九〇七年演出的舞台劇《茶花女》也是中國第一部話劇，由李叔同飾演茶花女一角。至於為何名滿天下的 Dumas 父子不叫「杜馬」而叫「仲馬」，也跟林紓是福州人有關：這在聲韻學上叫做「知端同源」，也就是說現在國語中的「ㄓ」聲母在中古音系是「ㄉ」聲母（「豬」、「箸」都是類似的例子），所以用台語唸「仲馬」就比較像法文了。畢竟林紓的年代還沒有所謂的「國語」，當時所翻譯的人名地名，不少都有方言影響；另一個有名的例子就是 Holmes 譯為福爾摩斯。林紓影響力太大，小仲馬大概很難翻案成為小杜馬了。

茶花女名滿天下，近年我去法國蒙馬特墓園，前後遇到一對台灣旅人和一位美國年輕人，都拿著地圖在找茶花女本尊 Alphonsine Plessis（1824-1847）的墓，可見茶花女魅力仍

在。不過林紓用的是古文，對今天的讀者來說有點艱深，看過《巴黎茶花女遺事》的人不多。如果不算東方出版社林文月從日文翻譯的《茶花女》改寫本，在台灣最流行的譯本，其實是夏康農的白話譯本《茶花女》。夏康農（1903-1970），湖北人，留法的生物學家；一九二九年就譯出《茶花女》，此外並無甚文藝作品，其他著作都是《脊椎動物比較解剖學》之類的，頗為有趣。

台灣早年可見譯本幾乎都是夏康農譯本，平常出版舊譯的老面孔如大中國、新陸、遠景、雷鼓、南台、文言、書華、錦繡都是夏康農譯本，真是族繁不及備載。至少到一九九九年都還有出版署名「鍾斯」的夏譯本，直到二〇〇一年的桂冠版才正名為夏康農譯。

- 一九五九年　「胡鳴天」《茶花女》　台北：大中國
- 一九六一年　「林立文」《茶花女》　台南：大東
- 一九六二年　「宗惕」《茶花女》　台北：新陸
- 一九七二年　「陳君懿」《茶花女》　台北：正文
- 一九七二年　未署名《茶花女》　高雄：光明

●一九七七年 未署名《茶花女》 台北：文翔
●一九七八年「鍾斯」《茶花女》 台北：遠景
●一九七八年「許小美」《茶花女》 台南：新世紀
●一九八一年「文言出版社編輯部」《茶花女》 台南：文言
●一九八二年 未署名《茶花女》 台北：將門文物
●一九八四年 未署名《茶花女》 台南：大夏
●一九八六年「編輯部」《茶花女》 台北：書華
●一九八六年「林貴珠」《茶花女》 台南：利大出版社
●一九八七年 唐玉美《茶花女》 台北：文國
●一九九〇年 未署名《茶花女》 台南：漢風
●一九九三年 未署名《茶花女》 台北：雷鼓
●一九九五年「侯妃貞」《茶花女》 台南：南台
●一九九九年「鍾斯」《茶花女》 台北：錦繡

夏康農譯此書時，也不過二十來歲，和小仲馬寫作《茶花女》的年齡差不多。他在譯完後寫了兩篇文章，一篇是〈茶花女的前前後後〉，交代作者和作品背景；另一篇是〈贅語〉，交代翻譯的版本和翻譯動機。當然，台灣各抄襲版本都沒有附上這兩篇文字。在〈贅語〉中，夏康農聲明他在第三章末尾刪去了三段文字，理由是：

> 那作者簡直翻開了聖經卷冊，乾脆就佈起道來。這三段之前已經有五段文字開始了這正面的說教的，我譯到這裡一時大膽，刪去了作者鮮明提出基督教義來說法的三段。

到底夏康農刪了哪些東西呢？我找了王振孫的全譯本來比對，果然小仲馬在此說了一大篇道理，難怪我們的年輕譯者不耐煩。《茶花女》是第一人稱敘事，第一章敘事者看到拍賣廣

1. 台灣最流行的譯本：1929年上海知行書店的夏康農譯本。
2. 蒙馬特墓園中Alphonsine Plessis 之墓，享年僅23歲。

告，知道名妓之死；第二章敘事者回憶見過瑪格麗特的情景；第三章是拍賣會，敘事者買了一本有男主角亞芒簽名的書作紀念；第四章亞芒才找上門來索書。所以第三章男主角都還沒現身呢，作者還拖戲說教。刪掉的三段，根據王振孫譯本是這樣開頭的：

> 基督教關於浪子回頭的美妙的寓言，目的就是勸誡我們對人要仁慈……
>
> 為什麼我們要比基督更嚴厲呢？
>
> 我這是在向我同時代的人呼籲，……我們千萬不要喪失信心……

果然如夏康農所說，簡直是翻開《聖經》佈道來的。其實這一大篇文字，只是辯解自己為什麼要為煙花女子寫書立傳罷了，用意跟《肉蒲團》的前言頗有異曲同工之妙。我也覺得譯者大筆一揮刪得不錯，第五、六章掘過墓，第七章亞芒才開始自敘與茶花女的交往，我們又不是基督教國家，看到這樣長篇說教多半也只會跳過去吧。

雖然台灣最常見的《茶花女》都是抄夏康農的譯本，但還是有例外，就是啟明版本以及抄啟明版本的譯本。啟明版本是王慎之所譯，一九三六年由上海啟明書店出版。一九五七年以「啟明編譯所」名義在台重出。此後被抄襲多次，包括：

- 一九七二年 「施國鈞」《茶花女》 台南：綜合
- 一九七七年 「陳慧玲」《茶花女》 台南：新世紀
- 一九七九年 未署名《茶花女》 台北：同光
- 一九八〇年 「喜美出版社」《茶花女》 台北：喜美
- 一九八一年 「本社編輯部」《茶花女》 台北：名家

王慎之是根據夏康農譯本改的，第一條線索，就是夏康農在第三章末尾刪掉的那三段，王慎之譯本也跟著刪掉了，並在第三張標題下面以括號說明「本章略有刪略」。第二條線索是王慎之看過夏康農譯本。根據一九六六年香港啟明版的譯者序：

> 本書介紹到中國來，已在好久之前，林琴南先生以冷紅生的筆名，和曉齋主人[3]共譯此書。……現在還有夏康農先生從法國原文的譯本：劉半農先生從法文原本譯出的戲劇。坊間

頗可購到。本書的重譯，並不是對於林夏諸先生的譯本有什麼異議，可是好書不妨多譯，尤其讓一般的讀者，也有欣賞西方名作的機會，所以第三度將茶花女穿上中國文字的新裝。

——慎之

這段文字頗有玄機，一來譯者並沒有交代自己是否從法國原文翻譯，看來應該沒有；二來承認前面有夏康農譯本，只是自己的目標讀者是「一般的讀者」，暗示夏譯本曲高和寡？

香港啟明版和王慎之版本相同，但譯者署名「黃慎之」。為什麼有時寫王慎之，有時寫黃慎之，還有時寫許慎之呢？其實三位慎之先生都是施瑛的筆名。施瑛（1912-1986），浙江人，是啟明的編輯，把不少名著的譯本改寫得好讀，有點像「語內翻譯」。施瑛大多只改表達的部分，語法結構改得較少，所以還是很多句子是很相似的。例如把生物學家夏康農的「蛋形顏面」改成「鵝蛋臉」，把「消失在腦蓋後部」改成「隱於腦後」。施瑛尤其喜歡用四字結構，如「名花飄零」、「死灰復燃」、「不速之客」、「淚珠盈眶」、「掩面失聲」、「心碎腸

3　王壽昌，小說家王文興的祖父。

斷」等。而相較之下，原譯夏康農的語言就樸實直白許多：

這麼一改，鴛鴦蝴蝶的味道就比夏康農版本濃厚許多。我尤其不喜歡他把夏康農「一個娼家姑娘的房子」直接改成「妓院」。茶花女當然是賣身的，但妓院也未免太貶低她的身分了，她至少也算是個體戶吧。

最後，茶花女本人究竟長什麼樣子呢？根據小說描述，是高䠷的黑髮美女。

看看林紓的描述：

馬克長身玉立，御長裙，僊僊然描畫不能肖，雖欲故狀其醜，亦莫知為辭。修眉媚眼，臉猶朝霞，髮黑如漆覆額，而仰盤於頂上，結為巨髻。耳上飾二鑽，光明射目。

夏康農譯本	施瑛譯本
一樣度了墮落的生平	名花飄零
要不是遇到一件新的事故發生，我也差不多忘記了我是怎樣留意這樁公案的	我最近遇到一件新的事，才使我心中死灰復燃
叩訪的客人	不速之客
眼睛裡噙滿了淚液	淚珠盈眶
掩住了他的臉面	掩面失聲
哭過了並且又要哭起來的神情	心碎腸斷的神情

夏康農的描述：

女人裡面再也沒有看見有比瑪格莉特更美麗動人的姿色的了。身材高高瘦瘦的，……她的克什米爾披肩的下端一直拖長到地，兩邊飄露出綢衫的寬闊的衣襟，厚茸茸的皮袖頭裡藏著她的兩手，緊貼在她胸前，旁邊圍著摺紋的曲線是那樣地勻稱，任你再愛挑剔的眼睛，看去也沒有話說。你試在一個描畫不出地柔媚的蛋形顏面上，放下一對黑黑的眼珠，上面蓋著兩彎如畫地純淨的眉毛；再在眼睛前面，遮掩一層長長的睫毛，牠們低垂在玫瑰般顏色的兩頰上灑下一陣輕微的陰影，……黑得像墨玉的頭髮，或有或無地漾著天然的波紋，在額前分作寬闊的兩股，消失在腦蓋後部，露出兩隻耳朵的下尖，尖端閃耀著價值四五千佛郎一件的鑽石耳墜。

施瑛的描述：

世上任何美物，沒有比瑪格麗特更愛嬌的，身材異常的高瘦，……她的薌賓披肩長長垂

1. 大中國圖書1955版本，署名「胡鳴天」譯，實為夏康農版本，再版多次。
2. 影響深遠的遠景版。1978年署名「遠景編輯部」，再版時改署「鍾斯」，還是夏康農譯本。
3. 新陸書局1962版，署名「宗惕」譯，英漢對照，中文也是夏康農版本。
4. 雷鼓1993年版本，未署名，也是夏康農譯本。
5. 香港匯通書店1963年版本，版權頁署名夏康農，並收錄譯者跋語。
6. 南台1995年版本，署名「侯妃貞」譯，仍為夏康農版。

地，兩邊飄露出綢衫的寬闊的衣襟，厚茸茸的皮袖，緊貼在她胸前，旁邊圍著摺紋，是安排的很巧妙的，任你再愛挑剔的眼睛，看去也無話可說。你試在一個描畫不出地柔媚的鵝蛋臉上，點上一對黑眼珠，上覆兩彎純淨如畫的眉毛；遮以一層長長的睫毛，牠們低垂時，一陣輕微的陰影，投在玫瑰色的雙頰上，……烏黑如墨玉的頭髮，輕漾著天然的波紋，在額前分作寬闊的兩股，隱在腦後，露出兩耳的下尖，尖端各閃耀著的鑽環，價值當皆在四五千佛郎以上。

有興趣的人也可以上網查Alphonsine Plessis本尊的小像，的確是位黑髮美女。但大中國圖書的封面一律都是裸體的維納斯，《小婦人》也是裸體維納斯，《茶花女》也是裸體維納斯，毫無誠意；新陸封面居然是金髮美女，根本不是黑髮。而且原文是法文的，為什麼要出英漢對照本？也是莫名其妙。遠景版一九七八年第一版的封面是小仲馬的畫像，再版時的彩圖似乎與內容都沒有什麼關係。東方改寫版的封面，茶花女是棕髮，手上拿的花也不是山茶花。看來看去，只有香港匯通書店版本的小像比較符合書中描述。

踏破鐵鞋無覓處——《魯賓遜漂流記》奇案

一九五五年，台北的大中國出版社出版了一本署名「胡鳴天」譯的《魯賓遜漂流記》。二十餘年之後，台北的遠景出版社在一九七八年也出版了一本《魯賓遜漂流記》，譯者署名「遠景編輯部」，內文即「胡鳴天」譯本，後來遠景在一九八七年改版時又改署「鍾斯」翻譯。由於一九五〇年代台灣幾乎所有的文學譯本都是直接由大陸或香港引進，本地譯本極少；大中國、遠景又都是出版戰前舊譯的大本營，我強烈懷疑這是一九四九年前的譯本。

但我在上海圖書館比對了該館所有民國時期譯本，皆非源頭；在古籍網、孔夫子網、北京清華大學各圖書館、北大圖書館、北京國家圖書館、香港中文大學圖書館、香港中央圖書館等各地，也都找不到相似版本。難道真有「胡鳴天」此人存在？最後在台灣的全國圖書書目資訊網發現台灣師大圖書館書目有一本一九四六年版的「吳鶴聲」譯本，全台灣僅此一本，可惜跑去圖書館追查，書早已亡佚不存，無法比對；孔夫子網曾有一本一九三七年版的吳鶴聲譯本，還註明「希見版本」，可惜也已賣出。無計可施之下，我注意到吳鶴聲譯本的作者譯名為「特福」，與通行的「迪福」或「狄福」不同；而書目上看到一九七二年台南的綜合出版社署名「紀德鈞」翻譯的《魯賓遜漂流記》，作者亦譯為「特福」，因此我猜測或許有可能為吳鶴聲譯本。透過文獻傳遞借到綜合出版社版本，翻開內頁第一頁，赫然印有兩行小字：「英國特福著／吳鶴聲譯述」，內文果然和「胡鳴天」版一字不差，顯然是同一個譯本。因此我跑了上海、北京、香港均無所獲，最後竟依賴台灣一個冒名翻印版本而得知譯者名字，也算是奇案一樁。至於綜合出版社的編輯是因為拿「種子書」直接翻印，無意間留下這個破綻，還是有意留下線索，以待後人查考，都因年代久遠而不可得知了。

也許有人會問，「胡鳴天」、「紀德鈞」、「鍾斯」會不會是吳鶴聲的筆名？這只要看看同樣署名的其他作品就可知道。就我目前所過目譯本，同樣署名「胡鳴天」的偽譯本還有下列數種：

- 《小婦人》（1953）　實為林俊千《小婦人》（上海：春明，1946）
- 《好妻子》（1954）　實為章鐸聲《好妻子》（上海：春明，1947）

- 《孤兒歷險記》（1957）　實為章鐸聲《孤兒歷險記》（上海：光明，1940）
- 《頑童流浪記》（1957）　實為鐸聲、國振《頑童流浪記》（上海：光明，1942）
- 《傻子旅行記》（1959）　實為劉正訓《傻子旅行》（上海：光明，1941）

「紀德鈞」的紀錄（皆由台南綜合出版社出版）也不遑多讓：

- 《湯姆歷險記》（1972）　實為章鐸聲《孤兒歷險記》（上海：光明，1940）
- 《小男兒》（1972）　實為汪宏聲《小男兒》（上海：啟明，1937）
- 《簡愛》（1972）　實為李霽野《簡愛自傳》（上海：文化生活，1936）
- 《誘》（1977）　實為羅塞《誘》（上海：正風，1949）
- 《雙城記》（1977）　實為許天虹《雙城記》（上海：神州國光社，1950）
- 《傲慢與偏見》（1981）　實為東流《傲慢與偏見》（香港：時代，1951）

「鍾斯」（遠景出版社）更是英、法、俄、義、西各種語種包辦，如以下各筆：

- 《紅字》（1979） 實為傅東華《猩紅文》（上海：商務，1937）
- 《鐘樓怪人》（1980） 實為陳敬容《巴黎聖母院》（上海：駱駝，1948）
- 《天方夜譚》（1981） 實為納訓《一千零一夜》（北京：人民文學，1957）
- 《馬丁伊登》（1981） 實為吳勞《馬丁伊登》（上海：平明，1955）
- 《十日談》（1982） 實為方平，王科一《十日談》（上海：上海文藝，1958）
- 《何索》（1986） 實為宋兆霖《赫索格》（桂林：灕江，1985）
- 《青樓》（1986） 實為韋平，韋拓《青樓》（昆明：雲南人民，1982）
- 《傲慢與偏見》（1987） 實為東流《傲慢與偏見》（香港：時代，1951）
- 《塊肉餘生錄》（1988） 實為董秋斯《大衛．科波菲爾》（上海：駱駝書局，1947）
- 《小婦人》（1988） 實為林俊千《小婦人》（上海：春明，1946）
- 《天路歷程》（1988） 實為謝頌羔《天路歷程》（上海：廣學會，1935）
- 《安娜卡列尼娜》（1990） 實為高植《安娜卡列尼娜》（上海：文化生活，1949）
- 《包法利夫人》（1990） 實為李健吾《包法利夫人》（上海：文化生活，1948）
- 《茶花女》（1991） 實為夏康農《茶花女》（上海：知行，1929）

- 《復活》（1993）　實為高植《復活》（重慶：生活，1943）
- 《簡愛》（1993）　實為李霽野《簡愛自傳》（上海：文化生活，1936）

由此可知「胡鳴天」、「紀德鈞」、「鍾斯」這三個是常見的假名，所取代的真正譯者超過二十人，絕不可能是某一位譯者的筆名。而真正的譯者吳鶴聲，則從未出現在台灣各翻印版本的封面與版權頁，可以說埋名在小島上超過半世紀而無人知。但他的譯本在台灣一點都不「希見」，簡直可稱為主流譯本，至少有八家出版社發行過，大中國和遠景都至少再版六次：

- 一九五四年　「胡鳴天」《魯濱遜飄流記》　台北：大中國出版社（再版至少六次）
- 一九七二年　「紀德鈞」《魯濱遜飄流記》　台南：綜合出版社（再版一次）
- 一九七五年　未署名《魯濱遜飄流記》　台北：偉文出版社
- 一九七八年　「遠景編輯部」《魯濱遜飄流記》　台北：遠景出版社（再版至少六次）
- 一九七八年　未署名《魯濱遜飄流記》　台北：國防部總政治作戰部
- 一九八二年　未署名《魯賓遜飄流記》　台北：阿爾泰出版社

- 一九九四年「書華編輯部」《魯濱遜飄流記》台北：書華出版社（再版一次）
- 二〇〇〇年 未署名《魯濱遜飄流記》台北：桂冠出版社

也就是說，這很可能是戒嚴期間台灣最多人看過的譯本，但其實並不是全譯本。林紓的文言譯本都還比較接近全譯。吳鶴聲以翻譯法國作家亞森羅蘋系列叢書著名，與徐霞村的學術菁英路線相較之下，是比較通俗取向的譯者。吳鶴聲譯本在大陸知道的人不多，許多圖書館並未收藏，在二手書網站也是希見版本，在台灣印行次數卻超過徐霞村的名譯，連國防部都採用這個「敵方」譯本，是一個希見變主流的例子。

至於徐霞村的譯本，有沒有在台灣發行呢？其實也有，而且還是平行輸入：台灣商務一九六五年就出版了如實署名徐霞村的譯本，志文出版社則在一九八四年出了署

不同版本的《魯賓遜漂流記》。左為遠景出版社版本，右為阿爾泰出版社版本。

名「齊霞飛」的抄襲本。徐霞村（1907-1986）人在大陸，按理說戒嚴期間是不能出現名字的，但台灣商務因為王雲五的關係，在台灣地位特殊，幾乎愛出誰的書都可以。徐霞村譯本跟原文一樣不分章，志文版卻拆為十四章，並加上章名，似乎刻意與徐譯本區隔。但抄襲痕跡十分明顯，而且顯然是採用一九三〇年的舊版，而非一九五八年的修訂版。以下段文章為例：

He called me one morning into his chamber, where he was confined by the gout, and expostulated very warmly with me upon this subject. He asked me what reasons, more than a mere wandering inclination, I had for leaving father's house and my native country,...

徐霞村一九三〇年版：

有一天早晨，他把我叫到他的房裡，……因為他在患著風濕症，不能行動，……很熱烈地規勸了我一番。他問我除了由於一種無根的妄想之外，到底有什麼理由要離鄉背井地去遠遊。

徐霞村一九五九年版：

有一天早晨，他把我叫到他的房裡（他因為害痛風病不能行動），十分懇切地規勸了我一番。他問我，除了僅僅為了出去瞎跑以外，我有什麼理由要離開自己的家庭和故鄉。

「齊霞飛」一九八四年版：

一天早晨，他把我叫到他的房間裡，……因為他患有風濕症，不能走動，……很懇切地規勸了我一番。他問我除了由於無稽的妄想之外，到底有什麼理由要離鄉背井。

原文gout應為「痛風」而非「風濕」，徐霞村一九三〇版本誤譯，一九五九年以筆名「方原」發表的版本改為正確的痛風；但志文版是根據一九三〇年的版本修改，以致於照樣誤譯為風濕。而「由於一種無根的妄想」一句，徐霞村一九五九年版本改為「為了出去瞎跑」，改動幅度頗大，志文版為「由於無稽的妄想」，與一九三〇年版比較接近。志文版改動不多，如「有一天」改為「一天」、「房裡」改成「房間裡」、「患著」改為「患有」、「熱烈」改為「懇切」、「無根」改為「無稽」等，但句構悉如徐譯，「規勸一番」、「妄想」、「離鄉背景」等詞彙皆同。相較之下，徐霞村本人在一九五九年版本的改動還大於所謂「齊霞飛」的譯本。

功過難論的遠景世界文學全集

遠景出版社在台灣翻譯史上佔有相當重要的一席之地。一九七八年推出的「世界文學全集」極為暢銷，具有經典化的重要性。也就是說，遠景有納入其全集的，多半就會是現在大家印象中的世界名著；沒有納入其中的，往往就不易在讀者心中留下印象。遠景在戒嚴期間出版的「世界文學全集」，印刷及編輯都比以往翻印大陸譯本的出版社更為精良美觀，文字也加以潤飾，為台灣讀者提供了許多可讀性甚佳的譯本。更新舊譯，廣為流傳，自是有功於文化；但假名流傳三、四十年，固然是起因於戒嚴政策，罪不在彼；但解嚴後也從未更正，有負於原譯者和讀者，因此這裡才說功過難論。

遠景世界文學全集有一半以上是大陸譯本。

早期新興、新陸、正文等出版社出版大陸舊譯時，往往一字不改，遠景則多會經過編輯潤飾。以一九七九年署名「黃蓉」的《嘉莉妹妹》（*Sister Carrie*）為例：這個偽譯本的來源是鍾憲民一九四四年出版的《嘉麗妹妹》，初譯至一九七九年已超過三十五年之久，語言變化不小。因此鍾譯地名「支加哥」、「溫高泉」等，遠景版改為現在通行的「芝加哥」和「威斯康辛」；一些用詞如「充鱷魚皮」、「錢袋」、「四塊現洋」等改為「假鱷魚皮」、「錢包」、「四塊錢」。雖然如此，抄襲痕跡還是非常明顯。如鍾憲民譯本的這個段落：

一個少女年已及笄，一旦遠離家庭，不外兩個結果。或者遇救而上進，或者染上都市的惡習而墮落。其間沒有中庸之道。大都市充滿著欺詐誘惑，智巧所及，無奇不有。霓虹燈光，如情人秋波，令人迷惑。

而「黃蓉」的譯本同段落如下：

一個及笄少女離家出外，不外兩個結果。要不是遇救而上進，就是染上了都市的惡習而墮落。其間決沒有中庸之道。大都市充滿著奸詐，種種引誘，千變萬化，智巧所及，無奇不有。數不盡的霓虹燈光，如情人秋波，令人迷惑。

鍾憲民選用「年已及笄」來翻譯“When a girl leaves her home at eighteen”；用「遇救而上進」翻譯“falls into saving hands and becomes better”；用「中庸之道」翻譯“intermediate balance”；用「情人秋波」翻譯“the persuasive light in a wooing and fascinating eye”，都是相當歸化且個人風格鮮明的用語。現代譯者多半選擇譯出「十八歲」或「成年」，而不會用「及笄」這麼古典的詞彙。但在所謂「黃蓉」譯本中，這些中文色彩鮮明的用詞全數保留，結構幾乎未變，用字相同比例高達84%，顯然是以鍾譯本為底本稍加編輯而已。但直到二〇〇〇年桂冠仍繼續署名「黃蓉」出版此譯，不知黃蓉實為假名。

遠景的世界文學全集再版多次，也多次改版，書目偶有抽換。有不少原來署名「編輯部」的，後來再版時改署名「鍾斯」或「鍾文」。有些初版時未署譯者，只有署名

1979年署名「黃蓉」的《嘉莉妹妹》。

校訂者，再版時把校訂者改為譯者，如黃燕德校訂的《基度山恩仇記》，其實是根據李牧華的譯本，但後來再版時多次改署黃燕德翻譯。有時則是內容都改了：一九七八年初版的《悲慘世界》是單冊的節本，來源是李敬祥的《悲慘世界》；但一九八六年以後卻改用李丹夫婦合譯的五冊全譯本，兩次都署名「編輯部」。另一個例子是一九七八年的《咆哮山莊》，來源是羅塞譯的《魂歸離恨天》，但一九八三年忽然改用梁實秋譯的《咆哮山莊》，並加上梁實秋的一篇文章作序，讓讀者很容易誤以為羅塞的《魂歸離恨天》也是梁實秋譯的。

由於遠景的影響力實在太大，從林語堂全集、世界文學全集和諾貝爾獎全集都有譯者標示不實的問題，一起整理如下：

	遠景譯作	來源
1	林語堂著（1976）《吾國與吾民》	鄭陀譯（1938）《吾國與吾民》（上海：世界新聞）
2	林語堂著（1976）《生活的藝術》	越裔譯（1940）《生活的藝術》（上海：世界文物）
3	林語堂著（1976）《京華煙雲》	鄭陀，應元杰譯（1940）《京華煙雲》（上海：春秋社）
4	編輯部（1978）《簡愛》	李霽野（1936）《簡愛》（上海：生活書店）

	遠景譯作	來源
5	編輯部（1978）《復活》	高植（1943）《復活》（重慶：文化）
6	編輯部（1978）《大地》	由稚吾（1936）《大地》（上海：啟明）
7	編輯部（1978）《茶花女》	夏康農（1933）《茶花女》（上海：知行）
8	編輯部（1978）《父與子》	巴金（1943）《父與子》（上海：文化生活）
9	編輯部（1978）《雙城記》	許天虹（1950）《雙城記》（上海：神州國光）
10	編輯部（1978）《悲慘世界》	李敬祥（1948）《悲慘世界》（上海：啟明）
11	編輯部（1978）《咆哮山莊》	羅塞（1945）《魂歸離恨天》（重慶：生活）
12	編輯部（1978）《包法利夫人》	李健吾（1948）《包法利夫人》（上海：文化生活）
13	編輯部（1978）《傲慢與偏見》	東流（1951）《傲慢與偏見》（香港：時代）
14	編輯部（1978）《唐吉軻德傳》	傅東華（1939）《吉軻德先生傳》（上海：商務）
15	編輯部（1978）《兒子們》	唐允魁（1941）《兒子們》（上海：啟明）
16	編輯部（1978）《分家》	唐長儒（1941）《分家》（上海：啟明）
17	編輯部（1978）《獵人日記》	耿濟之（1936）《獵人日記》。（上海：文化生活）
18	編輯部（1978）《塊肉餘生錄》	董秋斯（1947）《大衛．科波菲爾》（上海：駱駝）
19	編輯部（1979）《天路歷程》	謝頌羔（1935）《天路歷程》（上海：廣學會）
20	編輯部（1978）《小婦人》	林俊千（1946）《小婦人》（上海：春明）
21	編輯部（1978）《魯濱遜漂流記》	吳鶴聲（1946）《魯濱孫漂流記》（上海：春明）

	遠景譯作	來源
22	編輯部（1978）《俠隱記》	曾孟浦（1936）《俠隱記》（上海：啟明）
23	編輯部（1978）《續俠隱記》	曾孟浦（1939）《續俠隱記》（上海：啟明）
24	編輯部（1978）《神曲》	王維克（1939）《神曲》（上海：商務）
25	編輯部（1978）《奧德賽》	傅東華（1929）《奧德賽》（上海：商務）
26	編輯部（1978）《憂愁夫人》	北芒（1948）《憂愁夫人》（上海：國際文化）
27	編輯部（1978）《約翰．克利斯朵夫》	傅雷（1947）《約翰．克利斯朵夫》（上海：駱駝）
28	耿濟之（1978）《卡拉馬助夫兄弟們》	耿濟之（1947）《卡拉馬助夫兄弟們》（上海：晨光）
29	編輯部（1979）《飄》	傅東華（1940）《飄》（上海：龍門）
30	編輯部（1979）《紅字》	傅東華（1937）《猩紅文》（上海：商務）
31	編輯部（1979）《高老頭》	傅雷（1944）《高老頭》（北京：人民文學）
32	鍾文（1979）《野性的呼喚》	谷風，歐陽山（1935）《野性底呼喚》（上海：商務）
33	編輯部（1979）《安娜．卡列尼娜》	高植（1949）《安娜．卡列尼娜》（上海：文化生活）
34	編輯部（1979）《羅亭》	陸蠡（1936）《羅亭》（上海：文化生活）
35	編輯部（1979）《琥珀》	傅東華（1948）《虎魄》（上海：龍門聯合）
36	編輯部（1980）《罪與罰》	汪炳焜（1939）《罪與罰》（上海：啟明）
37	海明（1979）《蝴蝶夢》	楊普稀（1946）《蝴蝶夢》（上海：正風）
38	楊澤（1979）《窄門》	卞之琳（1947）《窄門》（上海：文化生活）

	遠景譯作	來源
39	黃蓉（1979）《嘉莉妹妹》	鍾憲民（1944）《嘉麗妹妹》（上海：建國）
40	斯元哲（1979）《被侮辱與被損害者》	邵荃麟（1943）《被侮辱與被損害的》（上海：文光）
41	黃燕德校訂（1979）《基度山恩仇記》	李牧華（1972）《基度山恩仇記》（台北：文光）
42	黃燕德校訂（1979）《齊瓦哥醫生》	許冠三，齊桓（1959）《齊伐哥醫生》（香港：自由）
43	編輯部（1980）《白癡》	高滔，宜閑合譯（1943）《白癡》（上海：文光）
44	鍾文（1980）《娜娜》	焦菊隱（1947）《娜娜》（上海：文化生活）
45	王兆徽校訂（1981）《靜靜的頓河》	金人（1949）《靜靜的頓河》（上海：光明）
46	鍾斯（1980）《鐘樓怪人》	陳敬容（1948）《巴黎聖母院》（上海：駱駝）
47	編輯部（1981）《少年》	耿濟之（1948）《少年》（上海：開明）
48	鍾斯（1981）《馬丁伊登》	吳勞（1955）《馬丁伊登》（上海：平明）
49	鄧欣揚（1981）《白鯨記》	曹庸（1957）《白鯨》（上海：新文藝）
50	鍾斯（1981）《天方夜譚》	納訓（1957）《一千零一夜》（北京：人民文學）
51	邱素惠（1981）《一九八四》	黃其禮（1957）《二十七年以後》（香港：大公）
52	吳瑪麗（1981）《聖安東尼的誘惑》	錢公俠（1935）《聖安東尼的誘惑》（上海：啟明）
53	鍾文（1981）《窮人》	文穎（1949）《窮人》（上海：文化生活）
54	鍾文（1981）《園丁集》	吳岩（1956）《園丁集》（上海：新文藝）
55	鍾文（1981）《漂鳥集》	鄭振鐸（1922）《飛鳥集》（上海：商務）

	遠景譯作	來源
56	鍾文（1981）《新月集》	鄭振鐸（1954）《新月集》（北京：人民文學）
57	顏正儀（1981）《布登勃魯克家族》	傅惟慈（1962）《布登勃洛克一家》（北京：人民文學）
58	鍾斯（1982）《十日談》	方平，王科一（1958）《十日談》（上海：文藝）
59	何懷碩編（1982）《復讎者》	趙景深（1930）《柴霍甫短篇傑作集》（上海：開明）
60	鄧欣揚（1982）《伊利亞德》	傅東華（1958）《伊利亞特》（北京：人民文學）
61	鍾文（1982）《坎特伯雷故事集》	方重（1946）《康特伯雷故事》（上海：雲海）
62	徐文彬（1982）《盲人》	楊澄波（1923）《梅靈脫戲曲集：群盲》（上海：商務）
63	葉麗芳（1982）《七公主》	楊澄波（1923）《梅靈脫戲曲集：七公主》（上海：商務）
64	鍾文（1982）《侵入者》	楊澄波（1923）《梅靈脫戲曲集：闖入者》（上海：商務）
65	陳惠華（1982）《人與超人》	藍文海（1937）《人與超人》（上海：啟明）
66	鍾斯（1986）《青樓》	韋平，韋拓（1982）《青樓》（昆明：雲南人民）
67	編輯部（1986）《悲慘世界》	李丹（1980）《悲慘世界》（北京：人民文學）
68	鍾斯（1986）《何索》	宋兆霖（1985）《赫索格》（桂林：漓江）
69	鍾文（1986）《笑面人》	魯膺（1978）《笑面人》（上海：譯文）
70	鍾文（1989）《兒子與情人》	李建（1986）《兒子與情人》（成都：四川人民）
71	顏正儀（1986）《你往何處去》	侍衍（1980）《你往何處去》（上海：譯文）
72	鍾文（1989）《海流中的島嶼》	葛德瑋（1987）《海流中的島嶼》（北京：作家）

高手雲集之卷

- 也是人間悲劇？——尋找「鍾憲民」
- 兩岸分飛的譯壇怨偶——沉櫻與梁宗岱
- 兩個逃避婚姻的天主教譯者——蘇雪林和張秀亞
- 文學推手的反共年代——夏濟安
- 譯者比作者還重要——殷海光的《到奴役之路》
- 亂世父子——英千里與英若誠
- 父債子難還——郁達夫和郁飛的《瞬息京華》
- 惺惺相惜的隔海知音——《柴可夫斯基書簡集》
- 譯者與白色恐怖
- 譯者血案——馮作民的故事

台灣戰後十餘年間的重要譯者，幾乎都是所謂的外省人，即出生在大陸，在一九四六到一九四九年間來台。譯者背景幾乎全數是軍公教或流亡學生：任教的最多，其次為各種公職或國營企業。他們剛來台灣的時候，都以為是暫時的，沒想到就像上了「飛行荷蘭人號」一樣，永遠無法靠岸回家，只能埋骨異鄉，而且半數都在美國終老。沉櫻、思果、張秀亞、夏濟安等都是。

譯者的省籍比例完全不符合人口比例。戰後台灣人口約六百萬，來台的外省人號稱百萬，但戶籍比台籍混亂許多，難以確切統計，何況有偷偷返回大陸的，有「被失蹤」的，也有很多人又繼續逃往美國等地，其實很多學者估算都不足百萬。就以百萬計算好了，大約也只佔當時人口七分之一。但以戰後到一九六五年間，台灣發行的翻譯作品單行本來計算，外省籍譯者比例高達九成五以上。

主因當然是語言。簡單來說，白話文運動以前，台灣與其他中國地區一樣，說各地的方言，但使用同樣的書寫文字，即文言文。白話文運動發生於一九一〇年代，當時台灣已成日本屬地，雖然日本殖民政府並未禁用漢文，但漢文私塾教的還是文言文。所以等到一九四五年，台灣人與其他中國人就有嚴重了語言隔閡，不只是台灣人習用日文的問題，還有白話文的問題。白話文以北方官話為基礎，「我手寫我口」，說不好就寫不好；台灣人多為閩粵之後，本來就不在北方官話通行區，一下子又要學北方話，又要寫，困難重重。翻譯一般都是把外語譯為母語，台灣譯者卻面臨外語譯外語（白話文）的尷尬處境，難怪初期能跨越語言障礙的譯者甚少。

除了語言之外，還有人脈關係。譯者和作家一樣，贊助者很重要。一本書由誰委託誰翻譯、怎麼翻譯，都和人脈有很大的關係。戰後出版社有些是上海來台開設分公司的，像商務、世界、啟明、開明等；也有外省人新開設的，像新興、大中國、大業、明華、文星等。因此很自然地，這些出版社主要的譯者人脈都是流亡的外省人。但這些譯者雖以軍公教為主，命運似乎也與國民黨綁在一起，但他們未必都支持政府，有人因白色恐怖入獄，有人被限制自由，他們若有機會，也都是要逃到美國去的。

這一篇寫了一些譯者的故事，大多是流亡譯者，只有英若誠和郁飛是大陸譯者。

也是人間悲劇？——尋找「鍾憲民」

辦案的過程中，總是會遇到一些難以偵破的案件，鍾憲民先生就是一例。就在我們快要放棄時，二〇一五年末的某個黃昏，一位老先生抱著影印資料來學校找我。他說：「我是鍾憲民的兒子。」

我們尋找鍾憲民的下落已經兩三年了。鍾憲民，一九一〇年生（另一說一九〇八年），浙江崇德石門灣人。南洋中學畢業，為活躍於一九三〇、四〇年代的著名譯者。翻譯的文學作品超過二十種，包括三部美國現代小說先驅德萊塞（Theodore Dreiser）的長篇小說，也曾把魯迅的《阿Q正傳》翻譯成世界語。不知他何時來台，但一九五〇年有一本譯作《英遜皇愛德華自傳》（*A King's Story*）在台灣出版，[1]足證一九五〇年他人在台灣。來台後鍾憲民除了重印幾本德萊塞的小說之外，也在文藝雜誌上繼續發表文章，一九五〇年代的《中國文藝》和夏濟安主編的《文學雜誌》都有他署名的翻譯作品，如一九五六年《文學雜誌》就有他翻譯湯瑪斯·曼（Thomas Mann）的〈騎士〉。最晚見到他署名的文章出現在《文學雜誌》

一九五七年三卷二期的附冊《匈牙利作家看匈牙利革命》，是針對一九五六年匈牙利革命出版的專刊。

鍾憲民的譯筆流暢動人，有點傅東華的味道，很多作品都一再重印。新興出版社重印《一個亞美利加的悲劇》（*An American Tragedy*）時，譯者前言中說：「原作於一九五二年攝成電影，名為《郎心如鐵》，曾在本市（台北市）放映，我想看過該片的讀者，一定留有深刻的印象。」可見他應該住在台北市。這個譯本初版是一九四七年，由上海的國際文化社出版，書名《人間悲劇》。內容描寫一個出身微寒的青年，周旋於女工和千金小姐之間，後來女工懷孕，他懊惱之餘，竟起了殺人之心，最後當然是悲劇收場。這部小說後來改編成電影 *A Place in the Sun*，一九五二年在台北上映，片中的千金小姐由玉婆依麗莎白泰勒演出。一九八一年日昇版不但用劇照作為封面，連英文書名都用片名 *A Place in the Sun*，但內文卻還是用鐘憲民譯的《人間悲劇》，署名「黃夏」翻譯。同年裕泰圖書出版的《郎心如狼》，也是鍾憲民譯本，不過稍改了幾個字。署名「葉富興」翻譯。

1 該書英文版在一九五一年才出版，可見鍾憲民是根據一九五〇年 *Life* 雜誌上的連載趕譯出版。

雖然鍾憲民應該住過台北，但他的多本作品卻不斷被改名盜印，包括署名「黃蓉」，收在遠景世界文學全集中的《嘉莉妹妹》，以及後來系出同門的書華版和桂冠版；還有至少被盜印八次的《人間悲劇》。由於這兩本德萊塞的作品在台灣幾乎是獨家翻譯，所以不管署名的是誰，基本上都是鍾憲民的版本。另一本獨家是波蘭小說《孤雁淚》（*Marta*），一九三〇年鍾憲民初版譯為《瑪爾達》。台灣翻印多次，作家瓊瑤書架上必有一本，因為她的小說《一

1. 1948年國際文化服務社版《人間悲劇》，有譯序。
2. 1981年裕泰圖書公司版《郎心狼心》，為鍾憲民譯的《人間悲劇》。
3. 1952年台北新興書局版《一個亞美利加的悲劇》，署名「顧隱」譯，實為鍾憲民的《人間悲劇》。
4. 1981年日昇的《郎心如鐵》，署名「黃夏」，也是鍾憲民的《人間悲劇》。
5. 1969年北一出版社版《人間悲劇》，署名「劉明遠」譯，也是鍾憲民譯本。

簾幽夢》中，女主角汪紫菱不考大學以後，男主角楚濂送她的禮物，就是「一本《紅與黑》，一部《凱旋門》，一本《湖濱散記》，一本《孤雁淚》，一本《小東西》」。都是一九七〇年代台灣很流行的翻譯小說，也都是大陸和香港譯本。

到鍾憲民最晚署名的時間點為止，他看起來跟夏濟安、黎烈文、沉櫻、錢歌川、何容等人很像，就是典型的流亡文人，《中國文藝》和《文學雜誌》這兩份雜誌集結的也都是有名的文人。國立台灣文學館的《台灣文學期刊提要》在介紹《中國文藝》這本雜誌時，還說：「我們注意一下《中國文藝》翻譯歐美名著的作家，如：錢歌川、蘇雪林、黎烈文、沉櫻、鍾憲民等，確實也是一時之選」。鍾憲民在一九四九年前的資料並不難找，他跟魯迅有私交，《魯迅日記》中有好幾則提到他。他會世界語，出過教材，蕭紅也曾提及跟他學世界語的事。但大陸方面的資料都到一九四九年為止，因為後來他就「隨國民黨撤退到台灣」，這也很合理。

奇怪的是，一九五七年以後，他音訊全無，宛如人間蒸發。會不會是病逝？但至今找不到發喪紀錄。何況以他的文壇人脈來看，不可能連一篇紀念文章都沒有。會不會被政治迫害？我們查過白色恐怖的叛亂名冊、槍斃名冊等等，也沒有他的名字。當然，譯者常用筆名，也有些譯者並不出名，找不到下落也不稀奇。可是鍾憲民並不是名不見經傳的小譯者，他從一九三〇年代就累積了文名，到台灣又繼續在文壇活動。那為什麼查遍各種文壇回憶錄，竟然都沒有人提過他？

一個翻譯名家，來台後數年間還有文壇活動，忽然就消失得無影無蹤，這是我們調查譯者歷史時沒有遇過的事情。夏濟安去美國、錢歌川去新加坡、英千里過世，總會有跡可循。於是，我陸續寫了幾篇有關鍾憲民的文章，希望會有知情人士告訴我們一些蛛絲馬跡，也私下問過幾位外文系的師長，都沒有確切的線索。結果卻真的讓我們等到了鍾憲民的兒子！不過，隨著鍾老先生的出現，我們起初的驚喜卻被益增的疑惑蓋過。

首先，年籍不符。鍾老先生說，他們是湖南醴陵人，不是浙江崇德人。再者，他父親生於一八七六年，讀明德學堂，留學日本法政大學，追隨黃興，從同盟會時代就在反清搞革命。鍾老先生自己生於一九二六年，上面還有長姐，父親無論如何不會生於一九一〇年。既然年籍差這麼多，為什麼鍾老先生要來找我們呢？因為我們從大陸出版的民國名人百科中查到一條資料，說鍾憲民一九二六年任國民政府軍事委員會檢查員。鍾老先生翻出這張鍾憲民的檢查員任命狀給我們看，上面還有蔣中正的大印。他指出我們的資料有問題，如果鍾憲民真是一九一〇年生，一九二六年不過是十六歲的少年，大概中學都還沒畢業呢！要怎麼當國民黨的軍事檢查員？

我們十分惶惑，忙追問他口中這位湖南鍾憲民先生的生平經歷。據說他跟隨黃興革命多年，後來在國民黨內部擔任不少職位，鍾老先生還出示好了幾張程潛簽署的證明書，證明鍾憲民的確是忠黨愛國的革命同志。那麼，鍾憲民到底有沒有來台灣呢？鍾老先生說並沒有。他本人是一九四九年來台的，他說臨別前父親幫他準備了入台證、船票、錢和姐姐的地址（他姐夫是埔里人，隨日本海軍去大陸作戰，戰後認識他姐姐，姐姐一九四七年隨丈夫來台），說自己還有公務在身，叫他先來，卻從此父子永別。他在解嚴後曾返鄉詢問父親下落，親戚說早在一九五一年就以反革命罪名槍決了。但他不平的是，父親一生忠黨愛國，也擔任過不少黨內職務，國民黨黨史館裡卻沒有任何鍾憲民的資料。我拿出幾本鍾憲民的譯作給鍾老先生看，他說毫無印象，也從不知道父親做過翻譯。只是因為看到我們部落格文章有提及「當過國民黨檢查員的鍾憲民」一事，想知道是否還有線索可查。

我們檢視各種資料來源線索，不得不承認這大概是可怕的巧合。另有一條資訊是一九二九年，鍾憲民曾任職於國民黨中央黨部宣傳部國際宣傳科。也就是說，其實有兩個鍾憲民，在差不多的時間分別任職於國民黨，而且都資料奇少。湖南的鍾憲民比較年長，擔任的黨職大多是財務方面；浙江的鍾憲民比較年輕，跟左派文藝人士走得很近，他之所以這麼年輕就被找進國民黨宣傳部，其實是因為他會世界語，一九三〇年就把魯迅作品譯為世界語，因此一九二九年去幫國民黨宣傳也不會太離譜。《嘉麗妹妹》這些譯作的白話已經很接近現在的用語，大概也不會是同盟會那個世代的文字。可能是大陸方面在編輯民國時期人物百科時，誤認為這兩個鍾憲民是同一個人了。湖南的鍾憲民是老國民黨員，並沒有來台灣；而他的同鄉程潛背叛國民黨投靠共產黨，台灣一九五〇年代的刊物上提到他還要說「程逆潛」，我猜黨史不提他可能是受到程潛的連累。至於本案的主角——浙江的鍾憲民——應該是來台灣了，而且住過台北幾年，但後來不知為何失蹤了，再也沒聽過這個人。以他親左派的背景看來，恐怕在白色恐怖時期凶多吉少。

鍾老先生與我們談了一個小時左右，後來他也逐漸意識到我們在找的鍾憲民大概不會是他的父親，還跟我們致歉，說耽誤了我們的時間。我們起立向他道謝，看著九十歲的鍾老先生，抱著父親的證書影本風塵僕僕而來，落寞而去，愣愣地不知是什麼滋味。

以下是鍾憲民一九四九年以前的文學譯作：（部份由世界語轉譯）

- 一九二八年《祇是一個人》。匈牙利尤利巴基著。光華書局
- 一九二八年《靈魂的一隅》。保加利亞斯泰馬托夫著。光華書局
- 一九二八年《深淵》。波蘭詹福琪著。光華書局
- 一九三〇年《瑪爾達》。波蘭奧西斯歌著。北新書局
- 一九三一年《白馬底騎者》。德國斯篤姆著。光華書局
- 一九三四年《自由》。美國德萊塞著。中華書局
- 一九三四年《犧牲者》。匈牙利尤利巴基著。現代書局
- 一九三四年《死去的火星》。俄國托爾斯泰著。文藝月刊
- 一九三五年《波蘭的故事》。育珂摩爾等著。正中書局
- 一九四三年《偽愛與真情》。波蘭詹福琪著。進文書店

- 一九四三年 《人間悲劇》。美國德萊塞著。 建國書店
- 一九四四年 《她的幸運》。捷克黑爾曼著。 萬光書局
- 一九四四年 《情網》。美國德萊塞著。 萬光書局
- 一九四四年 《海爾敏娜》。育珂摩爾著。 世界出版社
- 一九四四年 《娛妻記》。英國哈代著。 萬光書局
- 一九四五年 《嘉麗妹妹》。美國德萊塞著。 教育書店
- 一九四五年 《若望．葛利斯朵夫》。法國羅曼羅蘭著。 世界出版社
- 一九四五年 《婚後》。美國德萊塞著。 正風出版社
- 一九四七年 《欽差大臣》。俄國果戈理著。 教育書店
- 一九四七年 《飄》。美國米契爾著。 教育書店
- 一九四七年 《天才夢》。美國德萊塞著。 教育書店

中文譯為世界語的著作有：

- 一九二九年《王昭君》。　　德國報導
- 一九三一年《阿Q正傳》。　　出版合作社
- 一九四二年《抗戰小說選》。　　世界語函授社
- 一九四三年《小母親》。　　世界語函授社

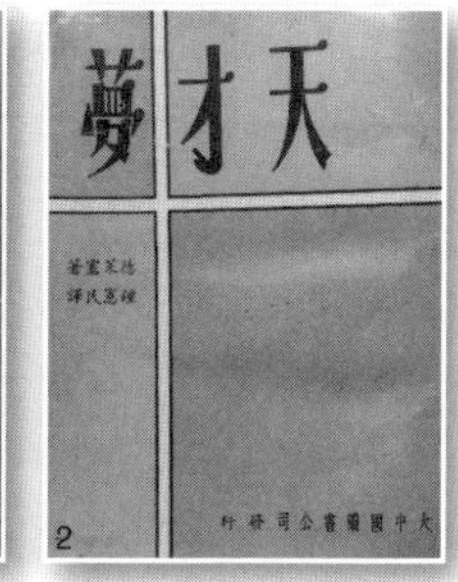

1. 1948年上海教育書店版《天才夢》。
2. 1964年明華書局版《天才夢》，大中國圖書公司發行。
3. 1964年明華書局版《嘉麗妹妹》，大中國圖書公司發行。
4. 1975年台南新世紀版《孤雁淚》，署名「何建中」譯，實為鍾憲民所譯。

兩岸分飛的譯壇怨偶——沉櫻與梁宗岱

譯壇佳偶不少，如翻譯《紅樓夢》的楊憲益和戴乃迭、翻譯《悲慘世界》的李丹和方于，此外，巴金與蕭珊、楊苡和趙瑞蕻也都是。但梁宗岱和沉櫻卻是一對怨偶，兩人在翻譯上都很有成就，分手後分隔兩岸，沒有再見過面，但卻也沒有忘情。

一九七一年，在台灣的沉櫻（本名陳鍈，1907-1988）出版了一本譯詩集《一切的峰頂》，收錄哥德、里爾克、雪萊、波特萊爾、尼采等多家詩人作品共三十餘首。這本書在沉櫻的作品中相當特別。根據一九七六年大地出版社版本的書背介紹，這是她「選編作品中唯一的詩集」，版權頁的譯者也只有沉櫻一人，但其實這本譯詩集並不是沉櫻的作品，而是她那留在大陸的名詩人丈夫梁宗岱（1903-1983）譯的。戒嚴期間，梁宗岱人在大陸，名字不能出現，因此這本《一切的峰頂》並沒有署名梁宗岱。可惜大地出版社在二〇〇〇年重出此書，還是只署名沉櫻一人，編輯大概不知此書來歷。其實按照沉櫻出版此書的心意，應該不是要冒丈夫的名字，而是留作兩人的紀念吧。畢竟這本書是一九三四年在日本翻譯的，兩人當時正在

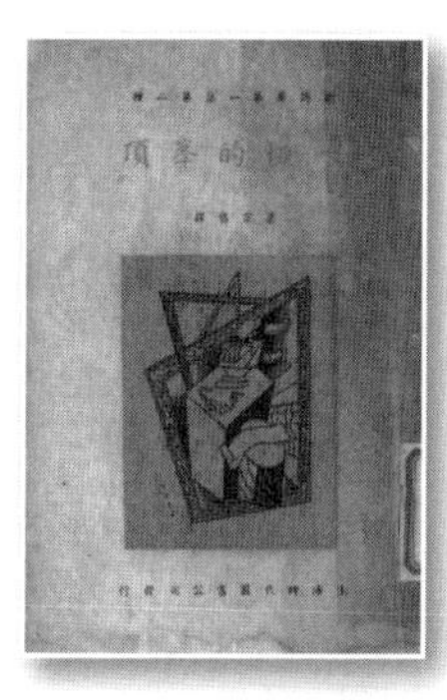
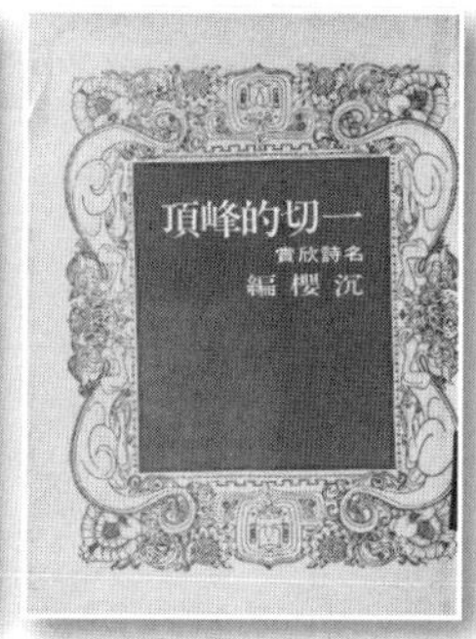

左圖為1934年梁宗岱譯的《一切的峰頂》。中間是1976年大地出版社的《一切的峰頂》，署名沉櫻編，實為梁宗岱譯作。右圖為2000年大地出版社版《一切的峰頂》，封面引用梁宗岱譯詩，仍未署梁宗岱之名。

熱戀。

沉櫻與梁宗岱一九三五年從日本回到天津結婚，但一九四二年梁宗岱又移情粵劇名伶甘少蘇，沉櫻遂在一九四八年帶三名子女來台教書，自此終生不再與梁宗岱相見。不過沉櫻在一九六七年從北一女退休後赴美，兩人透過香港還是有書信往來。一九七二年沉櫻寫給梁宗岱的信中說：「在這老友無多的晚年，我們總可稱為故人的。」又說：「這幾年內前後共出版了十本書，你的《一切的峰頂》也印了。」交代了自己一九七一年「冒名」出版丈夫譯作的事。有趣的是，這封信中還提到梁宗岱翻譯的蒙田：「最近在舊書店買到一厚冊英譯蒙田論文全集。實在喜歡，但不敢譯，你以前的譯文，可否寄來？」似乎不知台灣其實蠻容易見到梁宗岱翻譯的蒙田。梁宗岱在台灣被盜印最多次的就是《蒙田試筆》，原來是一九三五年連載在《世界文庫》月刊上的，但當年似乎沒有出單行本。台灣啟明首出單行本之後，一九六〇年代被盜印多次，我在辦案過程中見過的盜印版本就至少有五種：

- 一九六一年　啟明編譯所，《蒙田散文選》。　台北：台灣啟明
- 一九六二年　朱浩然，《孟田論文集》。　高雄：則中
- 一九六二年　馮淵才，《孟田論文集》。　高雄：百成
- 一九六八年　胡宏述，《蒙田散文集》。　台北：正文
- 一九六九年　陳文德，《孟田論文集》。　台南：北一

沉櫻自己在一九六八年編的《散文欣賞》，第一篇是蒙田的〈論說謊的人〉，沒有署名譯者，看起來是根據梁宗岱的譯文改的。梁宗岱此篇原名〈論說誑的人〉：

台灣盜印的《孟田論文集》為梁宗岱譯本。

說誑確實是一個可詛咒的惡習。我們所以為人，人與人所以能團結，全仗語言。如果我們認識說誑底遺害與嚴重，我們會用火來追趕它，比對付什麼罪過都合理。

沉櫻《散文欣賞》所收錄：

說謊確實是可詛咒的惡習。人之所以為人，以及人與人所以能團結，全仗語言。如果我們認識說誑的為害與嚴重，我們將會不惜用火來追趕它，這確比對付任何罪過都應該。

看來沉櫻應該是把梁宗岱的譯文加以潤飾，拿掉「一個」這種贅詞，改掉「誑」、「底」這種舊日用語，但第二個「說誑」卻漏改了，留下一點點痕跡。這本《散文欣賞》有幾篇有署名，除了沉櫻自己以外，也有黎烈文、何凡、齊文瑜（夏濟安）的譯作，但也有幾篇沒有署名，原因不明。沉櫻在〈編者的話〉中說，自己原意只是把一些喜歡的文章收在一起，不知如何編次，「最後決定採用拈鬮，除蒙田這位散文大家請坐首席，而我應朋友之命忝居末座之外，其餘順序全由『或然』決定。」為何只有蒙田不必抽籤？似乎自有深意：以梁宗岱翻譯的蒙田為首，以自己的散文居尾，正像西餐宴客一般，男女主人各坐一端。此集中還收了一篇歌德的散文詩〈自然頌〉，文末綴了一個小括號「岱譯」，知者自知，簡直像是愛情密碼。她翻譯的小說《婀婷》，扉頁上印著一首小詩，出自歌德的《浮士德》：

一切消逝的　不過是象徵；
那一美滿的　在這裏完成；
不可言喻的　在這裡實行；
永恆的女性　引我們上升。

沒有署名譯者，其實也是梁宗岱的譯筆。看來沉櫻對梁宗岱的牽掛，也在這些小小的愛情密碼上流露出來。梁宗岱是留學歐洲多年的名詩人，諳法語、德語，還曾把陶淵明譯成法文，多譯大師名作，如歌德《浮士德》、蒙田等。但文革中像這樣背景的譯者多半遭難，梁宗岱也不例外，吃了不少苦頭。這一代譯者最為不幸，文革中被折磨，台灣這邊又不能提，讀者對這一代譯者自然所知不多。

沉櫻在台灣以翻譯名家著稱，《一切的峰頂》之所以能在戒嚴時期的台灣印行，也是因為沉櫻的知名度，而不是因為梁宗岱。沉櫻是山東人，一九二九年就已經出版創作小說，相當早慧。她第一任丈夫是馬彥祥（馬彥祥翻譯的海明威小說也在台灣被盜印數次，包括文星和志文），但因丈夫外遇而離婚，看起來她對這段短暫婚姻並無什麼留戀，更不會幫馬彥祥重出什麼譯本，完全不像她對梁宗岱的深情。

沉櫻來台後，前後在私立大成中學和北一女擔任老師，又獨力照顧三個子女，不再創作小說，倒是頗勤於翻譯。她多半是在報刊連載中短篇小說，短篇小說《一位陌生女子的來信》（*Brief einer Unbekannten*）最為知名，本來是在《新生報》副刊連載，一九六七年出版單行本後，一年內連印十版，相當轟動。據她一九七二年寫給梁宗岱的信，當時已經印到三十版，總數達到十萬冊，讓她頗感欣慰，「都可說晚景不錯了。」《一位陌生女子的來信》是奧地利作家史蒂芬・茨

《婀婷》扉頁引用梁宗岱譯詩。

威格（Stefan Zweig）的德文中篇小說，一九三五年孫寒冰譯過一次，名為《一個陌生女子的來信》，沉櫻說她自己就是抗戰時在重慶看過這個譯本，印象深刻，到台灣後才買到英文本重譯。

內容是一個名作家接到一封信，寫信人說她從少女時期就暗戀鄰居的房客作家，成年後與作家春風一度，懷了孩子。為了撫養這個孩子，她淪為妓女，又與作家重逢，但作家完全不記得她。現在孩子十歲，得了流感身亡（原作發表於一九二二年，當時西班牙流感大流行），她覺得自己也即將隨孩子而去，死前寫下這封絕筆信給作家情人，可惜這大作家到最後始終也想不起來這個女人是誰，真是令人心寒。「你是我唯一想吐露心事的人。我要告訴你每一件事，要你知道我整個的一生。那是完全屬於你而你卻一無所知的……」這樣的委婉深情，實在很難不聯想到沉櫻對梁宗岱的感情。沉櫻偏愛此類風格的小說，《斷愛》（*The Locked Room*）、《婀婷》（*Undine*）也都是女性專情，但男生移情別戀的故事。《斷愛》有點《蝴蝶夢》的詭異淒清，《婀婷》則是人與水仙之戀，徐志摩曾譯過一次，名為《渦提孩》，沉櫻和徐志摩都譯得很好。

和梁宗岱比較起來，梁宗岱多譯名家鉅作，又直接譯自德、法語；沉櫻的譯作則多半是小品，德法作品皆由英語轉譯。翻譯的選材上也比較隨興，多半是自己喜愛的故事，而不是根據作家的名氣。沉櫻的翻譯當然也有名作家的作品，如毛姆的短篇集和赫塞的《悠遊之歌》、《拉丁學生》，以及她與鄰居司馬秀媛合譯的《車輪下》等，但還是偏重小品與抒情短篇。不過，沉櫻優雅從容的譯筆，在台灣受到許多讀者的真心擁戴，喜歡她的讀者遠多於喜歡梁宗岱的讀者。看來沉櫻毅然離開梁宗岱是對的，離開名氣遠大於她的大詩人之後，在台灣靜靜地開創了自己的一片天地，就像林海音在回憶她們的交情時，說沉櫻曾道，「我不是那種找大快樂的人，因為太難了，我只要尋求一些小的快樂。」

沉櫻譯作有連載後出書，也有多次改名、改版重組的情況，以下僅列出單行本：

- 一九五二年《青春夢》，譯自英國作家梅．憂金登（May Edginton）的 *Fair Lady*。
- 一九五六年《婀婷》，譯自德國作家穆特．福開（Friedrich de la Motte Fougue）的 *Undine*。
- 一九六二年《毛姆小說選》，譯自英國作家毛姆（William Somerset Maugham）的短篇小說。
- 一九六三年《迷惑》，譯自英國作家梅．憂金登（May Edginton）的 *Purple and Fine Linen*。

（一九五二以前連載於路工月刊，名為〈出乎意外的故事〉）

- 一九六七年《一位陌生女子的來信》，譯自奧地利作家史蒂芬·茨威格的六篇短篇小說，包括 *"Letter from an Unknown Woman"*。
- 一九六七年《怕》，譯自奧地利作家茨威格的三篇短篇小說。
- 一九六七年《斷夢》，譯自美國作家瑪格麗特·貝爾·休斯頓（Margaret Bell Houston）的 *The Locked Room*（一九五七在聯副連載）。
- 一九六七年《同情的罪》，譯自奧地利作家茨威格的 *Beware of Pity*。
- 一九六八年《愛絲雅》，譯自俄國作家屠格涅夫（Иван Сергеевич Тургенев）的 *Asya*。
- 一九七二年《車輪下》，譯自赫塞（Hermann Hesse）的 *Beneath the Wheel*。（合譯）。
- 一九七二年《女性三部曲》，為《斷夢》、《婀婷》、《愛絲雅》三部舊作合集。
- 一九七二年《悠遊之歌》，譯自赫塞的 *Wondering*。
- 一九七四年《拉丁學生》，譯自赫塞的短篇小說集（部分為女兒梁思清所譯）。
- 一九七五年《一個女人的二十四小時》，譯自奧地利作家茨威格的短篇小說。（與梁思清合譯）。
- 一九七六年《瑪娜的房子》，譯自俄國作家索忍尼辛（Александр Исаевич Солжени-цын）的短篇集。

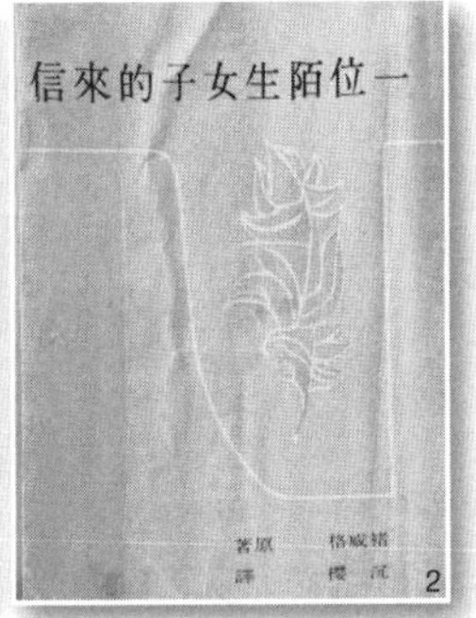

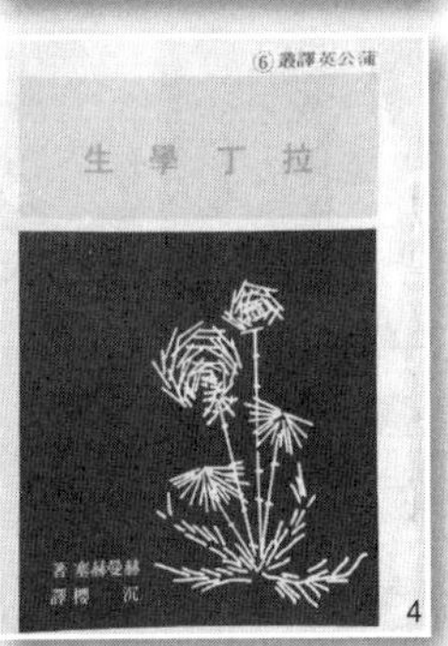

1.《青春夢》。
2.《一位陌生女子的來信》是沉櫻最有名的譯作。
3.《車輪下》為沉櫻與司馬秀媛合譯作品。
4.《拉丁先生》為沉櫻赴美後的譯作之一。

兩個逃避婚姻的天主教譯者——蘇雪林和張秀亞

從五四以降，在舊時代與新時代的交會期間，許多女作家都面臨婚姻不幸的尷尬處境。蘇雪林（1897-1999）是五四名家，因母親堅持而與婚前未曾謀面的未婚夫成婚，婚後始終不和，最後獨自在台灣終老。小一輩的張秀亞（1919-2001）雖然是自由戀愛，卻因丈夫外遇，獨自攜帶子女到台灣生活，與沉櫻經歷有些類似。聶華苓（1925-）在重慶嫁給大學同窗，婚後也不幸福，獨自在台灣帶小孩，多年後才遇到安格爾。

張秀亞和蘇雪林都是天主教徒。蘇雪林生於浙江，曾留學法國，被母親逼婚而回國。與丈夫長年感情不睦，沒有子女。一九四九年避難香港，在天主教真理學會工作，又再度赴法國。一九五二年來台，在成功大學執教，退休後終老台南，享年一百零三歲。張秀亞是河北滄縣人，北平輔仁大學西洋語文學系畢業，當時的系主任就是英千里。戰時張秀亞在重慶結婚生子，戰後回到北平輔仁大學任教，婚姻破裂，一九四八年獨自帶子女來台，先後任教於靜宜大學和台北輔仁大學，退休後終老於美國。譯作幾乎都是天主教著作。

蘇雪林和張秀亞同為散文名家，同樣因為婚姻不幸，選擇獨自在台灣教書與生活，兩人都是天主教徒，而且還翻譯了同一本書，就是聖女小德蘭（Saint Thérèse of Lisieux，1873-1897）的自傳 *L'histoire d'une âme*（*The Story of a Soul*）。聖女小德蘭是法國修女，年紀很輕就在修道院中過世，卻在一九二五年封聖，台北萬華也有一個聖女小德蘭朝聖地。她的自傳很早就有中譯本，第一本是馬相伯一九二八年的《靈心小史》，在上海出版；第二本是一九五〇年蘇雪林翻譯的《一朵小白花》，在香港出版；第三本是一九六二年張秀亞翻譯的《回憶錄》，在台灣出版。三個出版地正好反映了天主教由上海——香港——台灣的傳承關係。三位譯者中，馬相伯（1840-1949）是耶穌會神父，復旦大學和輔仁大學的創辦人；蘇雪林是五四作家；張秀亞則是青年來台，成為台灣戰後的重要作家，也代表了三個世代。

蘇雪林在譯序中大力稱讚馬譯本「勁健生動，妙趣橫生，足堪傑構」，可惜是文言的，不暢銷，所以香港真理學會請蘇雪林用白話重譯。但蘇雪林很客氣，說出面對傑出前譯的困境：

有許多地方我想避免和他老人家雷同，但他的譯文太好，我竟像被他蠱住了一般，竭力騰挪，總跳不出他的手掌心外，最後，我想他那樣「不可無一，不能有二」的譯文，我為避免雷同而故意不肯採用，那簡是「傷天害理」，所以，只有老實不客氣接收過來了。

張秀亞作為第三位譯者，也在前記中說明新譯並非對兩種舊譯不滿：

馬先生的譯筆，確如蘇先生所說：勁健生動，妙趣橫生，善能曲傳原著的丰神，而文言白話糅雜，是其唯一的缺點。……蘇先生的譯文空靈鮮活，朗潤如珠，堪稱媲美原作。所以前年光啟出版社的負責人要我試譯時，我始終猶豫，不敢應命。

最後張秀亞願意重翻，主要還是因為版本差異：舊版是聖女的姊姊增刪潤飾過的，新的版本則是恢復聖女文字的原貌。馬相伯接受法國耶穌會教育，應該是根據法文原本；蘇雪林謙稱自己法文不夠好，係根據法文原本，並參考兩種英譯本；張秀亞則根據 Rev. Ronald Knox的英譯本。以下比較一下三種譯本的風格：

一九二八年馬相伯版：

我說小花朵倘能說話，定說天主待他如何雨露恩深，天高地厚，斷不會隱隱藏藏，不把真情吐露，不會裝客氣，不會假謙虛。不肯說無香無色，不肯說被太陽曬壞，不肯說被狂風吹壞。因他反躬自問，事實不然。今者小花叫自講歷史，不得不歡天喜地頌揚吾主仁慈，無緣故給她分外恩施。

一九五〇年蘇雪林版：

倘若一朵小花也會說話，我想它定會把天主的好處，毫不隱藏，一一說出，她絕不故作謙詞，說自己既無美色，又欠芬芳，也不說太陽炙瀋了它的嬌紅，狂風吹折了它的莖幹，即使它自己覺得事實恰恰相反。小花兒在自敘經歷之前，公佈耶穌白給的許多恩典，而感到高興。

一九六二年張秀亞版：

如果一朵野花會說話，我想它一定能坦率的告訴我們，天主對它所行的一切：為了可笑的謙虛，故意的說什麼自己不夠高貴體面，沒有芳香，太陽炙曬的花朵而不能盛放，風又折斷了花莖等等，這種說法完全不是真實的，我們因無需將主的恩典隱瞞不吐。一朵小花的生活史全然不是那樣的。我絕不如此，我願意將事實全部記錄下來，將天主賜給我的一切寵愛，毫無遺漏的寫出。

Rev. Ronald Knox的英譯本：

If a little flower could speak, it seems to me that it would tell us quite simply all that God has done for it, without hiding any of its gifts. It would not, under the pretext of humility, say that it was not pretty, or that it had not a sweet scent, that the sun had withered its petals, or the storm bruised its stem, if it knew that such were not the case. The Little Flower, that now tells her tale, rejoiced in having to publish the wholly undeserved favours bestowed upon her by Our Lord.

其實馬相伯的譯本已經很白話了，還有點說書的味道，蘇雪林稱其為「明白如話的語錄體」；但就像張秀亞所說，有點文白夾雜，「雨露恩深」也有點過於歸化。蘇雪林又說，「馬老翻譯的體裁，乃係意譯，我則極力保存原文句調和語氣，屬於直譯。」可以明顯看出時代差異。蘇雪林的「即使它自己覺得事實恰恰相反」有點令人看不懂，是那種一九三〇及四〇年代極端直譯風潮下典型的翻譯腔，沒有另外兩種譯本清楚易懂。

此外，張秀亞另有幾本天主教譯作，如《聖女之歌》和《心笛曲韻》。《聖女之歌》是一九五二年香港新生出版社出版，後來台灣的大地出版社再版多次。原著是 *The Song of Bernadette*，作者是小說家 Franz Werfel，以小說手法描寫法國封聖的十九世紀修女 Bernadette 一生。小說家是猶太人，避納粹時逃到法國露德城，也就是 Bernadette 的地方，生死關頭間許願如能生還，將寫聖女傳記以報。一九四一年出版德文本，一九四二年英譯本成為美國暢銷書，一九四三年拍成電影，獲得十二項奧斯卡提名，女主角珍妮佛・瓊斯（Jennifer Jones）並以此片封后。

《聖女之歌》有前序和後記。前序是在北平寫的：

一九四七年的初秋，……人生在我似變成一場噩夢，在失望與消極之餘，我分辨不清一日光陰的早晚，擺在我眼前的只是淒涼的晚雲和落日。恰在這時，高樂康神父拿了這本書來叫我翻譯……

張秀亞當時是結婚才五年的少婦，生了三個孩子（長子夭折），丈夫外遇，又有繁重的教職，「案頭學生作業盈尺」，難怪心情抑鬱。幸好在翻譯的過程中，得以轉換心境。但張秀亞沒想到，一九四八年竟開啟了她的逃難生涯，所以寫於一九四九年的「後記」中有這樣一段文字：

譯這本書是在一年以前，沒想到未曾完成一半，便開始流亡的生活，自北平而南京，而

1. 一九五二年香港新生出版社《聖女之歌》。
2. 一九五九年光啟社出版的《心曲笛韻》，是聖母小史。譯自英國女作家 Cyrall Houselander 的 *The Reed of God*（1944）。
3. 一九六二年光啟社出版的《回憶錄》。

上海，而台北，舟車遞換，客舍為家，我已失去了平靜的心情！

可見張秀亞一九四七年起筆，一九四八年開始逃難，最後一九五二年才在香港出版。這本書的翻譯歷程，也記錄了女作家最顛沛流離的一段生涯。

文學推手的反共年代——夏濟安

夏濟安（1916-1965），江蘇吳縣人，上海光華大學英文系畢業。一九四九年他離開上海到香港，在新亞書院短暫教過書，至一九五〇年來台，開始在台大外文系任教，培養了白先勇、王文興及陳若曦等一代重要的台灣作家。不過，夏濟安在台灣的時間其實不長，一九五九年他便離台赴美，一九六五年就英年早逝。前後短短十年，卻對台灣影響非常深遠。

夏濟安在台大外文系任教期間，曾透過林以亮牽線，替香港中一和友聯出版社翻譯了四本反共文學。據他弟弟夏志清表示，是為了貼補家用。中一和友聯出版社都是美國官方有出資的出版社，冷戰期間自是「反共前哨」，也和後來的今日世界出版社一樣，找了不少名家翻譯。夏濟安最早的譯作是一九五二年翻譯白倫敦（Godfrey Blunden）的《莫斯科的寒夜》（*A Room on the Route*），內容是一九四六年作者離開蘇聯後，對一九四二年蘇聯的描寫，是標準的反共見證小說。這本書剛出時，由於夏濟安用了筆名「齊文瑜」，殷海光在一九五三年發表書評，似乎並不知譯者就是外文系的同事夏濟安。殷海光除了大力推介本書之外，還稍稍批評了一下譯文過於直譯：

關於譯文，一望而知是出於對英文有相當修養者之手筆。譯者在翻譯方面的態度是嚴謹而認真的。但是，評者可以看出，譯者對於翻譯所採取的原則與評者底頗不相同。……茲隨意舉個例子吧！譯本一三四頁有一行是：「胡說，」我說，「昨天夜裡我明明看見一個警察踢一個紅軍士兵。他喝醉了，你們的一個憲兵就把他肚皮上胸口有系統的踢個周遍。」「有系統的」一詞，在原文是systematically，一望而知，這種譯法在中文是很不習慣的。

一九七九年大地出版社重新出版，夏濟安已過世多年，由弟弟夏志清校訂作序，才正式署本名夏濟安出版。

第二本是《坦白集》，英文原名*The God That Failed*，一九四九年出版，集結了六篇文章，都是歐洲有名的知識份子（包括Louis Fischer，André Gide，Arthur Koestler，Ignazio SiloneStephen Spender以及Richard Wright）所撰寫。他們原本都相信共產主義的理想，後來看到蘇聯的情形，希望破滅，因而寫下這些告白。

第三本是一九五三年友聯出版的反共小說《草》，譯者仍署名齊文瑜。這是三部曲的第一部，第二部是一九五五年出版的《淵》，也是友聯出版的，一樣是夏濟安的翻譯。但並未見第三部，不知何故。作者M．史勃伯（Sperburg）是出生在今天烏克蘭境內的奧國猶太人，曾加入德國共產黨，後來流亡法國，原著一九四八年在法國出版，夏濟安則根據英文版翻譯。

夏濟安在譯者序中說明書名的由來：

> 本書法文書名直譯應為「木已成灰」，美國出版的英譯本取名為*The Burned Bramble*（燬木），二者都著重書中主人公的怎樣從希望走到幻滅。本書中譯本的取名『草』，著眼於故事的積極意義，「野火燒不盡，春風吹又生」，民主自由的思想植根於人類的本性中，絕不是共黨獨裁暴政用恐怖、殺戮消滅得了的。

1. 1979年大地版本《莫斯科的寒夜》。
2. 1952年香港友聯出版的《坦白集》。

以夏濟安的才學文筆，翻譯這些文學價值有限，無法傳世的反共文學，想想真有點可惜。也許他自己也有點無奈，所以才用筆名翻譯這些反共文學吧！

香港友聯出版社陸續推出原為三部曲的反共小說：左圖為1953年的《草》。右圖為1955年推出第二部《淵》。

譯者比作者還重要——殷海光的《到奴役之路》

身為台大學生，殷海光（1919-1969）的名字不可能沒聽過，也有好幾次經過位於溫州街巷弄間的殷海光故居。但是一直要到我從舊書店買到殷海光譯的《到奴役之路》（*The Road to Serfdom*）時，才第一次從譯者角度來看他的作品。這本翻譯作品非常有意思，封面只有譯者名字而無作者名字，相當少見，足見殷海光在台灣的地位。裡面譯者的分量幾乎比作者還多，不但每一章前面都有一節「譯者的話」，長可數頁，內文也有一大堆按語，像是「此處吃緊！」、「妙！」、「一語中的！」、「這是真知灼見」、「這是經驗之談」等等，就跟現在按「讚」的意思差不多。還有些按語長達數百字，簡直比內文還長。

這本書的作者是經濟學家海耶克（Friedrich August von Hayek），原著一九四四年出版。殷海光初譯是一九五三到五四年間，在《自由中國》半月刊上連載，胡適還曾以這件事向紐約時報記者表示：「在台灣的言論自由，遠超過很多人的想像」。這段話後來收錄在一九六五年版的《到奴役之路》自序，殷海光寫作此序時，已在一九六〇「雷震事件」[2]之後，《自由中國》也遭到停刊，難怪殷海光寫來語多激憤，頻頻質疑胡適所謂「很多人」是多少人？「超過」又是超過多少？

一九六五年時，殷海光的處境越來越嚴竣，導致他想重新修訂十一年前的初譯也有困難。他在自序裡說：「我借來的《到奴役之路》原書因早已歸還原主，以致無法將原文和譯文查對。」

裡面不少地方，明著是批評共產黨，但說要批評國民黨好像也說得通，難怪國民黨對殷海光如芒刺在背。像是〈迷妄的平等〉一章中，下文的按語就比正文還長：

在自由社會，一個雇主，除非肯出比任何人較多的價錢，否則沒有人願意跟著他幹一輩子。（但是，在現代極權統治之下，政府是唯一的雇主。於是，你只有兩條路可走：跟著他幹一輩子；或者，死亡。——譯者）

2 一九六〇年雷震與在野人士李萬居、郭雨新、高玉樹等共同連署反對蔣介石違背《中華民國憲法》三連任總統，引發一場「假匪諜、真坐牢」案。後稱之為「雷震事件」。

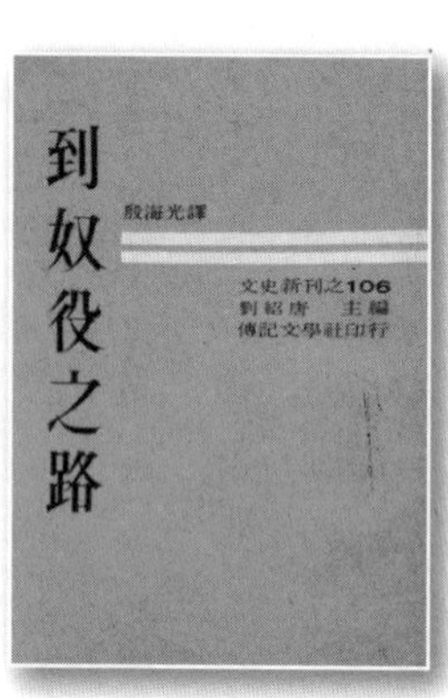

《到奴役之路》由殷海光1953年初譯，此為1970年版本，收有1965年的自序。

想到殷海光跟政府作對的下場，這段話簡直是自我預言了。又在〈論思想國有〉一章中，譯文寫道：

> 極權政府要使每個人為它底極權制度努力，重要的辦法，就是使得一般人把政府所要達到的目標看作是自己底目標。（此畫龍點睛之筆也！……一旦人眾受宣傳麻醉，覺得極權政府所要達到的目的正是自己所要達到的目的，則甘心供其驅策，甚至萬死而不辭矣！——譯者）

想像老蔣看到這裡，應該氣得臉都綠了吧？殷海光的這本「翻譯」，讀來就像是看譯者與作者的對談語錄一般，惺惺相惜，相見恨晚。可惜海耶克一九六七年訪台時，殷海光已得罪當局，幽居在家，竟不得與作者相見。在翻譯史上按語這麼多的譯者不多，大概從嚴復和伍光建師生之後，就很少看到了。看完此書，下次一定要進去殷海光故居致意一番。

亂世父子——英千里與英若誠

英千里（1900-1969）和英若誠（1929-2003）父子，翻譯都非常出色。大概之前只有伍光建（1867-1943）和伍蠡甫（1900-1992）父子可比。兩人志業都不在翻譯，英千里志在教學，英若誠則是專攻戲劇，謙稱翻譯劇本只是順便為之。但兩人偶一為之的翻譯，都讓人為之驚艷。

英千里出身名門，父親英斂之（1867-1926）是滿州正紅旗，滿姓赫舍里氏；母親更是出身皇族愛新覺羅氏。英斂之是天主教徒，創辦大公報和輔仁大學，是清末民初的名教育家。英千里從小留學歐洲，回國後繼承父業，主持輔仁大學校務。一九四九年一月，坐上最後一架搶救北平名教授的飛機來台，同機的還有胡適、錢思亮和毛子水。英千里隻身來台，一九五〇年接任台大外文系主任，後來又協助輔仁大學在台復校，是台灣的名師。

英千里身體不佳，教學行政事務繁忙，譯作不多。但翻譯一出手就知道是不是高手，譯作等身也未必就翻得好。下面錄一小段英千里一九五四年節譯的《孤星血淚》（*Great*

Expectations），是孤兒主角的姐姐談妥要他去陪伴有錢的老小姐：

我姐姐開口就說：「今天這孩子要不謝天謝地的高興，那他可就太沒有心腸了。」我就立刻在臉上做出一個「謝天謝地」的笑容，但是心中莫名其妙。

我姐姐又說，「我就怕把他給慣壞了。」

彭老伯說：「你放心，不會的。她不是那樣的人，她也不會那麼糊塗。」

我同姐夫互看了一眼，丈二和尚摸不著頭，怎麼也猜不著他們所說的「她」是誰。我姐姐看了我們這種神氣，說道：「你們兩人怎麼都像嚇傻了呢？難道房子著了火嗎？」

我姐夫連忙答道：「沒有！沒有！可是我剛聽說『她』……『她』……」

短短幾句對話，姐姐的跋扈和主角的配合躍然紙上，的確是高手。姐姐說的那句「我就怕把他給慣壞了，」另一個譯本作：

「我希望畢普不會被過度寵愛，」姊姊說道，「但是我總有點擔心哩。」

高下立判。可惜英千里大多編譯英文教科書，很少翻譯文學作品，只有留下三冊英漢對照的節譯，即《苦海孤雛》、《浮華世界》和《孤星血淚》。

再說留在北平的英若誠。一九四九年英千里到台灣時，英若誠還是清華外文系的學生，後來考進北京人民劇院，當了話劇演員。文革時入獄三年，出獄後重返舞台，後來官拜文化部副部長，還在電影《末代皇帝》中當過男配角。他的譯作比父親多，幾乎都是劇本，像是把老舍的《茶館》譯為英文，還有美國劇作家 Arthur Miller 的《推銷員之死》。一九八三年該劇在北京首都劇場的演出，Arthur Miller 不但親自導演，還指定由英若誠演出主角威利。作者親自導戲，譯者主演，真是無法超越的明星組合。英若誠自己是演員出身，翻譯的又全都是演出本，經過舞台檢驗；他譯的劇本都是能演的。以他自己的話來說，「語言存在著強烈的時代感和地方感，這種時代感與地方感又往往能賦予語言以生命。（翻譯的）難點就在這裡。我們必須創造一個有說服力的語言環境，才能把觀眾帶進我們希望的境界。」在翻譯《推銷員之死》時，「因為原劇用的是四十年代末的紐約的中下層社會的語言，其中不乏土話，因此譯文中也大膽地用了不少相應的北京俗語。」像是劇末威利自殺後，威利的兒子比夫批評父親，朋友幫他說話：

比夫：他錯就錯在他那些夢想。全部，全部都錯了。

查利：可不敢怪罪這個人。你不懂啊，威利一輩子都是個推銷員。對推銷員來說，生活沒有結結實實的根基。他不管擰螺絲，他不能告訴你法律是什麼，他也不管開藥方。他得一個人出去闖蕩，靠的是臉上的笑容和皮鞋擦得倍兒亮。可是只要人們對他沒有笑臉了……那就災難臨頭了。等到他帽子上再沾上油泥，那就完蛋了。可不敢怪罪這個人。推銷員就得靠做夢活著，孩子。幹這一行就得這樣。

我想演員若能演到這麼口語自然的翻譯劇本，應該會很高興吧。對比一下一九五一年香港的予同譯的《淘金夢》，這幾句話是：

他是一個生存在幻境裡，穿漂亮的衣服，笑著周遊各地的人。但當人家開始不笑的時候，那可不得了，到了頭上出現幾點白斑，便宣告完結。沒有人會說他不好，一個售貨員總會做夢，孩子。這和他的職業一起俱來的。

「他是一個……的人」長達二十六個字，又有「當……的時候」這樣的句型，雖然整體表現不算差，但跟演員出身的英若誠一比，就明顯有翻譯腔了。一九九二年楊世彭執導《推銷員之死》在台北國家戲劇院演出，就是用英若誠的譯本，由李立群演出主角威利。

一九四九年父子匆匆一別，竟成永別。一九六九年，英千里在台過世，葬在大直天主教公墓，墓誌銘是在大陸就熟識的同事臺靜農寫的，把英若誠兄弟的名字都刻上去落款，其實當時兩岸不通，他們連父親過世都不知。而且大陸正在文革，英若誠入獄，當過圖書館館長的媽媽被派去掃公廁。文革後英若誠重返舞台，但台灣還在戒嚴，仍無法來台為英千里掃墓。一九八三年，英若誠到香港演出《推銷員之死》，香港話劇團的名導楊世彭曾在台大受教於英千里，於是到後台探望英若誠，還送給英若誠一本當年英千里批改過的筆記。一九八六年英若誠出任文化部副部長，有了官職，來台更難。一直到一九九三年，他已卸下官職，才有機會在新象邀請之下隨演出團體到台灣，一償掃墓心願。但他回北京之後即纏綿病榻，到二〇〇三年過世之前，都無法再次到父親英千里的墓前，真是令人唏噓。

父債子難還——郁達夫和郁飛的《瞬息京華》

林語堂最著名的小說*Moment in Peking*（1939），以《京華煙雲》的書名傳世，三次改編成電視劇：一九八八年華視版由港星趙雅芝領銜，二〇〇五年由大陸女星趙薇主演，二〇一四年四川電視台又重拍一次《新京華煙雲》，還找了秦漢飾演姚老爺。其中以第一次改編最忠於原著，後面兩次劇情和人物性格都改得很厲害。不論劇情，這三次電視劇的改編有個有趣的地方：人名不一致。舉例來說，主角姚木蘭嫁給曾家三少爺，但曾家三少爺到底叫什麼名字？一九八八的版本，叫做「曾順亞」，二〇〇五年版本叫做「曾蓀亞」，二〇一四年版本叫做「曾新亞」。曾家大少爺也有「曾彬亞」和「曾平亞」兩種說法，二少爺也叫「曾襟亞」或「曾經亞」，算起來三兄弟竟有七個名字。為什麼會這樣呢？其實是因為劇本所據的中譯版本不同所致。

林語堂雖然中英文俱佳，但他並沒有自己翻譯這部小說，而是委託在新加坡的好友郁達夫翻譯。他預付了一千美元稿費，還把書中人名典故寄了詳註給郁達夫，建議中文書名可用

《瞬息京華》。郁達夫一九三九年已經同意接受委託，但當時正在和王映霞鬧離婚，心情不佳，遲遲沒有動筆。人在美國的林語堂非常焦急，尤其是上海已經在一九四〇年搶先出了未授權的鄭陀、應元杰合譯本，日譯本《北京歷日》也已出版，林語堂遂在一九四一元旦發表《談鄭譯「瞬息京華」》一文，痛批鄭譯錯誤太多，且口吻全失，並說郁達夫已答應翻譯，但「今達夫不知是病是慵，是詩魔，是酒癖。音信杳然，海天隔絕，徒勞翹望而已。」

郁達夫被老友如此隔海公開催稿，大概有點難為情，一九四一年果然開始在新加坡《華僑週報》上連載譯文，據郁飛回憶說是「兩人的合作成果」，但也沒說清楚是哪兩人。乍看之下似乎是郁飛和郁達夫父子，但看了其他相關資料，才知「兩人」應是郁達夫和當時在新加坡的女友李筱英（郁飛的後記寫成「李小瑛」）。連載未久，日軍佔領新加坡，郁達夫逃到蘇門答臘，上船時還記得帶上林語堂的兩大冊註解本。可惜抗日工作忙碌，郁達夫在蘇門答臘又娶妻生子，也沒有心情翻譯。一九四五年八月戰爭才剛結束，郁達夫九月就被暗殺，這個翻譯工作始終沒有完成。

1940年藤原邦夫日譯本《北京歷日》。

1991年郁達夫之子郁飛譯本《瞬息京華》。

郁達夫當年沒有完成的翻譯，後來由兒子郁飛（1928-2014）完成了。郁飛是郁達夫和王映霞的長子，當年隨父親在新加坡，對連載《瞬息京華》的事還有印象。一九四二年郁達夫因太平洋戰爭逃往蘇門答臘前，把兒子郁飛輾轉送回大陸，郁飛先到印度，再與蔣夫人聯絡上，要到一張機票回重慶，由當時的行政院秘書長陳儀照顧成人。當然，父子在新加坡的一別，就是永別了。郁飛後來從浙江大學畢業，文革時因有人密告郁達夫是漢奸（曾幫日本軍人翻譯），被牽連入獄十八年之久。一九七七年才獲釋，已經年近五十，仍心繫《瞬息京華》的翻譯一事。一九八二年，他的堂哥郁興民從美國寄了英文版的 *Moment in Peking* 給他，一九八六年，林語堂的女兒林太乙又寄贈兩種台版譯本（即鄭陀、應元杰合譯本和張振玉版本）給他，終於在一九九一年譯完，一償父親郁達夫延宕五十多年的稿債。

林語堂雖然為郁達夫親自詳註小說中典故，郁飛卻似乎沒有佔到便宜，因為郁達夫的註解本和譯稿都失傳了，連郁飛手上也沒有。研究郁達夫的陳子善教授二〇一五年四月曾走訪林語堂紀念館，寫了一篇文章〈語堂故居仍在，達夫手稿安在？〉，文中說林語堂的女兒林太乙親口告訴過他，確實把刊有郁達夫譯文的《華僑週報》捐給台北市立圖書館，後來移交林語堂紀念館，但館方卻說沒有此文件，讓陳子善無限惆悵。（比較不合情理的是，如果林太乙手上有郁達夫譯文，為何不寄給郁飛？）時隔半年，林語堂故居在十月卻公開一份刊登在《華僑評論月刊》上的《瞬息京華》，日期從一九四六年七月到一九四七年二月，連載到原作的第二章未完，署名「汎思」譯。雖然刊名不是林太乙和郁飛說的《華僑週報》，署名也不是「郁達夫」，開始刊登的時候郁達夫也已經遇害，但林語堂故居官網直接宣佈這就是郁達夫的譯稿。雖不知故居的根據為何，但這份殘稿倒真的是目前所見的最佳版本。

以底下這段英文原文的段落為例：

It was the morning of the twentieth of July, 1900. A party of mule carts were lined up at the western entrance of Matajen Hutung, a street in the East City of Peking, part of the mules and carts extending to the alley running north and south along the pink walls of the Big Buddha Temple. The cart drivers were early; they had come there at dawn, and there was quite a hubbub in that early morning, as was always the case with these noisy drivers.

Lota, and old man of about fifty and head servant of the family that had engaged the carts for a long journey, was smoking a pipe...

汎思（郁達夫？）版：

話說光緒二十六年七月二十日那天，北京東城馬大人胡同西口停住一隊騾車，有的排過街外沿著大佛寺粉紅圍牆一條南北夾道。這日黎明，各騾夫俱已來到，聚首相談，吵吵鬧鬧總是不免，故此滿街人聲嘈雜。

原來這些車輛專為出遠門打發來的。那僱戶老管家名喚羅大，年方五十歲上下，一邊抽著旱煙袋……

郁飛版：

光緒二十六年七月二十日清早，一批騾車來到北京東城馬大人胡同西口，有幾頭騾子和幾輛大車一直排到順大佛寺紅牆的那條南北向的小道上。趕車的起身早，天剛亮就來了。他們七嘴八舌，大清早就免不了人聲嘈雜的。

五十上下的老人羅大是僱了這些騾車即將出遠門的這家子的總管，正抽著旱煙管……

光這兩小段就可看出父子功力差距甚大（如果汎思就是郁達夫的話）。「北京東城馬大人胡同西口停住一隊騾車」先談地點，再談物事，正規中文寫法；「一批騾車來到北京東城馬大人胡同西口」則受英文影響，以騾車為主語，但車是停著的，並不是現在來的，所以後一句不如前一句。第二段的第一句尤其可以看出翻譯功力高下。原文以羅大在抽煙作為主要句子，其他資訊都包在層層子句，郁飛拆解不開，翻成「五十上下的老人羅大是僱了這些騾車即將出遠門的這家子的總管，正抽著旱煙管」，正是讓林語堂頭痛不已的歐化句型。而汎思（郁達夫）輕巧的一句「原來這些車輛專為出遠門打發來的。」承上啟下，看來全不費力，其實大師手筆就在此處。

再看其他兩個譯本：

鄭陀、應元杰譯本：

羅大已經是個五十來歲的老年人，便是這一家僱了大批騾車兒，準備趕路的公館裡的總管家，正吸著旱煙管……

張振玉譯本：

羅大是五十來歲的老年人，是這一家的管家，僱了這些騾子車，是準備走遠道兒的。他現在正抽著旱煙袋，……

兩個譯本也都是由「羅大」開頭，訊息雜蕪，遠不如「汎思」譯本精簡優雅。張振玉的譯本節奏比較好些，但跟高手「汎思」一比，還是明顯不及。

最早出的鄭陀、應元杰譯本並未獲得林語堂授權，早在一九四一年就被作者林語堂點名罵過了，如將曼妮一席話翻成：「有一種不可見的力量控制我們的生命」，林語堂說曼妮是前清山東鄉下塾師的姑娘，哪裏會說出這種「洋話」，原意不過是「冥中有主」四字而已。又木蘭說：「我老早想和你會面，盼望了好久了」，原意不過是「久仰」二字。說句公道話，譯者又不是作者肚子裡的蛔蟲，哪有辦法一一還原作者所想？不過從這幾個例子，的確可以看出這個譯本的翻譯腔很嚴重，讓中文很好的林語堂極為光火，痛斥「痰」不必譯為「黏膜」，「點菜」不必譯為「支配菜單」，「天意」不必譯為「天上的意志」，「管我」不必譯作「控制我」等等，讓這篇批評簡直可以拿來當作翻譯的負面教材。

但這個譯本相當暢銷，台灣也出了好幾次，一九五七年文光圖書、一九六六年大東、一九七六年遠景、一九八九年風雲時代的版本，都是鄭應譯本，但都只有署名「林語堂著」，根本沒有說明這是譯本，當然也沒有署譯者名字。不知情的讀者恐怕還會想，原來林語堂號稱大師，中文也這麼怪腔怪調的。鄭陀還譯過林語堂的《吾國與吾民》，裡面有極為恐怖的句子：

1. 1957年文光圖書版《京華煙雲》，只有「林語堂著」而無譯者署名，其實是鄭陀、應元杰譯本。
2. 遠景推出過多個封面版本的《京華煙雲》，也是鄭、應譯本。但封面上都只有署名「林語堂著」，未說明譯者是誰。

> 中國烹飪別於歐洲式者有二個原則。其一，吾們的吃東西吃牠的組織肌理，牠所抵達於吾們牙齒上的鬆脆或彈性的感覺，並其味香色。……組織肌理的意思，不大容易懂得，可是竹筍一物所以如此流行即為其嫩筍所給予吾人牙齒上的精美的抵抗力。

看了實在很擔心鄭陀會被林語堂追殺。

第二個譯本是文化大學的張振玉教授翻譯的。張振玉（1916-1998）生長於北京，畢業於北京的輔仁大學，曾師事名譯家李霽野、張穀若、英千里等，對話自然流暢，遠勝鄭應合譯本。張振玉退休後住在美國，一九八八年出第二版，還添加回目，如「曾大人途中救命／姚小姐絕處逢生」等。曾家二哥改名為經亞，長媳孫曼妮改為孫曼娘，姚家長子迪人改為體仁，紀元也從西元改為光緒，更有中國味道。一九八八年華視播出的電視劇，人名大抵是按照張譯本。張振玉為正宗老北京，在第二版的譯序中還說林語堂畢竟是南方人，對於北方風俗器具有時掌握不夠精準，如曼娘出嫁時的轎子，林語堂原寫「竹轎」，但北方竹子不多，多用木轎，因此張譯就幫作者修正了。這個譯本是現在的主流譯本，兩岸都有不少版本。即使郁飛在一九九一年推出號稱最符合林語堂原意的《瞬息京華》，又有大名鼎鼎的郁達夫光環，市場反應還是不如張振玉的版本。

不過二〇〇五年的電視版本，人名的確依循郁譯本，大概也認為這是最符合林語堂原意的版本。有些批評家為郁飛抱不平，說郁飛的譯本最為忠實等等。但無論忠實與否，看了延宕五十年的郁譯本還是有點失望，隨便翻翻就會看到冗長的歐化句子：「全都屬於被愛好此道的道學家視為哪怕不是傷風敗俗之至也是很低賤的社會階層」、「這使得他屬於最早吸取正在開始改變中國社會的新思想的一代人」、「經歷了這些及時抓住的愉快的瞬間她對人生是看得透徹得多了」等等。

父債子能不能還呢？看了郁飛的例子，不禁令人想起曹丕的《典論論文》：「氣之清濁有體，不可力強而致。譬諸

2009年北京群言出版社的張振玉譯本。

音樂，曲度雖均，節奏同檢，至於引氣不齊，巧拙有素，雖在父兄，不能以移子弟。」郁達夫沒有譯完《瞬息京華》確實是憾事，但沒有郁達夫的文采，郁飛再有心還債，事實上也是做不到的了。

惺惺相惜的隔海知音——《柴可夫斯基書簡集》

這本《柴可夫斯基書簡集》是典型的戒嚴時期做法，只有掛「吳心柳校訂」，卻不見譯者名字，一看就知道譯者一定在大陸。吳心柳在「重刊感言」中，也清楚說明自己不是譯者。他先交代譯者有幾處把俄羅斯音樂家安唐．盧賓斯坦（Anton Rubinstein）和其弟尼古拉．盧賓斯坦（Nickolas Rubinstein）混淆，「每有錯斷」，所以校訂者在書中提及盧賓斯坦處都加以檢注改正。最後寫下一段十分感人的文字：

> 對於本書譯者，我們充滿了感激。設非他的努力，中文的音樂書叢中何來此一佳著？知音何處？祇此附表敬意。
>
> ——吳心柳，四十七年溽暑，臺北

吳心柳既然手上有原書，當然知道譯者是誰，只是不能說。經過搜尋比對，我發現這本書就是一九四九年由陳原翻譯、上海群益出版社發行的《我的音樂生活》。陳原（1918-2004）是廣東新會人，大陸著名的語言學家，我還讀過他寫的《在語詞的密林裡》（2001，台灣商務繁體字版）一書，深入淺出，文筆迷人，沒想到他就是這本音樂家書信集的譯者。但這本書運氣不好，出版時時局動亂，沒有再版機會。陳原在一九八〇年出重印版時說：

三十年了，我幾次沒有讓出版社重印，因為我那時認為這種情調與當時的空氣不協調。現在雨雪霏霏的日子終於過去了，我想，就讓它重見天日吧！

同年，陳原訪港，當時新華社香港分社副社長就送了他一本吳心柳校訂的台灣版本，不曉得新華社對於誰抄誰是否一直都知情。而當陳原知道這本在大陸塵封三十年的譯作，竟然在台灣再版多次時，雖然沒有署名，他還是頗為感動。他後來在一九九〇年寫了一篇〈不是情書的情書〉，公開對吳心柳表示感激之情：

十年前當我在香港讀到「知音何處」這四個漢字時，我深深的感動了。天然的障礙，人

1974年台北樂友書房《柴可夫斯基書簡集》（左圖），為重印1959年文星版本（中圖，封面只有吳心柳校訂，無譯者名。），但實為1949年陳原譯的《我的音樂生活》（右圖）。

為的阻隔，都阻不住藝術家心聲的交流。但願這位不相識的「老柴」迷此刻還健在，有朝一日到這邊來看看「老柴」在大陸有多少相知，這該多好！……尤其值得譯者感激的是台灣校訂者花了一定的勞動，校訂了我的譯本中的錯誤。……知音何處？我願在這裡重複台灣校訂者的話，對他的校正表示由衷的感謝。

看來這兩位樂迷的確是惺惺相惜。但他們有沒有見面呢？吳心柳本名張繼高，河北靜海人，一九二六年生，一九四九年來台，是台灣知名的媒體人及樂評家。一九九五年過世時，距離陳原寫這篇文章不過五年，兩人若有見面機會，陳原應該會有其他文章記錄，但並未見到。吳心柳和陳原兩人一生中有近七十年的重疊，同樣愛樂成癡，但因時代及政治因素，始終緣慳一面。不過，兩人在政治阻隔下還能互稱知音，互表感激之情，也是一段難得的佳話。

譯者與白色恐怖

台灣在一九六〇年代出版的世界兒童文學，從日文轉譯的甚多，東方的少年世界文學幾乎都是由日文轉譯。民國五十一年國語書店的《黑奴魂》（湯姆叔叔的小屋），一看封面就知道是講談社的，查了日本國會圖書館的目錄確認，買到日文書，確認封面、序、目錄、人物介紹、插圖、解說都是從日文譯的，源頭是一九六一年吉田甲子太郎翻譯的《アンクル・トム物語》。

特別的是，中文譯者吳瑞炯是白色恐怖的受害者。吳瑞炯是苗栗人，生於一九二九年，一九五一年因李建章叛亂案被判刑十年。所以一九六一年出獄，一九六二年就從日文翻譯了這本《黑奴魂》。吳瑞炯不只翻譯這本兒童讀物，還有一本

《黑奴魂》即《湯姆叔叔的小屋》，譯自日文的《アンクル・トム物語》。

《頑童流浪記》（哈克歷險記）也是他翻譯的，譯自佐佐木邦的《ハックルベリーの冒險》。《頑童流浪記》沒有出版年（文化圖書這套書是直接承接國語書店的，但都沒有出版年），但序言中說：「美國人都很驕傲有了馬克屯。他死到現在已經五十多年了。」馬克吐溫卒於一九一〇年，五十多年應該是一九六〇年代，所以推測吳瑞炯這兩本譯作大概都是一九六〇年代早期翻譯的，也就是他剛出獄不久的時候。序言的這句話直接譯自佐佐木邦：「アメリカ人はマーク・トウユーンを誇りとしています。亡くなってから、もう四十年になりますが」，佐佐木邦是一九五一年寫的，當時距離馬克吐溫過世是四十年左右；吳瑞炯晚了十幾年翻譯，所以自己加了十幾年，就變成「五十多年」。

《黑奴魂》後來在文化圖書出版時改名為《黑人湯姆奮鬥記》，改署名「憶深」。如果「憶深」是吳瑞炯的筆名，那另外一本《孤星淚》可能也出自他的手筆。《孤星淚》譯自池田宣政的《ああ無情》，也是講談社的，序言提到「『孤星淚』這一本書，是九十年前法國大文豪維多利亞・雨果……」，譯自池田宣政的前言：「『ああ無情』は、今からおよそ八十年前」。池田宣政寫於一九五〇年，所以譯者「憶深」（吳瑞炯？）也很貼心的多加十年。只是*Les Miserables* 初版於一八六二年，到一九五〇年應該差不多九十年了，可能是池田宣政計算錯誤才導致中文版本的年代也有十年的誤差。

這位譯者吳瑞炯可能是在一九六〇年代剛出獄時，憑藉著自己熟悉的日文翻譯了這兩本或三本兒童讀物，之後就去開公司做生意了。到一九八七年才又以「吳桑」的筆名幫希代出版社翻譯日本推理小說，包括土屋隆夫的《危險的童話》和西村京太郎的《東京地下鐵殺人事件》等四本；還有一本故鄉出版社的企業小說《核能風波》。

因白色恐怖入獄過的譯者，還有：

1. **許昭榮**（**1928-2008**）：屏東人，因主張台獨被判刑十年，一九六八年出獄。在獄期間，蒙新生報副主編童尚經（1917-1972）寄送日文版的《世界民間故事》，翻譯後連載於「新生兒童」副刊，後來結集出版了《世界民間故事》三冊，由水牛出版。童尚經是江蘇人，一九六九年因侮辱元首被捕，一九七二年槍決。許昭榮自己則因政府漠視台籍老兵問題，於二〇〇八年自焚身亡。

2. **姚一葦**（**1929-1997**）：江西人，一九五一因匪諜郭宗亮案入獄七個月，在獄中學會日文

（想來是跟台籍政治犯做語言交換學來的？）。一九五三年翻譯《湯姆歷險記》，正中書局出版。因當時台灣舊書店尚有大量日文翻譯的劇本，學會日文後即大量閱讀日譯本，後來成為戲劇大師，創作多種劇本。

3. **張時（張以淮，1929-2006）**：福建人，四六事件時為臺大學生，幫助同學偷渡到大陸，一九五一年被捕，入獄五年。在獄中勤學英語，出獄後翻譯甚勤，一共譯了一百多本小說，過世後由家屬捐給台大圖書館收藏。皇冠有很多羅曼史是他翻譯的，像是《彭莊新娘》、《藍莊佳人》、《孟園疑雲》等都是。他翻譯的《受難曲：孟德爾遜傳》是我小時候非常喜愛的一本書。

4. **糜文開（1908-1983）**：江蘇無錫人，外交官，一九四〇年代長駐印度，也在印度國際大學哲學系研究，與印度淵源甚深。一九四九年局勢混亂，他在香港開了一家印度研究社，出版自己譯的《奈都夫人詩全集》、《莎毘妲羅》、《泰戈爾詩集》等書。其實這是迫於局勢：糜文開在一九四八年譯完《奈都夫人詩全集》，還跟作者奈都夫人合照，奈都夫人也寫了幾句給中文讀者的話，又請駐印度大使羅家倫寫序，一切準備妥當，寄去上海商務。等到上海商務通過出版，時局已亂，上海商務說不能出了，糜文開無可奈何，加上奈都夫人於一九四九年三月過世，讓他覺得不出這本詩集似乎對不起女詩人，只好自己開起出版社來。《漂鳥集》也是一九四八年在印度新德里就譯好了，封面也是羅家倫題的字。糜文開一九五三年來台，繼續當外交官，也在大學教印度文學，林文月就上過他的課。一九七〇年他派駐菲律賓時，因崔小萍共諜案被牽連，從菲律賓押解回台，入獄一年多。

5. **柏楊（郭衣洞，1920–2008）**：河南人，一九六八因翻譯大力水手漫畫，以「侮辱元首」等罪入獄，判刑十二年，實際服刑九年，一九七七出獄。柏楊是作家，沒有什麼譯作，但卻是因翻譯而入獄。那漫畫情節還蠻長的，就是大力水手父子二人流落荒島，大力水手說我是皇帝你就是太子，兒子說咱不如來選總統吧，明顯諷刺蔣氏父子，就此因侮辱元首罪名入獄多年。這個故事很多人知道，但看判決書內容，其實情治單位想抓柏楊已經很久了，翻譯漫畫只是給他們一個藉口抓人而已。

6. **朱傳譽（1927–2003）**：江蘇鎮江人，一九五七因美軍槍殺劉自然案的示威報導，被判三年感化。一九六九年，在主編的《中國文選》選錄中共將軍書信，又因「為匪宣傳」入獄三年半。他在世新、政大教書，翻譯過不少童書，像是E.B. White的《小老鼠歷險記》

（小不點斯圖爾特）、《小豬與蜘蛛》（夏綠蒂的網）、《小胖熊遇救》（小熊維尼），也把很多古典文學改寫成兒童版，成了兒童文學作家。

7. **紀裕常**（1915-？）：河北安國人，一九六六因叛亂罪判刑十年，服刑七年。一九五九年與何欣合譯《奇異的果實》，但後來再版時只署名何欣一人。

8. **盧兆麟**（1929-2007）：台灣彰化人，一九五〇年就讀師範學院（今師大）時因四六事件被捕過一次，一九五〇又因借書給朋友，被渲染為「盧兆麟叛亂案」首謀，判無期徒刑，一九七五年才減刑出獄。譯作有《日本產業結構的遠景》、《大腦潛能VS自然療法》、《右腦智力革命》、《時間管理法》等多本非文學類的日文書籍。

9. **方振淵**（1928-）[3]：台灣嘉義人，一九五四年因莊水清匪諜案入獄七年，時為高雄三民國中教員。出獄後創統一翻譯社，至今仍是台灣數一數二的翻譯公司。方先生長期擔任台灣翻譯學會理事，雖年事已高，仍常常親自出席學會的理事會。

10. **胡子丹**（1929-）：安徽蕪湖人，一九四九年因「海軍永昌艦陳明誠案」被捕，判刑十年。在綠島苦讀英文，出獄後開設國際翻譯社，自己翻譯過《牛頓傳》、《左拉傳》、《華盛頓傳》等名人傳記，也有《如何創造自己》、《幸福生活的信念》這種勵志書籍。胡老先生是台北市翻譯同業公會的第一任理事長，二〇〇七年曾又回鍋再任理事長。前幾年在一些翻譯研討會上還可以見到他的身影。

11. 詹天增（1938－1970年）[4]：台北金山人，一九六一年因發表台灣獨立言論，遭判刑十二年。在獄期間，曾從日文雜誌翻譯文章投稿《拾穗》雜誌，如日本總理夫人佐藤寬子的〈首相夫人甘苦談〉。一九七〇年領導泰源監獄革命而被槍斃。

前述姚一葦與張時也都在《拾穗》上發表過譯作。其他在《拾穗》上投稿譯作的政治犯還有：

- **施珍（1924－?）**：浙江崇德人，一九五五年因在神戶投書，被當局視為「歪曲描寫孫立人事件」，判刑十五年。

3　方振淵與胡子丹兩位，部分資料參考李楨祥著，〈政治犯獄中苦讀，催生國內翻譯社〉一文，謹此致謝。

4　投稿《拾穗》的政治犯譯者，資料多取自台灣師範大學翻譯研究所博士張思婷未出版的博士論文：《台灣戒嚴時期的翻譯與政治：以《拾穗》雜誌為例》（2016），謹此致謝。

- **鄔來**（1936–）：廣東台山人，一九五二年向同事「宣揚人民公社」，判刑十四年。
- **譚浩**（？）：江蘇吳縣人，海軍，一九五〇年因海軍聯榮艦在香港投共，判刑二十年。
- **古滿興**（1919–）：台灣苗栗人，一九四九年因蕭春進事件入獄，判刑二十四年。
- **施明正**（1935–1988）：台灣高雄人，一九六一年受弟弟施明德牽連入獄五年。一九八八年聲援施明德絕食而死。
- **盧慶秀**（1929–）：台灣屏東人，一九五一年涉入「省工委會案」，判無期徒刑，一九七六年減刑出獄。
- **林振霆**（？）：一九五七年駐台美軍槍殺台灣人劉自然，引發示威，林振霆在現場報導，被控扭曲事實，打擊民心士氣，判刑無期徒刑，最後服刑二十七年。

此外，殷海光雖沒有繫獄，但長期被監視控管，形同軟禁。他翻譯海耶克的《到奴役之路》；一九六七年海耶克訪台，他卻被當局阻擋不能與作者見面。何欣是何容的兒子，幫國立編譯館、國語日報譯書的，但年輕時與左派文人多有來往，也是長懷惴惴。鄭樹森在回憶錄《結緣兩地》透露，何欣曾多次申請赴美，當局始終不准。又說，《大學雜誌》專門出版大陸「匪書」的萬年青文庫，其中有一本馮亦代翻譯的《現代美國文藝思潮》，就是何欣借給他的私人藏書。萬年青文庫很快就被警總盯上，不到一年就收了。黎烈文在大陸時期就批評國民黨，戒嚴期間多次被警總傳訊問話，他因害怕惹禍，把魯迅送給他的一些私人物品都燒了。孟十還（1908-？）是留學俄國的，跟魯迅合譯過果戈里，但戒嚴期間，他翻譯的《果戈里是怎樣寫作的》被列於禁書名單上，他在政大教書，對岸也不承認他的譯作，好好一個俄文翻譯人才，一輩子都不敢再翻譯，退休後在美國終老。金溟若（1905-1970）從小在日本長大，跟魯迅交好，來台後因為堅持不加入國民黨，丟掉中華日報的工作，還得常常去警總報到。川端康成得到諾貝爾獎之後，台灣多家出版社爭相出版川端的作品，金溟若也翻譯了《雪鄉》；根據金溟若之子金恆煒說法，川端康成訪台時，特別向接待單位詢問金溟若，當局卻不讓金溟若見川端康成。可說白色恐怖的陰影隨時籠罩在這些文人頭上。

白色恐怖時期，本省籍和外省籍青年很多人入獄，他們出獄後謀生不易，許多人先靠翻譯謀生，有人後來轉職，也有些人就一直譯下去。一九六六年創辦兒童文學雜誌《王子》半月刊的蔡焜霖也是政治犯，曾入獄十年。這份雜誌初期的日文味道很重，很多作品應該是從日文翻譯，但翻譯方式很特別，常常是由懂日語的老一輩口述，由年輕一輩的譯者寫下中文，有點像林紓的翻譯方式[5]，這種翻譯有時難以進行文本比對研究。也有不少在翻譯社或私人企業擔任實務口筆譯工作，也比較難以提出譯文研究。雖然我們做翻譯研究時偏重有文本的翻譯，尤其是文學翻譯，但這些譯者也都算是廣義的譯者，因此本文也同時向這些受白色恐怖牽連的前輩譯者致意。

5《王子》半月刊的資料，部分取自台東大學兒童文學研究所林素芬的碩士論文《「王子」半月刊與王子出版社研究》（2010），謹此致謝。

譯者血案——馮作民的故事

譯者繫獄，多半由於政治。但台灣在一九八〇年代，有位譯者則是確實因血案入獄。這位譯者就是馮作民。

馮作民，一九二八年生，遼北康平人，在東北參軍後跟政府來台，來台時為二十一歲的青年。他酷愛讀書，來台後先開書店，後來在國語日報社當校對，根據亮軒的回憶，他「中等身材，不胖不瘦，皮膚略黑，稍駝著肩背，戴著厚厚的近視眼鏡，一口標準的京味兒國語，總是客客氣氣的。」他愛書成痴，又自修英日文，後來全心投入西洋史的寫作。但因銷路不如預期，潦倒失意，懷疑是出版商故意苛扣，一九八八年拿刀去砍殺出版商全家，兩死兩傷，悲劇收場，被判無期徒刑，後來死在獄中。對於這樣一個愛書人的悲劇，想到總是有些悵惘。

他的譯作很多，大多數是從日文譯的。最早的譯作應該是《威廉太爾傳》和《公主復仇記》兩本少年讀物。這兩本原是國語書店一九六二年出版的「世界名作全集」，後來由文化

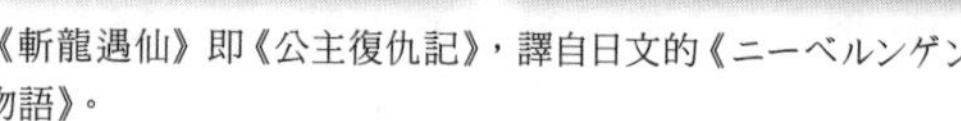
《斬龍遇仙》即《公主復仇記》，譯自日文的《ニーベルンゲン物語》。

圖書公司重出，書名分別改為《神箭手威廉泰爾》和《斬龍遇仙》，前者是德國作家席勒的劇作《威廉泰爾》（*William Tell*），後者即《尼伯龍根的指環》（*Der Ring des Nibelungen*），都是德文作品。但馮作民並不是從德文翻譯改寫的，而是由日本改寫的童書直接翻譯成中文。《威廉太爾傳》根據的是丹地文子的《ウイリアム・テル》，一九五〇年偕成社出版，描寫瑞士民族英雄威廉・泰爾的故事；《公主復仇記》則根據高木卓的《ニーベルンゲン物語》，一九五四年偕成社出版。

國語書店這套「世界名作全集」和東方出版社的「世界少年文學選」一樣，都在一九六〇年代初期推出，也都是從日本的偕成社和講談社兩大少年文學出版社的作品轉譯。大概經過戰後十餘年休養生息，兒童讀物出現市場商機，台灣的出版社也很快發現日本這條捷徑：偕成社和講談社都在一九五〇年代推出數十冊的少年版世界名作全集，每冊三百頁上下，附上精美插圖及導讀，台灣會日文的人口眾多，十幾年下來中文也學得差不多了，一拍即合，短期內即可大量出書。國語書店和東方出版社的譯者群以受過日本教育的台籍譯者為主，尤其以國小老師最多；馮作民是這個圈子裡比較少見的外省人。他後來在《台灣歷史百講》的序中有向陳宗顯（1931-）致謝，陳宗顯即國語書店的創辦人，可見馮作民會踏上譯者之路，應該與陳宗顯有點關係。只不過這兩本德文作品在台灣知名度不高，其他出版社都沒有選過，遠遠不及英法作品如《茶花女》、《三劍客》、《小公主》、《小婦人》那麼暢銷。國語書店的名氣也不如東方出版社，沒有幾年就結束營業了。

在這兩本少年讀物之後，馮作民與林衡道合作了兩本台灣歷史的書，即《台灣歷史百講》和《台灣的歷史與民俗》。這兩本青文出版社的姊妹作，都在一九六六年出版。先出的是《台灣歷史百講》，蒐集了一百個跟台灣有關的故事，例如我們小學課本中的「吳鳳故事」等。封面上的中文寫的是「林衡道監修，馮作民著作」，英文卻說馮作民是Translator。原來這部作品是馮作民蒐集資料，林衡道逐篇口述補充修正，出版後還在《青年戰士報》連載，有台大教授楊雲萍的序。《台灣的歷史與民俗》是第二本，因為《台灣歷史百講》的市場反應熱烈，青文出版社於是把林衡道一九六四年在日本《今日之中國》雜誌上連載的相關文的目標讀者，應該是要給那些困居在台灣的流亡中國人多了解台灣吧。在那個歷史課本幾乎沒有台灣史的高壓年代，儘管許多論述現在看起來是政治不正確的，例如吳鳳「感化」原住民的故事，訛誤謠傳也不少，像是書中提到英國科幻小說家H. G. Wells曾在一九一二年到過台灣，還在台北第一中學（今天的建中）發表演說，並且送給台灣奎寧樹的種子以對抗瘧疾[6]，但現在已有日本人查證過此說，證明是誤傳。到過台灣演講，並且致送奎寧樹種子的是另一位植物學家H. J. Elwes，不是科幻小說家。可能一開始是日治時期阿里山博物館的展示資料弄錯了，或是一九三七年中西伊之助去參觀阿里山博物館時看到這筆資料，或許只有片假名拼音，因而誤認，寫在他的《台灣見聞錄》中，後來馮作民搜集到這個故事，就寫入《台灣歷史百講》，篇名跟中西伊之助一樣，

6 此說流傳甚廣，錢歌川說過一次，陳冠學的《老台灣》又說過一次。

《台灣歷史百講》、《台灣的歷史與民俗》。

稱為「台灣的恩人」。

一九七〇年代，馮作民譯作甚多，如片岡巖的《台灣風俗誌》，夏之炎的《北京最寒冷的冬天》、名人傳記、小說都有，最特別的是還從日文翻譯了《白話史記》、《中國名臣列傳》、《中國古典名言集》、《唐代詩人列傳》等。雖然版權頁上大多沒有登載日文作者名字，但馮作民的序大多會註明日文來源，以示不掠美之意，如《白話史記》的自序：

> 本書是以日人田中謙二、一海知義所編譯的《史記》為藍本改寫而成，因此為配合國情對譯注文曾大加增刪，而且字裡行間隨時都加入我個人的見解與史觀。何況基於發行上的必要，也只能以此種形式出版。深恐讀者有所誤會，特此聲明如上，以示本人不敢掠美或剽竊。

日文版本《史記》是一九六七年朝日新聞出版的，分為三冊，共選出二十篇原文加以語譯、詳註與背景論述，兩位作者都是大學教授。馮作民的《白話史記》也同樣分為三冊，結構和日文版相同，刪去了一些日本學者的研究，也在書末加上自己撰寫的歷史論文。上述序文中「基於發行上的必要」不知何解，但這套書解釋清楚詳盡，文字順暢，銷路很好，在馮作民出事入獄之後還再版多次，二〇〇五年還有再版。

追憶再啟之卷

- 從人生的開始——《搖籃曲》
- 本來無話，何勞翻譯？——《小亨利》
- 三十幾年還沒落幕的大戲——《千面女郎》
- 隱形的日譯者——黃得時的《小公子》和《小公主》
- 飛吧！海鷗岳納珊！
- 麥帥的兒子怎麼了？——〈麥帥為子祈禱文〉
- 少見的西班牙語漫畫——《娃娃看天下》
- 冷戰時期的政論長青樹——包可華專欄
- 西洋羅曼史的興衰——《米蘭夫人》與《彭莊新娘》
- 流行歌曲——《愛你在心口難開》

在台灣，每個人都在翻譯中長大。我小時候，每次要祖母說故事，她就用台語說：「古早古早，有一個老阿公和一個老阿嬤，老阿公去撿柴，老阿嬤去洗衫，看到河裡漂來一個大桃子。」當然，桃太郎來自日本，翻譯的。事實上，從搖籃曲開始，我們小時候唱的童謠、聽的童話、看的故事書、漫畫、電視、電影，到長大一些讀的教科書、小說、報紙、雜誌、科普新知、流行歌曲，到處都有翻譯的蹤跡。宗教上的佛經和《聖經》，也一樣是翻譯的。這些翻譯雖在不同時期出現，從千年前的鳩摩羅什到每日外電編譯，卻都陪著我們成長，成為世代記憶的一部分。這一卷就是以我自己的經驗出發，談談我們這一世代的翻譯記憶。

從人生的開始——《搖籃曲》

幾乎每個人都能哼上幾句，也收錄在小學音樂課本上的布拉姆斯搖籃曲，是世界上最著名的搖籃曲。這首曲子是德國作曲家布拉姆斯一八六八年（同治七年）作的，送給剛生小孩的朋友做為賀禮。德文原名"Guten Abend, gute Nacht"（"Good evening, Good night"，但中文兩句話無差別，只能譯成《晚安，晚安》）。原文歌詞大意是「晚安，晚安，在玫瑰和丁香裝飾的床上，睡著可愛的寶寶，如果上帝恩准，明天早上你就會醒來。晚安，晚安，天使會守護你，在夢中帶你去見基督的兒童之樹，甜甜的睡吧，在夢中可以看到天堂。」看起來非常基督教，「如果上帝恩准」還有點令人發毛。

這首歌有日本堀內敬三翻譯的《眠れよ吾子》，中文通行的版本也有好幾種。我從小熟悉的版本是蕭而化的譯本，一九五〇年代就收錄在《一〇一世界名歌集》：「寶寶睡，啊快睡，外面天黑又風吹，寶寶睡啊，快快睡，媽媽唱個催眠曲。唱一聲，寶貝兒，長大娶個仙女；唱一聲，寶貝兒，快閉上眼睛睡。」當然是一點基督教味道都沒有。「天黑又風吹」感覺是中國父母的一貫恐嚇策略，「娶個仙女」更是非常中國化的願望。但我唱給女兒聽時，不免也有點嘀咕：啊我們女生為什麼長大要娶個仙女哩？兒子也沒必要娶仙女吧？後來看到蔡琴的專輯中收錄的版本，也是署名蕭而化作詞，但其實歌詞有些出入：「寶寶呀，快睡呀，窗外和風輕輕吹，寶寶睡呀，快快睡，媽媽唱個催眠曲。唱一聲，寶貝啊，輕輕閉上雙眼；唱一聲，寶貝啊，和著歌聲快快睡。」改得比較現代，夜黑風高改成「和風輕輕吹」，娶仙女那句也不見了，果然比較符合時代品味。現在小學音樂課本收錄的卻是李抱忱的版本：「快快睡，我寶貝，窗外天已黑，小鳥回巢去，太陽也休息。到天亮，出太陽，又是鳥語花香，到天亮，出太陽，又是鳥語花香。」這個譯本還頗有故事性：天黑、小鳥回巢、太陽休息；天亮、出太陽，鳥語花香；相當可愛。

蕭而化和李抱忱年齡背景相似。蕭而化是江西人，一九〇六年出生，日本國立上野東京音樂學校畢業，來台前是福建音樂專科學校校長，來台後是師大音樂系首任系主任，在游彌堅主編的《一〇一世界名歌集》出力甚多，譯了不少膾炙人口的歌曲，包括《散塔蘆淇亞》、《老黑爵》、《白髮吟》等，還做了不少校歌，包括師大校歌，後來在美國過世。李抱忱是河北人，一九〇七年出生，美國哥倫比亞大學音樂教育博士，長期在美任教。他的名作也不少，包括小時候合唱團必練的德佛札克《念故鄉》，就是他作的詞。

其實不只是搖籃曲，我們唱的兒歌也有不少德國歌曲，像《春神來了怎知道，梅花黃鶯報告》、《當我們同在一起》、《野玫瑰》等，旋律也都是德國歌曲。而這些歌曲，大部份都和日本有關：日本明治時期銳意西化，明治十四年（1882）日本文部省推出《小學唱歌集》，把大量歐洲歌曲配上日本歌詞，作為教育的一部分。像是我們小時候唱的《驪歌》（驪歌初動，離情轆轆，驚惜韶光匆促），日文版「螢の光」就收在《小學唱歌集》中，原來曲調是蘇格蘭民歌"Auld Lang Syne"。中文版由華文憲（1899-1940）在抗戰期間填詞，晚了日本多年。李叔同作詞的《送別》也收在小學課本中，犬童球溪在明治四十年（1907）把美國作曲家奧德威（J. P. Ordway，1824—1880）的"Dreaming of Home and Mother"填上日文歌詞，名為《旅愁》，李叔同留日時有感而發，也填了中文詞，名為《送別》，傳唱至今。有趣的是，我多年來總問美國學生是否聽過"Dreaming of Home and Mother"，至今從無一人聽過。

在台灣，除了收錄搖籃曲的《一〇一世界名歌集》之外，全音出版社的《世界名歌一一〇曲集》可能更為常見。全音的版本分為兩冊，裡面收錄了許多大家從小耳熟能詳的世界名歌，像是《野玫瑰》、《老黑爵》、《馬撒永眠黃泉下》、《憶兒時》之類的。因為知道上述這幾首都是參考日譯本的，我上次去東京神保町的時候，刻意找昭和時代的世界名歌集，卻沒找到，有點遺憾。日前在台北的舊書店，竟然無意間看到一本。

媽媽喜歡唱歌，從小家裡的鋼琴上就一直擺著這本全音的《世界名歌一一〇曲集》，很多歌都從小就很熟悉。可惜查了半天，全音版本好像一直沒有出版日期，只能從我自己的年齡推算，最晚應該一九七〇年代初就出版了。翻看日本新興出版社這本昭和二十七年（1952）的《世界名歌百曲集》，就好像看到好久不見的老朋友一樣。雖然我德文完全不行、

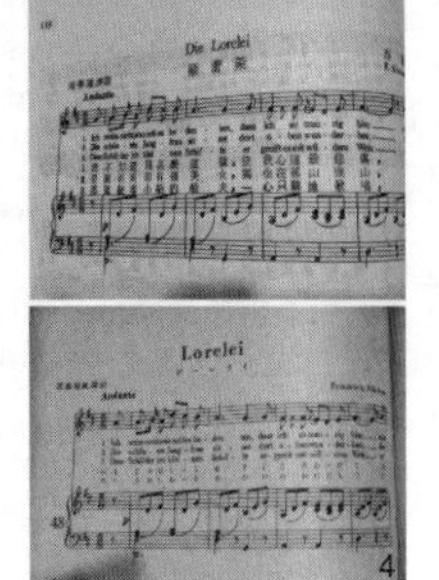

1. 台北全音出版社的《世界名歌110曲集》，無出版年。
2. 東京新興出版社昭和27年的《世界名歌百曲集》。
3. 中文版的「當我行過麥堆」和日文版的「故鄉の空」。比較起來，中文版似乎比較直譯。
4. 中文版的「蘿蕾萊」和日文版的「ローレライ」。中文譯者是台大德文教授周學普（誤植為「譜」），日文譯者是近藤朔風。

日文要靠漢字，但樂譜一看就知道是哪一首歌，十分親切。從書名就可以知道全音這本並不是直接整本從《世界名歌百曲集》翻譯的：全音收了一百一十首，日文則是一百首（全音還收了幾首像《滿江紅》這種中國歌曲），但我至少對出了四十五首是有日文版的。而且更讓我驚訝的是，這些伴奏的編曲都一模一樣！

當然，有些英文歌曲，歌詞可以從英文翻譯，不必從日文翻譯；周學普本來就是德文教授，他翻譯德國歌曲當然可以從德文直譯，不必透過日文轉譯，但一開始把這些德國音樂配上歌詞的也是日本作曲家，更別說周學普是留日的，他的德文是在日本學的，當然會受日本選曲的影響。蕭而化也是留日的，一開始編世界名歌集的呂泉生也是留日的。所以電影《海角七號》裡面，有中日歌手一起唱「男孩看見野玫瑰」的場景，其實他們還有四十多首可以合唱呢！

本來無話，何勞翻譯？——《小亨利》

小時候家裡訂閱《國語日報》，兄弟姊妹總是爭看印在最下面的「小亨利」四格漫畫。同學家裡若有整盒彩色封面的《小亨利》，更是大家欣羨的對象。但如果知道原版的《小亨利》是不說話的，恐怕很多人會大吃一驚。

*Henry*原是美國漫畫家卡爾・安德森（Carl Anderson，1865-1948）於一九三二年所創造的漫畫，以光頭的亨利為主角，有時背景有字，或是媽媽會吩咐亨利做什麼事情，但亨利都沒有開口說話，讀者順著漫畫邏輯，自然曉得好笑的地方在哪。這個漫畫最先刊登在《週六晚報》（*Saturday Evening Post*）上，推出後極受歡迎，也很快就有德文譯本，後來發展出單格漫畫、四格漫畫和多格漫畫等各種形式。但卡爾在一九三二年已經高齡六十七歲，畫了十年之後，年事已高，遂交由兩個助手John J. Liney和Donald Trachte接手，前者負責每日漫畫，畫到一九七九年退休，後者則負責每週漫畫，一直畫到一九九三年。《小亨利》前後跨越了六十多年，是非常長壽的漫畫，不但有有多國譯本，世界各地至今仍有七十五家媒體持

續刊登。

至於台灣則是從一九五一年開始，由《國語日報》推出黑白版的小亨利四格漫畫，由作家夏承楹引介這位「一肚子壞主意的小禿子」。夏承楹（1910-2002）出生於北平，與台籍作家林海音是北平世界日報的同事，兩人婚後來台，成為台灣文壇的名人夫妻檔。夏承楹除了以筆名「何凡」翻譯了十四本美國政論家包可華的專欄文章之外，也以本名翻譯了多本童書繪本，如《猛牛費地南》等。另外，《國語日報》上連載多年的「淘氣的阿丹」也由他所譯。

奇怪的是，小亨利本來沒有說話，又怎麼會需要翻譯呢？何凡特別在「前記」中解釋：

> 國語日報上的小亨利，原圖並沒有說明，在報上登的時候，我們每圖加一句說明，以便萬一有小讀者看不懂的時候，可以幫助他們瞭解。文字力求淺顯和口語化，旁邊兒附上注音，希望小讀者能夠收到「看圖識字」和「讀文學話」的功效。

當然這段話也是加上注音的，可見漫畫的目的已經變成國語教學的一部分了。

小亨利的說明文字十分簡潔易懂，例如：當小亨利拉開彈弓，下面的說明就寫著「看

1. 1974年出版的《小亨利》單行本第20集，由夏承楹編譯。
2. 原文是無字漫畫，「編譯者」夏承楹自編解說。上面一則有「助人為快樂之本」，下面一則有「飛簷走壁」、「飛天大俠」等語，策略歸化。

鏢！」；若小亨利拿溫度計量湖水溫度，文字說明即為「試試水溫有多少度」等。有時翻譯還頗在地化，例如一九六九年出版的第十一集中，小亨利正在看到演講公告，第一格漫畫的海報竟寫著「今晚演講『兒童禮儀』／中山堂」。不過，其實就算小亨利不作說明，也不至於到令人費解的地步。

在台灣，《小亨利》因筆調純樸，人物簡單，不過是媽媽、小狗、校長、工人等幾個典型人物，並沒有太多文化障礙，暢銷經年，到一九七七年已出版二十餘冊單行本，還有外傳。一九八四年雙大出版社請謝瑤玲教授翻譯，出版中英對照版本。雖說是中英對照，但原文文字有限，多半是媽媽講的話或招牌、告示之類的；但為了迎合眾多小亨利迷的習慣，還是

三十幾年還沒落幕的大戲——《千面女郎》

《千面女郎》（ガラスの仮面）是日本漫畫家美內鈴惠的作品，從一九七六年開始連載，至今仍是未完待續。二〇一二年九月發行日文版第四十九集，讓眾多漫畫迷從少女等到熟女，還是不知道最後紅天女要由譚寶蓮還是白莎莉來演出。

這部漫畫描寫純樸的女孩譚寶蓮熱愛表演，偏偏遇上出生明星世家，又美麗又有錢又天資過人的對手白莎莉；兩人競爭多次，勝負未定，不但要等重病纏身又遭毀容的天才老師阮玉冰做最後的裁決，還要看已有完美多金未婚妻的情人秋俊傑，到底情定何方……。

不過，這部分的情節只連載到一九九八年的四十一集。在隔了六年之久後，二〇〇四年出版的第四十二集開始，將書名改為《玻璃假面》不說，裡面的角色名稱也全換了——「譚寶蓮」變成「北島麻亞」、對手「白莎莉」變成「姬川亞弓」、老師「阮玉冰」變成「月影千草」、情人「秋俊傑」變成「速水真澄」。想當年，四十一集結尾秋俊傑叫的那一聲明明是「寶

《千面女郎》單行本第41集封面。

蓮」，到四十二集首頁卻突然改叫「麻亞」，讀者還得自行配對轉換。

其實，會造成這樣的混亂局面，有一個原因是日本從一九八〇年代才開始有海外版權代理，之前的漫畫全都沒有授權，自由度非常高，也非常本土化，「秋俊傑」聽來像是瓊瑤小說裡的男主角，「白莎莉」讓人想到七〇年代的美麗主持人白嘉莉，「阮玉冰」的悲劇色彩又似乎有點像演員阮玲玉⋯⋯。但時過三十年，現在已經沒有人這樣翻譯了；而且這些沒有授權的漫畫也都不能繼續販售。現在不但人名都恢復日文人名，讓讀者可以想像他們是日本人，連書名也採用直譯。原書名的「ガラス」是日語的外來語，即為玻璃（glass）；而「仮面」則是日語裡的面具，故台灣將其翻為「玻璃假面」，大陸則譯為「玻璃面具」。

這部漫畫除了見證翻譯習慣的轉變之外，裡面的劇團所演出的話劇劇目也和翻譯脫不了關係。《茶花女》、《小婦人》、《乞丐王子》、《咆哮山莊》、《仲夏夜之夢》等，都是歐美文學翻譯改編的話劇，可見這些作品如何深入日本文化，甚至已經變成日本人的文化資產了。劇場也是這部少女漫畫之所以特殊的原因之一。撇除貧富差距、俊男美女、勵志向上這些通俗成份，兩位女主角對表演藝術的執著和體悟，在少女漫畫中實屬少見。演員劉若英就曾說過自己頗受《千面女郎》啟發，相信因此而嚮往劇場的讀者就更多了。

同樣早期走本土路線的《機器貓小叮噹》，授權版本在日方強力要求下改名為《哆啦A夢》，裡面那些陪我們一起長大的葉大雄、技安、阿福、宜靜，也變成了野比大雄、胖虎、小夫、靜香，讓懷舊的讀者頗不習慣。不過，《尼羅河女兒》和《玉女英豪》這兩部少女漫畫經典，除了書名改為直譯的《王家的紋章》和《凡爾賽玫瑰》之外，翻譯策略似乎並沒有經歷類似的劇變。大概是因為原來的女主角就是金髮的歐美人士，所以以前也沒有取過本土人名，自然就沒有受到翻譯習慣改變的影響。

隱形的日譯者——黃得時的《小公子》和《小公主》

一九六二年東方出版社的《小公子》，由黃得時（1909-1999）改寫，全文則收錄在二〇一二年出版的《黃得時全集》。黃得時是台大中文系最早的台籍教授之一，戰後翻譯了不少兒童文學。不過，《黃得時全集》中只說《小公子》的原作是美國作家 Burnett 夫人所著的 *Little Lord Fauntleroy*，並經過黃得時的改寫，卻漏掉了中間的轉譯者千葉省三。事實上，黃得時的版本是改寫自千葉省三於一九四〇年由講談社出版的《小公子》。從後來一九五一年的版本可以看到，雖然和初版的封面不同，但內文近二十頁的全頁插圖都是一樣的，前言基本上也跟千葉省三的前言差不多，只有刪掉「日譯本由明治年間的女譯者若松賤子首譯」這個資訊。

《小公子》是若松賤子取的書名，現在也譯為《小伯爵馮德羅》，故事跟《麻雀變公主》、《小英的故事》差不多，就是在美國生活的普通小孩，忽然發現自己是英國貴族繼承人，被接回英國過著貴族生活。然後，可想而知這個天真善良的主角，會用愛心感化冷酷的貴族領主，讓身邊所有人都一起過著幸福快樂的生活。

無獨有偶，國語書店在一九六二年也出了一本《小公子》，後來文化圖書公司再出一次，由林仁川改寫，封面跟東方出版社的《小公子》構圖一模一樣，只是衣服的顏色不同：東方出版社的小公子藍衣藍褲，繫同色腰帶；文化圖書的小公子則綠衣綠褲，繫橘色腰帶。此外，文化圖書的背景多了一人一馬，東方出版社封面雖沒有此人，但書名頁卻保留了這個人，看來原圖是有這匹馬的才對。

也就是說，一九六二年，黃得時和林仁川不約而同翻譯了千葉省三的《小公子》，又不約而同地漏掉他的名字，只寫原作者白涅脫夫人（東方版）或巴涅特夫人（文化版）。因為是同本異譯，所以故事都一樣，只有人名的翻譯頗為不同，如主角的名字

1. 為日譯者千葉省三（1892－1973）是日本有名的兒童文學作家，作品很多，著有童話集六卷，鹿沼還有千葉省三紀念館。
2. 1940年千葉省三翻譯的《小公子》，由日本講談社出版。
3. 1962年東方出版社出版黃得時改寫的《小公子》。
4. 小公子和他的朋友。上圖是東方出版社的插圖，下圖是講談社的插圖。

Fauntleroy，日文版是フォントルロイ，黃得時譯為「馮德羅」，林仁川則譯為「洪都爾路易」，看來林仁川的日文腔比黃得時嚴重。兩人的前言也都是譯自千葉省三。例如寫到原著在美國風行的情形：

在短短的幾個月後，全美國幾乎沒有人不知道這本書的小主角「薛特利」的名字。於是，社會上便流行了一種稱為「馮德羅式」的服裝，幾乎每一個家庭，都喜歡讓自己的男孩子，頭戴黑絨帽子，身穿花邊領子的天鵝絨衣服。（黃得時）

那個時期的美國人，幾乎沒有一個人不知道故事裡的主人翁、謝德立克這個名字的。當時的男孩子，甚至於流行著一種叫作「洪都爾路易型」的服裝。這種服裝是模仿著謝德立克常穿的衣服的樣式裁製的：如天鵝絨的大黑帽，有花邊領子的天鵝絨衣服等。（林仁川）

又故事中提到主角的美國朋友為了弄清楚貴族是什麼，去書店買了一本《倫敦塔》來看，黃得時將英國的瑪麗女王譯為「殘暴的瑪莉女王」，林仁川則譯為「血淋淋的美莉」。看

1. 1962年國語書店的《小公子》，後由文化圖書公司出版，署名「林仁川」改寫，也是譯自千葉省三。
2. 東方版《小公子》的書名頁，構圖和文化圖書版本的封面完全一樣。
3. 文化圖書版本《小公子》的書名頁，採用的則是老伯爵祖孫乘馬車的圖。

來，黃得時的文筆還是比較好，也比較符合一般的說法。

一九六二年東方出版社的《小公主》，同樣也是由黃得時改寫自Burnett夫人的*A Little Princess*（1905）。不過，東方出版社一樣沒有告訴讀者，黃得時並不是直接從英文原著改寫的，改寫者另有其人，就是日本最早的女性劇作家水島あやめ（1903-1990）。*A Little Princess* 深受日本人喜愛，譯本和改寫本非常多，還有在台灣也播放過的《莎拉公主》動畫。水島的日文譯本書名則取作《小公女》，一九五〇年由講談社出版。

黃得時的譯本基本上都依照水島的改寫本，只有把幾個章節合併起來而已。人物介紹、插圖也都模仿講談社版。我從小就很喜愛黃得時的譯本，看了很多次，但有一個地方始終覺得有點奇怪，就是黃得時在序中說：「我本人，從小時候到現在，已經讀過好幾遍了，可是，讀一次有一次無限的趣味和新鮮的感覺。」

當然不是說男生不能看《小公主》，但是黃得時小時候在一九二〇年代的台灣成長，實在有點難以想像他當時會常看《小公主》（誰的版本？）。果然，翻開日文本，這句話其實是水島あやめ說的。這就對了，*A Little Princess* 自明治時期就有譯本，水島說這句話是比黃得時合理多了。

提到台灣的兒童文學，不能不提東方出版社。東方是戰後第一家由台灣知識份子集資創辦的出版社，地點就在日治時期的新高堂書店，位於今天的重慶南路。東方早年大量翻譯日文改寫的作品，如收有《小公子》的世界少年文學選集、世界偉人傳記、福爾摩斯全集和亞森羅蘋全集、希頓動物故事等等，幾乎都是從日文的改寫本譯過來，至少有兩百多種。現在又授權中國大陸發行簡體字版本，日本譯者的影響更是深遠。

1. 1962年黃得時的《小公主》。
2. 1950年水島あやめ的《小公女》。

飛吧！海鷗岳納珊！

海鷗岳納珊是台灣五年級生的共同語彙之一。因為在我們的小學六年級課本（國編館時代，大家都一樣），就有這麼一課〈天地一沙鷗〉，二〇〇七年的電影《練習曲》中，許效舜還念了一段當中的課文。該文的作者Richard Bach（1936-）現在還在世，英文本是一九七〇年出版，算起來當時他也不過三十來歲。英文書先在美國大賣，而後一九七二年一共出了七個中譯本，還真的是沙鷗滿天飛。

在這七個版本中，第一版是由彭歌所譯，就是他用了杜甫的名句「飄飄何所似，天地一沙鷗」來命名，此後這個書名就這麼定了下來，連二〇一一年謝瑤玲老師重譯的版本都還是叫作《天地一沙鷗》。彭歌本名姚朋，河北人，一九四九年來台，曾任《中央日報》總主筆及社長，翻譯作品不少，譯筆相當好，也得過不少獎項。從鄉土文學論戰期間，彭歌曾大力攻擊鄉土文學作家，可以看出他算是與「當局」關係密切的御用文人之一，也難怪其翻譯作品常有蔣經國的推薦。

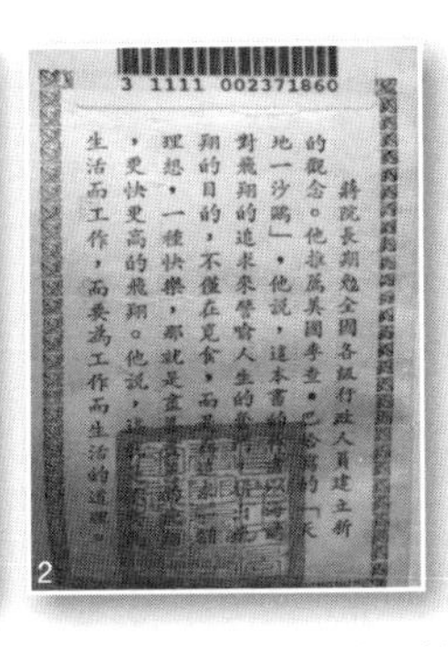

蔣院長期勉全國各級行政人員建立新的觀念。他推薦美國李查·巴哈寫的「天地一沙鷗」，他說，這本書的[illegible]對飛翔的追求來譬喻人生的[illegible]翔的目的，不僅在覓食，而[illegible]理想，一種快樂，那就是[illegible]，更快更高的飛翔。他說，[illegible]生活而工作，而要為工作而生活的道理。

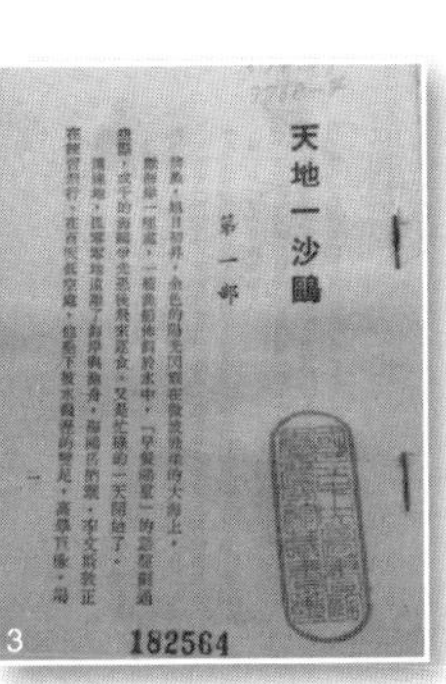
天地一沙鷗

第一部

1.《天地一沙鷗》1972年在中央日報連載後出版，譯者是彭歌。

2. 當時的行政院長蔣經國還為本書背書。

3. 岳納珊是彭歌取的名字，新譯本作強納森。

《天地一沙鷗》的扉頁中就有小蔣的背書，寫道「蔣院長期勉全國各級行政人員建立新的觀念。他推薦美國李查·巴哈寫的『天地一沙鷗』」。以當時的氛圍，小蔣一開口，應該就是公務員一人發一本，可能還要組讀書小組、交讀書心得報告什麼的。果然，接下來該書還由林海音改寫成課文，編入部定教材。課本採用的自然是彭歌的版本，因為只有他的海鷗叫作岳納珊，海鷗媽媽還會開口叫他「岳兒」，非常有趣。其他版本或叫「強拿桑」，或叫「若納生」，聽說大陸還有叫「喬納坦」，以及「喬納森」，謝瑤玲的新版則用「強納森」。但為什麼這個名字 Johnathan 會譯成「岳納珊」呢？這大概是用希伯來語發音吧？這就是《聖經》裡掃羅之子「約拿單」的名字。岳納珊和約拿單，發音就很相近了。

其實我對這課文沒什麼深刻的印象，可能太勵志了，又覺得沒什麼道理：海鷗很會飛不是天生的嗎？到底是要飛到怎樣呢？但重新回顧一遍，卻反而看到許多以前沒看到的，這本書不但很玄，甚至帶點神秘的宗教色彩。真不知道當時小蔣是怎麼看這本書的，居然可以看出「不要為生活而工作，而是要為工作而生活的道理」，難道海鷗要付房貸嗎？

一九七二年七個中譯本：

- 彭歌《天地一沙鷗》（台北：中央日報）
- 陳蒼多《天地一沙鷗》（台北：巨人）
- 呂貞慧《天地一沙鷗》（台北：五洲）
- 許清梯《天地一沙鷗》（台北：大林）
- 李仲亮《天地一沙鷗》（台北：譯者自印）
- 金家驊《天地一沙鷗》（台北：昌言）
- 楊珊珊《流浪的海鷗》（台北：林白）

麥帥的兒子怎麼了？——〈麥帥為子祈禱文〉

台灣並非基督教國家，卻從國立編譯館的時代起，就收錄了一篇禱告詞的翻譯作為本國語言教材。甚至到現在的國中國文課本也有收錄，譯文還譜成混聲四部合唱曲，由名作曲家蕭泰然譜曲。可說是台灣民眾最熟悉的禱詞之一也不為過。更有趣的是，這篇禱詞並非出自名牧師之手，而是出自二次世界大戰的名將麥帥。

麥帥，是台灣給予美國陸軍五星上將麥克阿瑟將軍（Douglas MacArthur，1880-1964）的暱稱。身為二戰的太平洋區總司令，他負責日軍受降，又在韓戰中力保台灣，因此頗受台灣軍民歡迎。台灣第一條高速公路於一九六四年通車時，正值麥帥過世，於是以他命名為麥帥公路，後來併入中山高，只剩下麥帥橋；現在則有麥帥一橋和麥帥二橋兩座橋樑依然存留麥帥名稱。然而他在台灣留下的形象，除了麥帥公路、麥帥大橋，以及叼著菸斗，說出"I shall return."之外，還有一篇收錄在國文課本裡的〈麥帥為子祈禱文〉，有些版本的高中英文課本也收錄原文。這位只到過台灣一次，戰功彪炳的美國將軍，恐怕很難想像他在這個遠東島嶼上的主要形象，竟是國文課本中的慈父罷。

這篇「為子祈禱文」（A Father's Prayer）寫於一九三七年，由於麥帥的獨子出生於一九三八年，因此是孩子未出世時的一篇禱告詞，首句"Build me a son, O Lord, who will be strong enough to know when he is weak..."也隱含「給我一個這樣的好兒子」的祈願。不過，當時又沒有超音波，如果生出來是女兒怎麼辦？這是麥帥第二段婚姻，五十八歲才得子，又在沙場上馳騁半生，看慣大風大浪，因此這篇禱詞意境頗不同於一般祈願祝禱。父母多半求子一生順遂平安，他卻求子困頓，接受磨難淬煉，方能體諒別人；甚至還祈求他能有幽默感，不要過分拘執。但他兒子最後成了怎樣的人呢？亞瑟．麥克阿瑟出生於馬尼拉，由華人奶媽帶大，父親是走路有風的世界名將，年齡足以做阿公，想起來就覺得這兒子處境艱難；難怪後來死活不肯念西點軍校，繼承祖、父兩代彪炳軍功，一心只想讀音樂，最後更低調地改姓埋名，在紐約當個音樂人過了一生。世人未免覺得有虎父犬子之感，但說不定他真的不負父望，做個

〈麥帥為子祈禱文〉收錄在不同版本的國文課本中。

「純潔、謙遜、豁達有幽默感」的人也未可知。

無論孩子將來的發展如何，父親當初的祈願總是真心誠意的。那麼台灣看到的祈禱詞是什麼樣子呢？台灣的國文課本多半採用名譯者吳奚真[1]的譯詞：「主啊，請陶冶我的兒子，使他成為一個堅強的人，能夠知道自己什麼時候是軟弱的。」合唱曲曲名為〈父親的祈禱文〉，王奕心譯詞，看來較接近吳悉真譯本：「主啊，請陶冶我兒足夠堅強，能夠知道自己軟弱的時候」。網路上也有各式翻譯，如比較直譯的「主啊！求你塑造我的兒子，使他夠堅強到能認識自己的軟弱」或是「懇求你使我的兒子堅強到一個地步以致能知道自己的懦弱」，翻譯腔重了些。也有一些誤譯的版本：「主啊！教導我兒子，在軟弱時，能夠堅強不屈」，這個見解就有點庸俗了。

1　吳奚真（1917-1996），瀋陽市人，曾留英。隨政府來台，在師大英文系任教多年，是流亡譯者中譯筆極好的譯者。譯有《斑衣吹笛人》、《嘉德橋市長》等書。

少見的西班牙語漫畫——《娃娃看天下》

作家三毛譯自西班牙文的漫畫《娃娃看天下——瑪法德的世界》，最早是由遠流出版公司於一九七六到一九七七年間在台灣推出，一共出版了六集。封面三毛的名字下面有「譯自撒哈拉沙漠」字樣，提醒大家這位七〇年代紅遍台灣的明星作家，這時還跟西班牙老公荷西甜蜜地住在撒哈拉沙漠。

《娃娃看天下》原名*Mafalda*，是阿根廷漫畫家季諾（Quino，本名Joaquín Salvador Lavado，1932-）所繪，前後在布宜諾斯艾利斯的幾份報刊上連載，後來也在西班牙的報紙上連載。連載期間從一九六四年到一九七四年，後來結集出版了十一冊單行本，在歐洲相當風行，有十幾種語言的譯本。根據三毛的序言，*Mafalda*是一九七四年荷西在沙漠中的小文具店買到的，後來他們夫妻倆都迷上了這套漫畫，因此在遠流的邀約之下，合作譯成中文出版。有意思的是，遠流版的末頁，還畫了一個書中人物馬諾林站在台上發言，說：

瑪法達要我代表大家念感謝的話：「感謝三毛老師教我們說中國話，遠流出版社替我們打扮，陳伯母替我們取一個響亮的書名，駱主編替我們發新聞，這樣使我們有幸認識許多中國的好朋友，使我們以後每個月能再來一次。」

一九七〇年代的台灣還在戒嚴期間，這裡所謂「中國的好朋友」自然是指台灣讀者，不是大陸讀者。三毛在一九八〇年皇冠版的〈又見娃娃〉一文中也回憶了當年翻譯的情況：

> 記得那時候，幾乎有幾個月的時間，荷西與我吃了晚飯，熄了家中大半的燈火，只留著一盞桌上的小檯燈，照著溫暖而安靜的家，我捧出了你們的故事，跟荷西相視一笑說：「又做功課了！」這便一同念著每一個格子中的你們，看你們又說了什麼事，又換了

《娃娃看天下——瑪法德的世界》

哪一件衣服？想出一句又一句中文，苦心的把你們教到會講。

這部漫畫雖然畫風可愛，但內容卻不是給孩子看的，有不少諷刺時政，或是反對主流價值觀的意涵，因此遠流特地在書背上印上一行「給大人看的漫畫書」。例如瑪法達要上幼稚園的前一天，媽媽擔心她不肯上學，她就跟媽媽說：「媽媽，知道吧！我喜歡去進幼稚園，將來再念很多書，免得我變成像妳一樣平庸又空洞的一個女人！」或是她跟一心想做少奶奶的朋友蘇珊娜說：「除了做母親之外，女人還可以再進一步做其他的事！」蘇珊娜說：「有道理啊！」下一格則是蘇珊娜說：「明天開始，我就去學打橋牌。」這自然都是在嘲諷中上層階級的家庭主婦。書中也常提到越戰、飛碟、罷工、通膨、媚外等議題，但因非兒童所熟悉，再加上事過境遷，許多讀者都提過這套漫畫並不像三毛說得那麼易懂。

三毛在一九七七年的第六集結尾附上一篇「譯後記」，說明自己主張要把許多無法直譯的字，「自作主張的替它改為我國的俗語」，並舉例說書中娃娃們互稱「小炸馬鈴薯片」，她改為「小土豆」。我以前看到這個稱呼，腦中浮現的都是一個個「小花生」的形象，後來才知外省人稱馬鈴薯為土豆。

時代問題也很有趣。第一集的一個重點就是瑪法達希望她爸爸買一台電視機，但他爸爸說電視會扭曲小孩子的正常心理而堅持不肯，由此便可以感受到這部漫畫的年代久遠。還有一次菲力普在玩溜溜球（yo-yo），瑪法達問他那是什麼東西，菲力普說「yo-yo」，但因為西班牙文的「yo」就是「我」的意思，瑪法達以為他說的是「我－我」，所以就罵他「自私自利的傢伙」。三毛將「yo-yo」翻譯為「要－要」，在當時還勉強可行；但因現在溜溜球早已風行多年，中文名稱也固定了，這個翻譯策略就行不通了。還有些狀聲詞和背景圖片的西班牙文沒有譯出來，不懂西班牙文的讀者實在不易了解。不過，即使西班牙在台灣屬於冷門語種，出版社還是敢在一九七〇年代就引進這套漫畫，而且銷售量相當驚人。皇冠在一九八〇年開始接手，一九八九年已出到二十四版，二〇〇五年還推出四十周年紀念版。能夠如此，實與作家三毛的關係最大。

三毛本是作家，譯作只有這套漫畫和三本朋友丁松青神父的書，不過在翻譯史上還得再記她一筆功績：遠流的克莉絲蒂推理小說集，也是三毛主編的。她自己沒有翻譯克莉絲蒂，但這位謀殺天后能在台灣讀者心目中占有一席之地，也是三毛的功勞最大。

一九七九年荷西意外身亡，一九八〇年皇冠重出全套《娃娃看天下》，三毛在序言〈再見娃娃〉中說，重出的目的只是想「做為荷西與我的一個紀念」，又說「我的孩子們，再見到你們，我雖然歡喜，我卻悄悄的背過了臉去，不敢跟你們打招呼，因為怕自己眼淚盈眶，因為今日的三毛已不是你們過去認識的那一個人了……」相當哀傷感人。

冷戰時期的政論長青樹——包可華專欄

小時候家裡有訂《聯合報》，印象中常看到「包可華專欄」，但年紀幼小的我，自然以為「包可華」是姓包名可華的作家，只是為什麼又常看到另一個名字何凡呢？包可華與何凡到底是什麼關係？

原來，包可華是美國專欄作家，原名Art Buchwald（1925-2007），何凡則是譯者[2]。何凡從一九六七年開始翻譯「包可華專欄」，每週刊登一篇在聯副，一直翻到一九七九年，結集出版十四集，這樣長青不輟的翻譯專欄也算是異數了。不過包可華第一個譯者並不是何凡，而是林語堂。

一九六六年，林語堂在香港《英文虎報》（*The Standard*）上看到一篇Buchwald諷刺美國總統詹森的文章，於是翻譯為中文，發表在中央社專欄中，並推崇此君「卜華爾」乃現代

2 何凡，本名夏承楹（1910-2002），生於北平，一九四八年與妻子林海音來台，為國語日報編輯。

美國最風行的幽默大家，因此特地翻譯出來，「讓中國讀者稍識西洋幽默的真面目」。第二年，何凡把「卜華爾」改稱「包可華」，開始在《純文學》月刊上翻譯包可華專欄，從此包可華之名可以說是家喻戶曉。後來的其他譯者，如茅及銓和黃驤，也都沿用包可華的名字。

冷戰時期的政論長青樹《包可華專欄》。

何凡一連翻譯了十多年，共出了十四集的《包可華專欄》（純文學）；皇冠也在一九七〇年代出版了多本「包可華幽默文選」，由茅及銓翻譯，如《包可華與尼克森》、《尼克森台上台下》、《包可華看世界》、《包可華出擊》等。《國語日報》主筆黃驤翻譯的《包可華專欄精粹》最晚，收錄的是一九七九到一九八二年的專欄文章，已經是雷根總統的年代了。由於何凡譯包可華的地位穩固，黃驤還特地聲明自己並無意與何凡「搶譯」，只是包可華著作甚多，「分譯」而已。由於包可華多半針貶時事，黃驤每篇譯作後面都還附上「新聞背景」說明，介紹美國時事或社會人情。

因此，從詹森、尼克森、福特、卡特到雷根前後五任美國總統期間，台灣的讀者大概都可以透過「包可華」嬉笑怒罵的文章，稍稍窺見美國政局變遷。譯者何凡在一九六七年的「前記」中，曾提到包可華時常開總統詹森的玩笑，「可以看出美國專欄作家影響力之大，以及他們的言論尺度之寬。……在美國人看來，這（開玩笑）既無傷大雅，也談不到有損任何人聲望」。何凡自己也是專欄作家，在政治高壓，言論可以賈禍的年代，這樣的介紹其實不無豔羨之情。本來美國國內大小事，與台灣相關的並不多，但包可華專欄竟可以持續多年，出版二十幾冊，也可看出台灣在冷戰時期，一心擁抱美國，熱切向美國學習一切的景況。

西洋羅曼史的興衰——《米蘭夫人》與《彭莊新娘》

百年莊園及豪宅。孤女。女家庭教師和豪宅主人。疑雲重重。生死關頭。身世之謎。終成眷屬。

想到什麼書了嗎？是的，這是羅曼史（Romance）的百年標準配方，從夏綠蒂・勃朗特（Charlotte Brontë）的《簡愛》（*Jane Eyre*，1847）一直用到瓊瑤的《庭院深深》（1969）和《金盞花》（1979）。其中，英國作家維多莉亞・荷特（Victoria Holt，本名Eleanor Hibbert，1906-1993）則承先啟後，把這些配方發揮到極致。從一九六〇和一九八〇年代，荷特深深影響了台灣的羅曼史文化，尤其是她的《米蘭夫人》和《彭莊新娘》，至今仍被不少粉絲奉為經典。

《米蘭夫人》（*Mistress of Mellyn*）原連載於一九六〇年的美國《婦女雜誌》（*The Ladies' Home Journal*），台灣譯者崔文瑜（崔以寬，1936-1989）隨即在《大華晚報》副刊連載譯文，一九六一年全書連載完畢，由皇冠出版社出版單行本。譯者還在後記中預告此書即將拍成電影，女主角是奧黛麗赫本，男主角是亞蘭德倫，可惜後來電影因故沒有拍成，否則應該也是一部經典名片。這本小說對台灣的影響力有多大呢？一九六四年，《台灣日報》不但曾連載一篇仿作《古屋風雲》（作者為黃海），一九六五年台灣導演辛奇更把這個故事場景搬到台灣，拍成台語片《地獄新娘》，相當有趣。

不久，荷特於一九六三年出版的*Bride of Pendorric*也迅速出現中文譯本，由張時（張以淮，1929-2006）翻譯，取名為《彭莊新娘》，書背還印有「米蘭夫人作者Viotoria Holt最新傑作」等字樣，可看出《米蘭夫人》多麼深入人心。其後，荷特作品更是一部接一部出版中譯本，光是她以荷特為筆名的三十二部作品中，就有三十一部有中譯本，許多都是膾炙人口的名作，如《孔雀莊上》、《虎躍情挑》、《千燈屋》、《藍莊佳人》等，相信當年的書迷看到這些書名都會十分懷念才是。

《米蘭夫人》與《彭莊新娘》的譯者都是一九四五年後來台的流亡學生，崔文瑜是河北昌黎人，台大外文系畢業；張時

左圖為張時翻譯的《彭莊新娘》。右圖為文瑜翻譯的《米蘭夫人》。

是福建莆田人，台大機械系畢業，兩人皆為一九六〇年代就開始有翻譯作品的台灣譯者。

早期皇冠出版這系列書籍時，翻譯策略非常本土化。人物的譯名原則和傅東華的《飄》如出一轍：《米蘭夫人》的「米蘭山莊」有主人米康南和米靄琳父女；鄰居「巍登山莊」有藍比德和藍雪丹兄妹；社交圈有蔡夫人，下人有包奶奶、老戴、小帶子、小笛子等。《彭莊新娘》的「彭莊」則有彭樂石和彭維娜姐弟；方家有方令騰和方斐文父女；韓家有韓白玲和韓寶玲姐妹；還有白爵士、何太太、阿全、柯醫生和郝牧師一干人等。這些譯本的中文都極其流暢，四字成語俯拾皆是，從「風流倜儻」、「巧奪天工」到「魚雁往返」、「紅男綠女」，連「古今中外」都出現了，可以感覺譯者在下筆時是多麼行雲流水。

好時年在一九八一年重出《米蘭夫人》時，譯者張桂越的人名策略參考舊譯，女主角還叫李瑪莎，山莊主人則改為崔康南和崔艾文。為什麼一下姓「米」一下姓「崔」呢？原來，山莊主人的姓氏是TreMellyn，前譯者取了米蘭山莊的米字，後譯者則取了原文的崔字。但一九九六年國際村文庫重出的《潘莊新娘》（石雅芳、邱敏東譯），人名譯法就完全不是如此了：男主角從彭樂石變成洛克·潘，新娘也從方斐文成了菲芙兒。皇冠版的開場是：「自從我到彭莊之後，時常暗嘆世事滄桑，禍福無常。」而新版則是：「在去潘莊後，我驚奇的發現：人生的變化如此之迅猛、如此之猝不及防。」可以從譯文中體會時代氛圍的轉變。

羅曼史一向是租書店的大宗。皇冠、好時年出了大量的羅曼史，好時年甚至推出讀書俱樂部的預付制度，書還沒出版就先付費，每月都會收到新書。此外，長橋的卡德蘭（Barbara Cartland，1901-2000）系列、林白的薔薇頰系列等也很受歡迎。不過，一九九〇年以後，一來荷特過世，卡德蘭封筆；二來版權法開始實施，創下三十年榮景的西洋羅曼史（所謂「西曼」）也隨之慢慢退潮，現在租書店裡陳列的羅曼史幾乎都是華文創作的天下了。

流行歌曲——《愛你在心口難開》

台灣與日本的淵源深厚，許多流行歌曲是從日文翻譯來的，像是歌手余天一九七九年的成名曲《榕樹下》，源頭就是一九七七年遠藤實作曲，千昌夫演唱的《北国の春》，而且同一首曲子還有別的版本，如台語歌手文夏的《北國之春》，以及鄧麗君的《我和你》。余天的「路邊一棵／榕樹下／是我懷念的地方」，曲調就是文夏的「心愛的人／咱倆人／已經離開三年外」，或是鄧麗君的「我衷心地／謝謝你／一番關懷和情意」。在這三個版本中，只有文夏的歌名和歌詞都與日文相近，余天和鄧麗君的則是另外配詞。其他從日本引進的歌曲，還包括《黃昏的故鄉》（赤い夕陽の故郷）、洪榮宏的《一支小雨傘》（雨の中の二人）、周華健的《花心》（花）、江蕙的《藝界人生》（役者）等等為數眾多。

除了日文以外，也有些歌曲譯自英文。不過可能英語是必修科目，台灣民眾也比較熱衷於學英文，許多英文歌曲都直接唱英文，翻唱的似乎沒有像日文那麼多，其中鳳飛飛的《愛你在心口難開》是比較流行的一首。這首歌曲原名"*More than I Can Say*"，原是一九六〇年代美國樂團 The Crickets 發行的單曲，一九八〇年英國歌手 Leo Sayer 翻唱後大賣，一九八一年鳳飛飛就推出中文版本《愛你在心口難開》，低沈獨特的嗓音，讓人難忘，誰都能哼上兩句。這首歌的中文由依風填詞，歌詞意境與原文相近，又容易上口：

噢噢耶耶　Oh oh yea yea
愛你在心口難開　I love you more than I can say
我不知應該說些什麼　I'll love you twice as much tomorrow
噢噢　愛你在心口難開　Oh love you more than I can say

噢噢耶耶　Oh oh yea yea
一天見不到你來　I miss you every single day
就好像身邊少了什麼　Why must my life be filled with sorrow
噢噢　愛你在心口難開　Oh love you more than I can say

這首歌也有粵語版，是許冠英的「蝦妹共你」，但似乎詞意比較鄙俗。另外，迪士尼的動畫電影都有配音版，其中的英文歌曲也都會翻譯成中文，但能獨立成為流行歌曲並不多。

娛韻繞樑之卷

- 用《伊索寓言》學台語
- 台灣最早的莎士比亞故事──〈丹麥太子〉
- 安徒生的第一個中文譯本不在中國，而在日治台灣──〈某侯好衣〉
- 亞森．羅蘋在高雄犯案！──《黃金假面》
- 《拾穗》最香豔的一本蕾絲邊譯作──《女營韻事》
- 好大的面子！皇帝來寫序──《紫禁城的黃昏》
- 七種譯本全成禁書──《畢業生》
- 愛是不作害羞的事？──〈愛的真諦〉與《聖經》翻譯
- 假作真時真亦假──華生的遺作《最後的難題》？
- 中皮洋骨的「神探狄仁傑」

在破案過程中，有時會看到一些特別有趣的翻譯。這些譯作跟抄襲與否未必相關，似非偵探本業，但因為特別，所以收錄在書末，以饗讀者。

前三章都是日治時期的翻譯，但性質有些不同：第一章收錄兩篇日治時期的台語翻譯伊索寓言〈鳥鼠ノ會議〉和〈狐狸與烏鴉〉，都是台日對照；第二章〈丹麥太子〉（哈姆雷特）是台灣最早的莎士比亞故事，但其實是語內翻譯，根據林紓的譯本改寫；第三章〈某侯好衣〉（國王的新衣）則是從日文轉譯的安徒生故事，比中國其他譯本年代都早。這三篇因為少見，篇幅也不長，所以全文照錄。

第四章《黃金假面》是改寫作品，改寫自江戶川亂步的《黃金仮面》：江戶川亂步讓亞森．羅蘋跑到東京犯案，台灣改寫本則讓亞森．羅蘋到高雄犯案。第五章《女營韻事》是一九六〇年出版的女同性戀文學，譯者是軍人，出版單位還是黨營色彩很重的《拾穗》，非常特別。第六章《紫禁城的黃昏》是洋人寫中國，譯者一路譯一路罵，酸度破表；第七章《畢業生》是一九七〇年代的禁書，因為電影的關係，出了七個譯本，七個譯本全都被禁，可以看出當年的保守氣氛；第八章《愛的真諦》是台灣喜宴上常聽到的歌曲，歌詞出自《聖經》和合本。以宗教歌曲而能深入人心，即使中文歌詞有「愛是不作害羞的事」如此不合情理之語，聽者皆不以為怪。第九章《最後的難題》是福爾摩斯的衍生小說，台灣出版社卻有的以華生為作者，有的以柯南道爾為作者，令人瞠目結舌。最後一章《狄仁傑》也是洋人寫的，但這位洋人卻是中國通，書法和中文都寫得比很多中國人還好。他的狄仁傑中皮洋骨，思想開明現代，卻有三個成天在家不穿衣服的老婆伺候，讀來別有趣味。

用《伊索寓言》學台語

人人都能說出幾篇伊索寓言故事，但您有想過台灣最早的伊索寓言是什麼樣子嗎？台灣最早的伊索寓言，其實是台語的，翻譯目的是為了讓日本人學習台語。明治三十四年（1901）的《台灣土語叢誌》上就有一篇〈鳥鼠ノ會議〉，台語日語對照，出自伊索寓言的〈老鼠開會〉（"Belling the Cat"），應該是台灣最早的伊索寓言。

這篇〈鳥鼠ノ會議〉作者署名「双木生」，看來應該是台灣人而非日本人。文章分為上下兩欄，上欄是台語，下欄是日語。台語每個字旁邊都有片假名注音。全文如下：

> 彼等鳥鼠、被貓咬死真多、所以有一暗、大家做夥議論、有什麼好法道可抵防、不被貓咬抑無、不拘攏無法道不已得大家要散、彼刻有一隻、較尾位坐的小隻鳥鼠趖出來講、我想被貓咬著、攏是咱無斟酌的、以後著用玲瓏仔、掛得貓的頷頸、若有聽見玲瓏仔的聲、咱著走去避、如此做敢不只好勢、伊如此講、大家想了真通、即議定著要用此號法道、彼時其中

有一隻老鳥鼠出來、咳嗽一聲即講、只刻議此個計智、卻是真好、真著、總是我要問恁呢、恁此等內面、誰人要去與貓掛玲瓏仔

世間、言行相違的事情真多

全文只有頓號而無句號，最後一句應該就是「寓意」。這已經是百餘年前的文本，當時的台語和現在應該有些差異，而且如何用漢字和平假名標音也還在摸索，但整體來說還是頗為易懂，就是一群老鼠商議如何防止貓害，一隻小老鼠提議給貓掛鈴鐺，最後一隻老老鼠說，那誰要去掛呢？老鼠寫成「鳥鼠」，跟今天的台語課本一致；「一暗」、「做夥」、「無法道」、「玲瓏仔」、「頷頸」、「好勢」、「真通」、「誰人」、「世間」等詞語，今天也都還在用。

大正元年（1912）十月十五日的《語苑》也有一篇伊索寓言，譯者是日本人諸井勝治。《語苑》由台灣總督府高等法院的「台灣語通信研究會」發行，主要的參與者是法院通譯，目的在教日本人台語。這篇〈狐狸與烏鴉〉一樣是台日對照，台語也有片假名標音，如「狐狸」就標音「ホオリア」，「烏鴉」標音「オオアア」。譯者諸井勝治是「台灣語通信研究會會員」。全文漢字如下：

一隻烏鴉，咬一塊肉來在樹頂裡，適想要食的時，狐狸就對樹腳開聲講，「汝不時都好聲音在唱歌，今仔日亦著唱一條來給我聽咧！」烏鴉被伊賞讚，歡喜到要死，頷管伸長大聲鴉々哮一下，就在銜彼塊肉，磅一下落々來下腳，狐狸就隨時咬彼塊肉，走到樹林內去。

這個故事英文標題是"The Fox and the Crow"，故事很簡單，就是狐狸讚美烏鴉聲音好聽（烏鴉應該很少聽到這種讚美，所以「歡喜到要死」），騙烏鴉開口唱歌，其實是為了搶烏鴉口中的肉。寓意應該是警告大家不要隨便聽信別人的讚美之詞吧！因為是台語本，所以不能用國語來理解，如「對樹腳」是「從樹下」的意思；「頷管」標音「アムクヌ」，應該是「脖子」的意思；「隨時」應該是立刻的意思。讀日本人譯的台語伊索寓言來學習台語，也是很有趣的經驗。

其實伊索寓言從中古世紀開始，就常作為語言教學之用。一八三七年在澳門、廣州兩地出版的中文譯本《意拾蒙引》，又名《意拾喻言》，一共三欄：左欄英文，中間漢字，右欄羅馬拼音（廣東話），也是給外國人學習中文之用。譯者署名「門人懶惰生」，其實是英國人羅伯聃（Robert Thom，1807-1846）。他在序中說：「余作是書非以筆墨見長。蓋吾大英及諸外國欲習漢文者，苦於不得其門而入」。所以是為了方便同胞（英國人）學習中文之用。日本從一八九六年取得台灣開始，即要求在台日人積極學習台語，尤其是公務人員和警察。從這兩篇台語伊索寓言「鳥鼠ノ會議」和「狐狸與烏鴉」，也可以看出日本人研究、學習台語的努力。

台灣最早的莎士比亞故事——〈丹麥太子〉

台灣最早的莎士比亞故事，可能是明治三十九年（1906）刊於《漢文台灣日日新報》上的〈丹麥太子〉，作者署名「觀潮」。該篇的欄目為「小說」，全文不到一千五百字，半版不到，一天刊完，作者（譯者）並沒有提及原作者莎士比亞或改寫成故事體的蘭姆姐弟。

明治三十九年六月五日

小說

丹麥太子

觀潮

台灣最早的莎士比亞故事，登於《漢文台灣日日新報》。

第一次看到這篇「小說」，立刻看出是《哈姆雷特》（*Hamlet*），很是興奮。但看到「克老丟」、「倶斐立」這幾個怪怪的人名時，覺得十分眼熟。翻出林紓一九〇四年的〈鬼詔〉一比對，心下恍然，原來是語內翻譯，把林紓的譯文改寫得更精簡，情節也略為出入。像是戲中戲的情節，〈鬼詔〉有，〈丹麥太子〉卻全刪掉了。但人名、用詞多處襲用林紓譯文。如開場形容王子：

〈鬼詔〉

前王有子以孝行稱於國人，王薨，靡日不哀，**又恥其母之失節，居恆怏怏**。既不讀書，亦不行獵，凡盛年應為之事，無一愜心者，**厭世之心日甚**。

〈丹麥太子〉

其太子仁恕雄略，夙以孝稱。痛王之崩，**又恥母失節**，遂起**厭世之念**。視大器如敝屣，**居恆怏々**。

可以看出這位「觀潮」顯然參考了林紓的譯文，有沿用，也有改寫。如「恥母失節」、「居恆怏怏」、「厭世之念／心」等，將其寫得更為簡潔。「視大器如敝屣」則是林紓譯文所無。描寫歐菲莉雅死亡的場景也類似：

〈鬼詔〉

先是倭斐立聞其父見殺於癇夫，遽作而暈，**遂亡其心**，長日披髮行歌。一日至溪瀕，有水柳臥溪而生，女挾花無數，繫之柳枝之上，言為**柳樹飾也**，**枝折竟殞**。

〈丹麥太子〉

先，偎斐立痛父之死，**遂亡其心**，**長日躑躅江**畔，戲折柳枝，以作消抑，**枝折遂殞**。

我猜「觀潮」並沒有參考其他文本，因為林紓誤以為歐菲莉雅的哥哥是弟弟，「觀潮」也跟著寫成弟弟，而一九〇六年的日文譯本寫的是「兄」無誤，可見觀潮並沒有參考日譯本。此外，日譯本頗忠實於蘭姆姐弟的原文，觀潮卻有不少自由發揮的地方。像是太子責母一幕，原故事應是老王鬼魂出現阻止，但王后其實沒見到鬼，更以為兒子真的發瘋了。〈丹麥太子〉則改為兩人都聽到鬼魂說話，所以「后知王之靈見，不敢仰視」。

《哈姆雷特》中王后到底有沒有參與弒夫，一直有各種詮釋。像河洛的歌仔戲版本《太子復仇記》就將王后改為完全知情，甚至動手弒夫，就是姦夫淫婦來的。但〈丹麥太子〉比較隱晦，雖然王后「羞不可耐」，但鬼魂殷殷告誡兒子不可傷害母親，報仇止於殺叔就好，看來應該還是很愛王后的啊。〈丹麥太子〉的結尾也很有趣，除了原文就有的丹麥王子要霍雷旭把故事傳諸天下的橋段之外，還加了一句「俾天下後世知丹麥太子之抱憤以沒。則我死不朽矣。」的確，現在哈姆雷特是不朽了，誰還知道其他的丹麥王子呢？

《漢文台灣日日新報》上的〈丹麥太子〉全文如下：

〈丹麥太子〉

丹麥王漢姆來德暴崩。纔彌月，其后傑德魯，即下嫁王弟克老丟。克老丟遂即王位。克儀表猥陋，性復狡險。國人咸疑王之死，殆克鴆之。其太子仁恕雄略，夙以孝稱。痛王之崩，又恥母失節，遂起厭世之念。視大器如敝屣，居恆怏々。每疑父死狀，為人所圖，然究不得其奧，焦思益甚。

一宵，與近侍霍雷旭，隨喜宮中，忽有被甲冠冑，威毅凜然，龍行虎步而來者，即之乃王也。顏色沮喪，似重有憂。太子曳其裾曰，「父王何忍捨兒去也！」王招太子至隱處。霍雷旭恐有詐王者，將不利於太子，堅諫不可即。太子不聽，奔即王。王告曰：「余，爾父漢姆來德也。爾忘乃父之仇乎？余實見鴆於克老丟。爾母又忘恥事仇，余甚恨焉。然爾欲報仇，誅克老丟，勿傷爾母。令彼自羞，以終餘年可矣。」太子泣而承命，王遂不見。

太子自是復仇之念，長印腦中。恐克老丟疑，不能近，遂佯為癲癇，惘々無所聞知。克與后私議，以為太子發癇之源，為未受室故。先，太子與大臣普魯臯司之女公子偎婓立有夙約，佯狂後，頻作書貽偎婓立，詈其負約，言次顛倒，中夾摯語。偎婓立喜甚，知太子未忘前誼，遂呈諸其父。其父連夜進諸新王及后。王、后信太子之癇，果為偎婓立也，立宣太子入宮慰之。

太子見克老丟，觸動心疚，言間偶洩憤懟。克老丟怒而起，使侍者灯導入寢。后責曰：「奈何觸爾父怒？」太子聞言，奮然曰：「觀母后所為，誠不堪以對吾父耳。為王后，復為夫弟妻。」后怒叱曰：「狂悖至此，將何以堪！」拂袖欲入。太子弗聽命，后防其癇發，大號。忽帷中有人呼曰：「趣救后！」太子意新王之匿其中也，驟發刃射之。刃至聲歇，意其死也。揭帷灼之，即普魯臯司，非王也。后罵曰：「爾於宮內行戮大臣耶？」太子曰：「濫殺固矣。然與自弒其夫，下嫁其夫弟者，比例差幾何夫？」語出知過妄，復變其詞，「以為母后所為，實攖天怒。奈何父骨未寒，遂忘身事仇，以貽死父之咎。九京有知，其能已々忽？」后羞不可耐。時空中有呼曰，「止！臣兒勿爾々！爾仇不在是，更逼若母者，將慍怒而死，爾罪巨矣！」遂隱。后知王之靈見，不敢仰視。太子告后曰：「兒為父仇，非癇也。」語矣遂出。

克老丟本欲害太子，即以妄刃大臣，謫之遠邊。后哀於王，乃免。命兩大臣監太子至英。時英尚臣屬於丹，王乃以書抵英王，囑以計毒太子。途次遭海盜劫，太子素勇，出刃踴過盜舟。盜審其為太子，俱伏求赦。遂送太子歸。將入國門，見有駕喪而出者，詢之，乃知其妻之歿，而葬之也。先，偎斐立痛父之死，遂亡其心，長日躑躅江畔，戲折柳枝，以作消抑，枝折遂殞。時太子妻弟萊梯斯，為姐送殯，哭甚哀。自念彼兄弟尚如斯，況吾乃其夫耶，遂近抱喪車而慟。萊梯斯認為太子，恨不得生食之，以為父洩恨，遂相搏。時王與后亦迤邐從其後，力為解之。然克老丟見太子益憾，乃佯撫之曰：「二人均勇士。明日當以藝相角。」陰以利匕首淬藥授萊梯斯，命乘間刺之。又恐太子勝，隱貯鴆酒以勞焉。

屆日即於庭中格。格時萊梯斯佯卻，王偽悅，稱太子能。少還，太子誤中藥刃，怒，奪而猛刺，萊梯斯僵。王欲以酒勞之，后渴遽飲，立斃。太子疑甚。忽萊梯斯僵倒血中，呼曰：「是謀王授我者，然太子命亦俄頃耳。」詈王不休，遂死。太子哭曰：「仇且莫復，而身欲死。將何面目見吾先君於九京乎？」頓挺其藥刃刺王腹。王立僵。太子伏地號曰：「臣兒幾負先王靈之詔，死有餘辜。」衛士霍雷旭見太子垂斃，欲殉焉。太子曰：「勿爾。君能為我敘冤抑之事，告諸天下後世。俾天下後世知丹麥太子之抱憤以沒。則我死不朽矣。」霍雷旭遂止。臨薨復囑國民曰：「善事新王，勿替國體。則孤受賜多矣。」時觀者皆垂淚。

安徒生的第一個中文譯本不在中國，而在日治台灣——〈某侯好衣〉

童話大師安徒生的第一個中譯本為何，目前常見有三說：

1. 一九〇九年，周作人譯的〈皇帝之新衣〉，收錄在《域外小說集》（在東京出版）。但此說有誤，因《域外小說集》在一九〇九年初版時並無此篇，此篇是一九二〇年重出版本才補上的。

2. 一九一四年，劉半農發表在《中華小說界》的〈洋迷小影〉（即〈國王的新衣〉）。但劉半農這個作品是把〈國王的新衣〉一篇改寫到中國語境，是參考日文的「再話」[1]，不算是純粹的翻譯。

3. 一九一八年，陳家麟、陳大鐙的譯本《十之九》，文言文譯本，中華書局出版。

1 日文的「再話」是指把童話、傳說、世界名著改字成兒童適讀的版本。

但以上這三個說法，無論是一九一四或一九一八，其實都不是最早的安徒生中譯本。因為在一九〇六年，台灣就已經出現了一篇中文的〈某侯好衣〉，發表在《台灣教育會雜誌》的「漢文報」，出版時間是明治三十九年五月十五日，早於以上的所有年代。

這篇〈某侯好衣〉並沒有署名，也沒有說明作者，只說是「重譯泰西說部」。「重譯」是轉譯的意思，應該是原文為其他語言，本篇則從日文轉譯。「泰西說部」就是西洋小說。

台灣在一八九六年開始日治，至一九〇六年不過十年，殖民政府並未禁止漢文，報刊雜誌有漢文版，台灣也仍有私塾教授漢文，書寫文字與中國大陸差異不大，但常用重複記號「々」，這個記號現在中文正式書寫已經不用，但日文用得很頻繁，在日治時期的漢文期刊上常見。還有些詞彙似乎有點台語色彩，如「好觀々々」（好看）。也有少數字詞不太了解其意，如「被眾口惹了」、「唞唬」等，但譯文大致簡潔流暢。

《台灣教育會雜誌》「漢文報」的〈某侯好衣〉全文如下：

〈某侯好衣〉

昔者有國侯，好美衣裳殊甚。所製衣服，千百不啻。更著之者日數回。有適意者，則著以騎馬，逍遙城下之市，使群眾集觀而讚嘆以為樂。

會有外國織縫師二人來。其術太奇，傳道其工所織布帛，質文其美，世不見其儔。而昏愚者、邪惡者及不忠其職者視之，質文皆不見。事聞於國侯。侯曰：「速命織吾衣。」二師承命，先請精絹絲與純黃金甚多。新設織場，造二座大機，日坐其中而織之。

居數日，侯以謂既織成幾何，欲往觀之。繼而自顧謂是非尋常織布，若為質文不見，則為大恥，害於封侯之威。先使人試之，乃遣家臣某往視之。

某走赴織場，則二師方坐機動手，似孳々織者。然唯見其機之動，而不視絲與布。某憮然立於其側，忘失為禮。織師顧曰，「何如？此文果中君侯意乎否？」而某之眼，不能見其所謂文者。然曰不能見，恐被以為昏愚邪惡而不忠者。第曰：「甚佳，君侯必嘉之。」織師乃又指其機而誇說約：「此文是稱某文，此色是稱某色。」某皆不能見，特記其言而返。侯俟之急，某返至，輙問曰如何。某第陳其所記，侯意愈急。日使近臣更往見之。而其人皆不能見。曰不能見，則恐被以為昏愚邪惡而不忠，故皆復命如前。

已而織成，織師乃問侯身長及袖裾襟袵等廣狹，裁而縫之，擇吉日而上之。

其日，侯坐正廳，家臣盡朝服，駢列左右，威儀儼然。已而織師執白木台机，兩手恭捧，進置諸侯前。曰：「所蒙命服物，僅茲奉上焉。」手作展之之狀。侯暨諸臣之眼皆不見其物。侯先慥然驚愧，自顧有不盡為君之職者，又有不信於民者，故不能見歟。然故做不然之態，曰：「甚佳々々，卿其勞矣。」

已而侯將服其衣，脫舊衣以待。織師曰：「是為襯衣。是為中衣。是為上衣。」衣之侯身。而君臣之眼，俱不見其衣。家臣中有怪之者，然曰不見則恐為不忠也，故曰：「好觀々々」。譽者如出一口。侯雖有裸身之思，被眾口惹了，自以謂盛飾者。

是日也，會大祭，市民麇集。侯乃下令，新服自行市中，而厚賜織師黃金以賞之。

市人素既傳聞侯製新服之事矣。及聞侯服之而出，爭出觀之。沿路男女群立如山，久之，侯騎馬，從者數十人，徐行而至。

雖然衣裳之美，眾目不見，或謂我是昏愚，故不能見之歟。或謂我肚裡邪惡，故不能見之歟，然無敢口言不見者矣。

眾但任口呼盧，曰「壯麗無比。珍奇々々。嘖々嗟々。」中有一童孺走而至，視之曰：「咄々哈々，可笑々々，裸而上馬，呵々。」齊聲拍手而咻唬。聞此真摯無偽之言，人始自反曰：「真是裸矣，赤條條矣。」其聲漸傳播，數萬人眾，一齊哄笑。

至此，侯及群臣始憮然自悟，為奸人所誑也。急還館，罵曰：「疾呼二織師來！將寸斷之。」而二織師既逃去，杳無蹤跡矣。

亞森・羅蘋在高雄犯案！——《黃金假面》

民國四十九年，台南的藝昇出版社出版了一本《黃金假面》，署名「丁琳」著。當然這很容易聯想到江戶川亂步的《黃金仮面》，描寫亞森・羅蘋在東京犯案的故事。但一看內容，哎呀，亞森羅蘋竟然跑到高雄來了！

拿出民國六十七年水牛出版社的《黃金怪面客》（譯自少年版的《黃金仮面》），兩相對照一下：

水牛出版社《黃金怪面客》

五月裡，一個細雨濛濛的夜晚，少年偵探社的小林和小島一起到日比谷聽音樂。

藝昇出版社《黃金假面》

一個下著柔和的雨點的晚上，少年偵探隊的許霖和一個同隊的陳島，到了大圓環的四維廳聽音樂。

再看另一段落：

水牛出版社《黃金怪面客》

那年六月至八月，在上野公園中舉行了戰後最大的博覽會。這是由東京都主辦的「和平產業博覽會」。在許多精彩節目中，特別以叫作「產業塔」的四百公尺高塔，摻有南洋土人演出的喜劇及三重縣珍珠王所自豪，時價值五千萬元的大珍珠最受矚目。

藝昇出版社《黃金假面》

那年，從六月起兩個月間，在高雄的壽山公園，召開了光復以來最大的展覽會。是一個由高雄市政府所主持的「國產品商業展覽會」。商展中花樣百出，其中有個聳立四百公尺高的「產業塔」，有台灣高山族和大歌劇團的演出。在出產品中有一顆基隆的真珠大王最得意的時價五百萬的國產大真珠。

顯然這位「丁琳」是把江戶川亂步改寫到台灣來了。原來的真珠叫作「志摩女王」，台灣版的真珠叫作「基隆女王」。原來的「日光美術館」改為「旗山美術館」。原來美術館主人華族「鷲尾正俊」和女兒「鷲尾雪子」，藝聲版改為「蔡正俊」和「蔡雪」，不過水牛版的人名也是歸化處理，譯為「白俊」和「白雪」。另一個寶物「紫式部日記繪卷」，在藝昇版就變成「唐代名畫集」了。偵探明智小五郎當然也要改名，在藝昇版就變成「孫智」了。

江戶川亂步，本名平井太郎（1894-1965），筆名取自美國小說家愛倫坡的日文拼音「エドガー・アラン・ポー」，再寫成漢字：エド（江戶）＋ガーア（川）＋ランポー（亂步），

很有巧思。他的版稅章是一個殷紅的「乱」字，也很特別。

其實亞森・羅蘋也不是第一次到台灣。大正十二年（1923），台南新報上出現一篇連載的小說《智鬥》，作者署名「餘生」，就是把亞森・羅蘋系列中的《猶太燈》一案搬到台灣：話說福爾摩斯有一天收到一封來自台灣嘉義某富豪來信，說是大盜亞森・羅蘋覬覦他家祖傳

1. 江戶川亂步的《黃金仮面》，於1930年開始連載。
2. 1960年署名「丁琳」著的《黃金假面》，把江戶川亂步的同名小說改寫為高雄發生的故事。
3. 1970年為少年改編的版本，寫得比較簡略。水牛版就是根據這個版本翻譯的。
4. 1978年水牛的《黃金怪面客》，有註明作者為江戶川亂步。

江戶川亂步的版稅章，很有個性。

的寶物明代香爐（即原作中的猶太燈），特地邀請福爾摩斯相助。福爾摩斯於是與華生搭船到基隆港，再到嘉義林家助陣云云。當時餘生用的就是「亞森・羅蘋」這個名字，藝昇版卻叫他「愛爾塞奴・路邦」，應該是從日文「アルセーヌ・ルパン」直譯的。名字這麼一改，恐怕讀者很難立刻想到這位差點在高雄失手的法國巨盜，就是鼎鼎大名的亞森・羅蘋吧！（不過亞森・羅蘋的孫子叫作魯邦三世這件事，我也一直覺得不解，不是應該叫作羅蘋三世才對嗎？）

《拾穗》最香豔的一本蕾絲邊譯作——《女營韻事》

尤素娜覺得克勞黛的嘴脣滾燙，但她不知道究竟發生了什麼事。……克勞黛並不是男人，那她對她又能做些什麼？……克勞黛解開她睡衣的鈕子，把尤素娜的一個小小乳房捧在手中，溫柔地，非常溫柔地，她的手開始摸尤素娜的胴體，喉頸，肩，和肚腹。……然後她的手再往下移動。

原來一九六〇年代就有蕾絲邊的書了！一九六三年《拾穗》譯叢出版了一本《女營韻事》，由何毓衡和薛真培合譯，原書名為*Women's Barracks*（1950），作者是法國作家Tereska Torrès。此書原為作者日記，描述二次大戰德軍佔領法國後，作者從法國赴倫敦從軍，參加戴高樂組織的Volontaires Françaises（Free French Forces）的經歷。這支女兵總部就在唐寧街（書中譯為「丹街」）。有趣的是，書裡提到戰爭的部分不多（因為大部分是支援情報工作），大部份的篇幅都在描述營中的女性情慾。由於從軍者皆為自願，背景複雜，有十幾歲

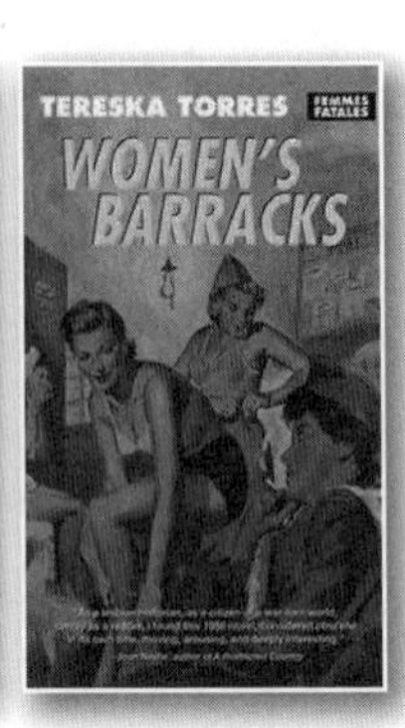

左圖為1963年何毓衡和薛真培合譯的《女營韻事》。右圖是1950年英譯本封面。

的少女，也有情場經驗豐富的貴婦，有雙性戀，也有同性戀。描述女同性戀的部分相當大膽驚人，如開頭引述主角尤素娜第一次被貴婦引誘的場景。

但貴婦很快就厭倦了這個小女孩，跟另一個正港的女同性戀打得火熱。失戀的小女孩後來跟波蘭猶太裔軍人談了戀愛，論及婚嫁，也懷了孕，打算戰後跟著丈夫去巴勒斯坦建國，沒想到未婚夫緊急被調去前線，就是諾曼第登陸，從此天人永隔，尤素娜自殺，悲劇收場。

這本書是以法文寫成的，但卻沒有在法國發行，英譯本在美國出版後成為暢銷書，但也有幾個州將其列為禁書。作者的經歷與主角尤素娜相似，也在戰爭末期懷孕，丈夫陣亡。她本人（似乎）並不是女同性戀，但此書在女同性戀書寫中已有其歷史地位，二〇〇五年紐約的女性主義出版社（Feminist Press）還推出新版，現有Kindle版。至於中文版譯者，倒是以一種同情的語調，說會發生（女同性戀）情節，是因為「在情緒上，她們沒有正常的『發洩』所致」，還說：

以我們中國道德水準來衡量，「女營韻事」也不是一本淫穢的書。所有記錄人類集體活動的文字中，這是一個來自鮮為人知的偏僻角落的報導。我們非常感謝「拾穗」編輯委員會審查通過，給予它與中文讀者見面的機會。

我猜，編輯委員會大概以為這是法國版的《女兵自傳》吧！何毓衡是海軍軍官，翻譯過《最長的一日》，另一位譯者薛真培則生平不詳。《拾穗》是高雄煉油廠出版的刊物，絕大多數的譯者都是隨國民黨來台的青年，常翻譯美國的暢銷書，也出版過多本與戰爭相關的著作。這本書雖然也與戰爭相關，但內容卻是勁爆的女同性戀，情事在一九五〇和六〇年代滿坑滿谷的戰爭相關譯作中顯得相當特別。不過英文版的封面大多為半裸的女兵，引人遐思；相較之下，中文版的封面顯得相當樸素。

好大的面子！皇帝來寫序——《紫禁城的黃昏》

譯書是一件很不容易的事（至低限度在我本人如此），我尤其討厭外國人寫的有關中國的書。

——秦仲龢一九六四年十二月在香港

這本《紫禁城的黃昏》（*Twilight in the Forbidden City*，1934）原本就是奇書：作者是清遜帝宣統的洋師傅 Sir Reginold Johnston（1874-1938，中文名字為莊士敦，但與香港的莊士敦道無關，那是另一個莊士敦 Alexander Johnston），書前還有宣統帝寫的御製序文，面子真大。譯者秦仲龢也很奇怪，一開始就先聲明：「我討厭外國人寫的有關中國的書」，又批評此書「第一章到第七章所記多為國人所知之事，平平無奇……現在譯者試從第八章開始翻譯」。也就是說，全書二十五章，譯者大筆一揮先砍掉七章再說。接下來，譯者又一路議論，不時批評作者莊士敦這裡寫錯，那裡不懂，簡直不知道是作者的書還是譯者的書了。此外，譯者還會加上與作者意思相反的小標。例如原著在“The Dragon Unfledged”一章中提及溥儀對英文書寫體的興趣："His proficiency in Chinese calligraphy, however, gave him an interest in penmanship, and he soon wrote English in a good formed hand..."

中文先加了個小標「遜帝『御筆』不敢恭維」，內文則先譯再駁：

遜帝精通書法，因此他對寫字極有興趣，他學習英文不久，已寫得一手很好的英文書法……（譯註：溥儀的英文字寫得如何，因為我不是英文書法家，未便評論，但莊士敦說他精於中國書法，寫得一手好字云云，簡直是笑掉人家的大牙。……我見他遺留在故宮的『御筆』作文稿本，字體極壞。……）

莊士敦原文並無小標，而且對皇帝御筆也甚為恭維；譯者先下了與原作意思相反的小標，又長文駁斥作者此說「簡直笑掉人家的大牙」，大膽程度也真是令人嘆為觀止。雖然原書附的御製序文書法甚好，但譯者也告訴我們那並非溥儀親筆，而

左圖為莊士敦與皇后婉容合照。右圖為《紫禁城的黃昏》於1965年香港出版的秦仲龢譯本。

是由原本就是書法名家的滿清遺老鄭孝胥代筆。

類似的駁斥處處可見。例如同一節中，莊士敦盛讚溥儀的知識和人品：

> **他不只對中國一切事情很有熱心去知道，就是世界大勢也很留心。他待人以寬恕，不念舊惡，對貧苦的人很有同情心，又樂於為善，並且也有幽默感。**（譯註：莊士敦這些話，未盡可信。……他的『皇帝脾氣』很壞，動不動就打太監，對中國與世界大勢，一無所知。）**他的師傅個個都是詩人，**（譯註：這是不大正確的，舊日的中國讀書人大都會哼兩句詩，尤其是科舉出身的人，他們必定要學做詩以便考試。但這些會做詩的讀書人，並不能說是詩人。……）**所以他從小受到影響，對詩的知識很是豐富，不久後，他也能做的很純熟了。**

對於莊士敦的無知，秦仲龢簡直要跳腳了，所以他不惜以六頁半的篇幅，舉了一大堆例子，說明溥儀和他的夫人們如何文辭不通，極為可笑。例如此首溥儀作的新詩：

> 燈閃著，風吹著，蟋蟀叫著，我坐在床上看書。月亮出了，風息了，我坐在椅上唱歌。

這也能叫作會作詩嗎？果真只能騙老外了。莊士敦不知是否自知被騙，但他對皇上一片忠心毫無疑問，也難怪皇帝在序言中大讚他「雄文高行，為中國儒者所不及」了。

李敖於一九八八年引進此書在台灣出版，序中說譯者「雖然議論之中，不無黨見；然查證引據，頗具功夫，令人佩服」。

秦仲龢本名高伯雨（1906-1992），廣東人，生於香港，熟悉掌故，為香港著名的文人。另譯有《英使謁見乾隆紀實》一書，雖然也發揮史家本色，加了許多註腳，但並沒有像此書這樣一路譏評作者。秦仲龢譯《紫禁城的黃昏》一書之時，溥儀自傳《我的前半生》（1960）已出版，因此譯者可參考的資源遠勝於作者莊士敦；加上莊士敦畢竟是老外，對於官場文化遠不如秦仲龢熟悉（他父親是舉人），只有一路挨打的份。譯者把作者貶成這樣，也是翻譯史上比較少見的例子。不過，對於外國人寫中國事，中文譯者很想說話的也還有幾位，像是伍蠡甫翻譯賽珍珠的《述福地》（*The Good Earth*，通常譯為《大地》）。可惜台灣沒有引進過伍蠡甫的譯本，不易見到。

七種譯本全成禁書——《畢業生》

一九七七年版的《查禁圖書目錄》和往年目錄不太一樣，大陸舊籍漸少，倒是增加不少政府覺得誨淫誨盜，有傷風化，或是怪力亂神的書。我發現一九七二年夏天，政府一舉查禁了七本同名的翻譯作品，就是《畢業生》。其中有些是台北市政府查禁的，有些是台灣省政府查禁的。這本書是電影小說，原作 *The Graduate* 是演員達斯汀・霍夫曼（Dustin Hoffman）的成名作，一九六七年曾獲得奧斯卡金像獎最佳導演獎。這部片是年輕男主角先與中年的羅賓斯太太上床，後來又愛上她女兒，因被認為有亂倫之嫌，當時在台灣被禁演，但片商在字幕上動手腳，把母女改為姊妹相稱，竟然就過關了，在字幕翻譯史上也是一宗趣談。

當時台灣還不受國際版權法約束，因此搶譯的情形很多。這本電影原著小說也是如此，才會出現七家出版社搶譯，七本全被查禁的事件，包括林白、黑馬、天人、新世紀、正文、群象、魯山等無一倖免。林白是在一九七一年九月出版，譯者陳維青，而且是中英對照。封面上大剌剌寫著：「因國情不同，畢業生在本地已遭禁映。」最後一句話尤其耐人尋味：「所以你能錯過這本書嗎？（尤其大學女生）」這是什麼意思？叫大學女生要小心自己的媽媽，不要隨便讓媽媽看到男朋友嗎？

以下特地摘錄一段精彩段落的兩種譯本，讓大家體會一下政府維護善良風俗的苦心：

一九七一年陳維青版本

「那麼，」她說：「我想，你顯然沒幹過。你根本不知道怎麼做這件事情。你緊張，害怕，你甚至不能……」

「哦，我的天，」班江明說。

「我是說，你不能人道……」

「不能人道？」

她點頭，然（sic）沉靜了一會兒。她皺眉望著自己的前胸，班江明看著她。「好吧，」她最後說，直起腰來，穿上一隻鞋子。「我想我還是……」

「坐在床上，」班江明說。他很快脫掉上衣，丟在地板上。他開始脫襯衫，走到床前，坐在她身邊，伸手幫她拿下幾個髮夾。魯賓森太太幌了幌頭（sic），頭髮撒在她的肩頭。

一九七二年陳雙鈞版本

「嗯，」她說：「我想你很顯然的沒幹過。你根本就不知道怎麼做這種事。你緊張、不知所措。你甚至不能……」

「哦，我的天呀！」班傑明說。

「我是說你大概不能人道……」

「不能人道？」

她點點頭，然後沉默了下來。班傑明望著她，她正皺眉望著眉頭（sic）。「嗯，」她最後說著直起身子，一隻腳伸到地板上。「我想我最好……」

「留在床上。」班傑明說。他急忙脫下外套，丟在地板上。然後他開始脫襯衫。他走到床舖，坐在她身邊，然後伸手到她的腦後，取下幾根髮夾。羅賓森太太幌幌頭，頭髮就垂到她的肩膀上。

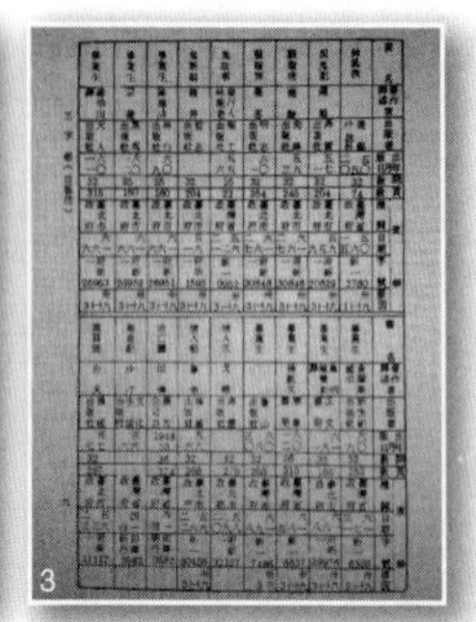

1. 1971年林白的陳維青譯本是最早出的一批。
2. 1972年6月陳雙鈞譯本，當年8月就被查禁。
3. 1977年版的查禁圖書目錄，可以看到1972年查禁了七本《畢業生》。

感覺上兩種版本都倉促成書，並沒有好好校對，留下一些「然（sic）沉靜了一會兒」或她正皺眉望著眉頭「（sic）」這種明顯不通的句子。好笑的是，正文用「陳雙鈞」這個名字出了多少翻印的舊譯都沒事，這回可能是自己人動手翻譯的（雖然似乎也有參考前譯痕跡），卻被查禁了。

愛是不作害羞的事？——〈愛的真諦〉與《聖經》翻譯

〈愛的真諦〉大概可以和〈平安夜〉等歌曲並列台灣人最熟悉的宗教歌曲之一。但因為歌詞從頭到尾都沒有提到「上帝」或「耶穌基督」等字眼，更為俗世化，不但歌手娃娃（金智娟）、林佳蓉和許淑娟等都唱過，還編入國小和國中的音樂課本中，流傳廣遠，也成為許多婚禮中演奏的歌曲。李安執導的《飲食男女》中，楊貴媚飾演的大女兒就是在卡拉OK唱了〈愛的真諦〉，可見台灣人有多麼熟悉這首歌。不過，或許有些人根本不知道這是宗教歌曲。

其實這不但是宗教歌曲，歌詞還是出自中文聖經經文，一個字都沒改。歌詞出自和合本《新約．哥倫多前書》十三章第四節到第八節。一九七三由台灣神學院畢業的作曲家簡銘耀譜曲。由於《新約．哥倫多前書》的作者是耶穌的使徒保羅，因此本曲作詞人就簡單署名「保羅」，看起來有點像路人甲。其實保羅一定沒想過兩千年後，自己寫下的希臘文句子會被翻譯成中文，再譜為歌曲，讓他多了一個中文歌曲作詞者的頭銜。不但這位保羅年代久遠，合和本年代也很久遠，《新約》首刷是一九〇六年，民國尚未建立，當初的書名叫作《官話和合本》。《聖經舊約》是以希伯來文寫成，《新約》則是以希臘語寫成，不過這個譯本還參考了英文的眾多譯本，尤其是英文《修訂標準版聖經》（*English Revised Standard Version*）。此和合本的譯者是英美來華的傳教士，如美國的狄考文（Calvin W. Mateer）和富善（Chauncey Goodrich），英國的鮑康寧（Frederick W. Baller）、文書田（George Owen）和鹿依士（Spencer Lewis）等，以及他們在中國找的中文助手。這些傳教士雖然可以說中文，但書寫還是要依賴中文助手，只可惜這些中文助手的姓名並不為後世所知。

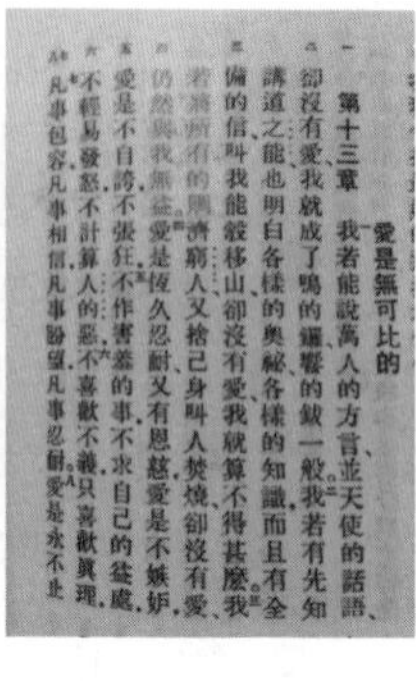
愛是無可比的
第十三章　一 我若能說萬人的方言、並天使的話語、
卻沒有愛、我就成了鳴的鑼、響的鈸一般。二 我若有先知
講道之能、也明白各樣的奧祕、各樣的知識、而且有全
備的信、叫我能夠移山、卻沒有愛、我就算不得甚麼。三 我
若將所有的賙濟窮人、又捨己身叫人焚燒、卻沒有愛、
仍然與我無益。四 愛是恆久忍耐、又有恩慈．愛是不嫉妒．
愛是不自誇、不張狂．五 不作害羞的事．不求自己的益處．
不輕易發怒．不計算人的惡．六 不喜歡不義．只喜歡真理．
七 凡事包容．凡事相信．凡事盼望．凡事忍耐。八 愛是永不止

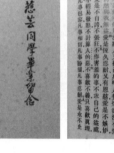

左圖為小學畢業時，學校創辦人送的聖經書名頁。右圖為和合本新約哥倫多前書十三章。

和合本譯文歷史超過百年，主譯又是外國傳教士，難免出現比較奇特難懂的句子，例如第五節「（愛是）不作害羞的事」到底是什麼意思？我小學讀教會學校，這句話總讓我們有無限旖旎遐想，以為就是那件（你知道）不能說的事，唱到這句就不免擠眉弄眼。婚禮上唱

這首歌更是不合邏輯，不能做那件事的話，要結婚做什麼？其實這句話根本沒有這麼限制級，《中文新譯本》譯作「不做失禮的事」，《現代中文譯本》更直接譯為「不做魯莽的事」，符合新國際英文版的“it is not rude”。只是和合本歷史悠久，基督徒多半從小熟讀背誦，許多詩歌又根據合和本譜曲，其他中文新譯本到目前為止都無法取代合和本的地位，大家也只好繼續在婚禮上高唱「不作害羞的事」下去了。

假作真時真亦假——華生的遺作《最後的難題》？

一九七五年台灣出版了兩本《最後的難題》。第一本由時報文化出版，作者題為華特生（Dr. John H. Watson），沒錯，就是大家很熟的那個約翰・華生醫師。可是華生不是虛構人物嗎？怎麼還會出書？譯者嚴孜還煞有其事介紹作者華特生的生平，包括生卒年、什麼時候去阿富汗、什麼時候結婚等等，完全當他是真人看待了。譯者說明這是某某人買下一棟英國的房子時，在閣樓裡發現的一包打字稿。沒想到，竟是華生一九三九年在養老院口述，由前屋主太太（該養老院護士）速記打字而成。華生死於一九四〇年，這份打字稿就放在該護士家中閣樓，從未發表，等到一九七一年她過世之後，買下房子的某某才發現打字稿，整理後於一九七三年出版。

不過，這一看就是小說寫法，華生既是虛構人物，他的手稿當然也是虛構的，這還用說嗎？怎麼還會把華生列為作者呢？

再看皇冠出的，好像比較有道理一點，至少他們有想到華生是虛構的，因此作者題為柯南・道爾，書背還附道爾小照一張。但柯南・道爾不是一九三〇年就過世了嗎？難道是柯南・道爾死前還預先創作了華生一九三九年的遺稿？

當然，這顯然是當代小說，作者既不是書裡爬出來的華生，也不是柯南・道爾，而是那位傳說中的手稿發現者，Nicholas Meyer（1945-），書名叫作 *The Seven-per-cent Solution*，是一九七三年的暢銷書。經典文學啟發的後續作品不少，像是一九九二年的《重返咆哮山莊》（*The Story of Heathcliff's Journey Back to Wuthering Heights*），就是以咆哮山莊作者艾蜜

1. 1975年時報出版，作者題為約翰・華特生（J. Watson）。
2. 1975年皇冠出版，作者題為柯南・道爾。
3. 1976年哲志版本，作者亦題為華生。
4 1976同作者另一本福爾摩斯續作，版權頁亦登錄華生為作者。

莉・勃朗特（Emily Brontë）的姐姐夏綠蒂・勃朗特（Charlotte Brontë）為敘事者，但也不會有人天真的以為作者就是夏綠蒂・勃朗特吧？可是一九七六年哲志出版社也出版了《最後的難題》，作者也一樣題為華生。

這三本台灣出版的《最後的難題》，兩本把敘事者華生直接列為作者，一本把華生的創造者柯南・道爾列為作者（不只是封面，而是正式的版權頁，包括圖書館的登錄資料），都天真到令人傻眼。這也是只有在不必跟作者買翻譯版權的時代，才會發生的誤解吧？難道版稅可以不必付給 Nicholas Meyer，而要付給華生的繼承人嗎？本來沒有的人物，要跟誰談版稅？還是說這些出版社是故意的，這樣就不必付版稅了呢？

附記：二〇一一年臉譜重出了這本書，書名《百分之七的溶液》，當然有談妥版權，付了版稅。

中皮洋骨的「神探狄仁傑」

因為電影《通天神探狄仁傑》的關係，一般人對狄仁傑並不陌生。但「大唐福爾摩斯」這個形象，其實不是中國人創造的，而是荷蘭人高羅佩（Robert Von Gulik，1910-1967）。高羅佩名聲太大，研究者眾，我就不在此贅述他的生平，只談談狄公案。

狄仁傑（630-700）是歷史人物。清朝時有人以狄仁傑為主角，寫了一本傳統公案小說《武則天四大奇案》，其實已經距史甚遠。高羅佩是荷蘭外交官員，一九四九年以英文翻譯了此書，書名 *Dee Goong An: An Ancient Chinese Detective Stories*，在東京出版。出書之後反應很好，高羅佩大感振奮，從此譯者變作者，以狄仁傑為主角，撰寫了一系列的 *Celebrated Cases of Judge Dee*，以西方熟悉的敘事方式說中國故事，並翻譯成多國文字，暢銷經年。據法國友人與波蘭友人聲稱，他們小時候都看過狄公案（法文版和波蘭文版），而且覺得很好看。

但這套書卻不易討好中國讀者。除了回譯成中文的技術困難之外，其實這套書裡的狄公

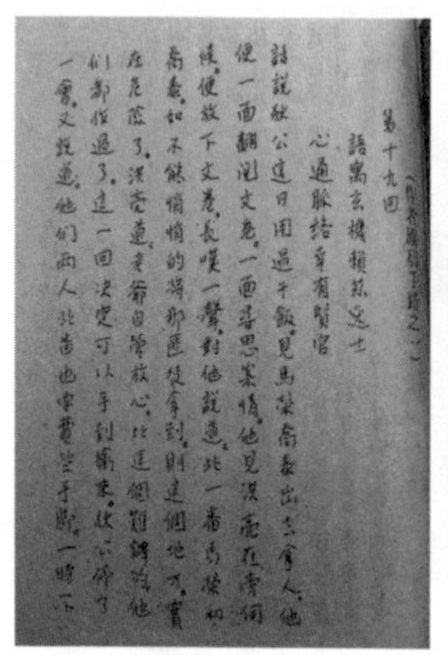
第十九回

左圖為《迷宮案》內文，是高羅佩於1953年唯一一本自譯的狄仁傑奇案。右圖為1989年使用陳來元譯本的富春出版社。（還署名「陳來源」而非「陳來元」。）

根本是中皮洋骨，西方思維，這才是譯者最棘手的部分。高羅佩本人翻譯了一本《迷宮案》，沒錯，從英文翻譯成中文，可見他中文之佳。但僅此一本。

到目前為止，兩次全套翻譯都是由大陸譯者執筆。第一次是陳來元和胡明的一九八〇年代譯本，第二次是台灣的臉譜出版社，找了一群大陸的教授執筆翻譯，二〇〇〇年出版。

陳來元（1942-），江蘇人，是中共的外交家，也是高羅佩的同行，中文底子極佳，譯文比臉譜版高明甚多。下面抄錄一小段文章作為比較，上面是上海大學外語學院教授黃祿善翻譯的《漆畫屏風奇案》，翻譯腔很重，連「某些具體情況」、「對此事作出特別處理」都出現了，相當誇張。對照之下，外交家陳來元的仿古功力顯然遠勝外文系教授黃祿善。

黃祿善版本

藤縣令蹙眉道：「凡事都有個王法。依本朝律令，未經正式驗屍，自盡不予登記。」他思索了一會兒，繼續道：「不過，你上午的陳述太簡單了，現在你不妨把事情細說一遍，說不定本縣能根據你所說的某些具體情況，對此事做出特別處理。這並非不無可能，我也已注意到此事的延誤對已故葛員外的買賣極為不利，因此願意在王法允許的範圍內，使此事盡快得到解決。」

「大人如此開恩，」冷清恭敬地說道，「小人實在感激不盡。這場悲劇發生在昨晚舉行酒宴的時候。該酒宴是臨時決定舉辦的。」

陳來元／胡明合譯版本

藤縣令皺了皺眉頭，答道：「人命關天，不可草率行事。刑法律令明文昭彰，屍身未被發現或未經官府驗核不能以自殺備案。冷虔，你須將柯興元之死的詳情從實細細向本堂稟來，倘其情理有可諒之處，細節無抵牾之疑，本官可便宜從權，替你做主，據聞呈報上峰，再俟定奪。」

冷虔聽罷，感激地說：「倘能如此，老爺山岳般恩德沒齒不忘了。話說老柯之慘死，容我再細細稟來。……」

真要挑剔，陳來元這段文字還是有點不妥，就是副詞用法「感激地說」畢竟還是太現代了一點，不像是高羅佩心目中的範本明朝話本。臉譜的狄公案譯者很多，功力有高有低，但副詞「地」、「的」濫用倒是有志一同，讓人看了直嘆氣。一九八九年，使用陳來元譯本的富春出版社繁體字版更奇怪，不但作者寫「羅伯特・梵・克利克」而沒有用他自取的中文名字「高羅佩」，譯者還署名「陳來源」而非「陳來元」，相當令人困惑。一九八九年剛剛解嚴，是否因為未取得陳來元授權，所以繼續沿襲戒嚴方式作法，竄改譯者名字出版？富春版本從頭到尾都沒有譯者介紹，內文略有更動幾個字，每一章還加了七字的章名，如「途中遇賊顯身手」、「蘭坊殘破怪事多」等。或許因為兩岸交通日多，這種作法風險太高，富春也僅出一本就沒有下文了，因此陳來元版本至今只有這本是繁體字版本。

左圖2001年由臉譜出版黃祿善翻譯的《漆畫屏風奇案》。
右圖為的1980年代陳來元和胡明譯本《四漆屏》。

不過，陳來元／胡明的譯本雖然比臉譜版流暢，沒什麼翻譯腔，卻是淨化版，會把原來限制級的段落譯成普遍級。在陳／胡翻譯的《湖濱奇案》中，將好幾段描述舞姿的段落濃縮成一小段，而且絕對沒有脫衣服：

> 杏花笑顏溶漾，如三春桃李，舞態自若，如風中柔條。漸漸額絲汗潤，蟬鬢微濕，凝脂裡透出紅霞來。……杏花如狂風急雨一般旋轉跳騰，似一團霓霞閃爍明滅，一簇仙葩搖曳舒發。忽聽得一聲中天鶴唳，音樂嘎然而止。杏花笑吟吟向眾人叩謝。

但在臉譜版的季振東／康美君譯本，卻有一段女主角跳脫衣舞的描述：

> 她雙目低垂，可她擺動的柔軟如水的肢體卻艷麗逼人，激情迸發，像一團熊熊燃燒的火焰。驟然間，她那白綢衣衫從肩頭滑落，**露出了豐滿圓潤的乳峰**。……一聲震耳的鑼鳴，管弦絲竹猛然中斷，舞姬的飛旋也嘎然而止；足間豎立，兩臂高舉，活脫脫像一尊美輪美奐的玉雕仙女，唯見她那**酥胸**仍在波動起伏。

對照原文，確有其事：

Her impressive, slightly haughty face with the downcast eyes stressed by contrast the voluptuous writhing of her lithe body that appeared to personify the flame of burning passion. The robe fell away, exposing her perfectly rounded **naked breasts**....Suddenly there was a deafening clash of the gong and the music ceased abruptly. The dancer stood still, high on her toes, her arms rasied above her head, still as a stone statue. One only see the heaving of her **naked breasts**.（pp.31-32）

我對中國古代是否有這種脫衣舞並沒有研究，只是就這段看來，臉譜版本的譯者相當忠實，還會把石像譯成更有美感的玉雕；而陳／胡譯本或許覺得在官爺面前跳脫衣舞不倫不類，或因譯本出版時間較早（1982），不敢譯出脫衣細節，總之他們重寫了這段，成了老少咸宜的淨化版。

話說回來，在高羅佩的世界裡，女生也太常脫光衣服了吧。

左圖為 *Celebrated Cases of Judge Dee* 外文版封面。右圖為高羅佩親自為狄公案畫了許多有裸女的插圖。

如前所述，翻譯這套書最大的難處還不是仿古技術，而是狄公根本是個外國人想像中的中國人。高羅佩本人是中國通，太太出身中國書香世家，自然不能說他不瞭解中國；但他也發揮荷蘭人的民族精神，蒐羅了很多明朝春宮圖，並親自為他的狄公案畫了許多有裸女的插圖，這就不太像中國人會寫的公案小說了。如《四漆屏》中有一幅插畫，縣官下午見到妻子在房中裸睡，並不以為意，之後才發現自己好像殺了妻子（旁邊也沒看到衣物）。原來古中國這麼有趣，不但有脫衣舞表演，太太在家也都不太穿衣服的。還有最後一張圖，敘述狄公破案後清晨回家，三個太太剛起床梳洗，全都光溜溜梳頭，一家子閒話家常。狄公這三個太太，一個懂詩書，一個善烹調，一個會武功，四個人還可以湊一桌麻將，完全是西方人想像中的中國美好家庭啊！

跋

這本書一開始的出發點是因為我痛恨抄襲。譯者孜孜矻矻筆耕許久，光環常為作者掩蓋，譯者雖有淡淡的無奈，一般並不會和作者計較。但如果自己的心血被換上別人的名字，隨便改幾個不重要的字眼，就大剌剌地宣稱是新譯，再有修養的譯者也會怒氣勃發吧。文學翻譯是寫作的一種，雖然根據一樣的原文，每個人的文筆、風格、句構還是不可能一樣，只要上過翻譯課的人都知道。身為譯者，我也有譯作疑似被人拿去修改重出的經驗，我還記得當時站在書店，捧著那本譯者名字不是我，但明明看得出是我翻譯的書，氣到臉頰發燙的感覺。當了翻譯老師，我也破獲過幾次作業抄襲的案子，有一次還是三人連環抄：原來是女朋友把作業借給男朋友抄，男朋友講義氣，又給自己的朋友抄，三人通通被我叫到辦公室釐清案情。又有一次是學生抄襲市面上已出版的譯作，我一看譯得太好，不像出於生手，立刻追查。換幾個連接詞的小把戲，怎麼瞞得過翻譯偵探？被我抓到的無一不是當場認罪。

我因為痛恨抄襲，看到「譯者不詳」、「本社編輯部」，或明明有譯者名字，譯文卻和別人一模一樣的，就會很想知道真正的譯者是誰。二十多年前還在讀翻譯研究所的時候，曾經為了做《紅樓夢》的英譯報告，到圖書館裡去借了書，卻發現其中一本的版權頁被撕掉，連譯者名字都找不到。那時解嚴未久，兩岸來往還很稀奇，又沒有孤狗可用，只能在上課時痛罵撕書者無道德。不想老師淡淡說了句，是他撕的。原來老師是美國人，戒嚴期間從海外帶來大陸譯者楊憲益夫婦的譯作，只能把版權頁撕掉，以免被海關沒收。當時還有點懵懂，但也開始明白譯者不詳的背後，可能還有龐大的政治陰影。

只是當年碩士研究生的資源有限，我們的偵探大業並沒有進一步的發展，案子破了也只寫在論文裡，沒有人知道。我真正決心要好好為譯者正名，還是開始教書以後的事情。契機就是商務印書館出清水漬書的時候，我買了一套伍光建的《孤女飄零記》（《簡愛》）。一看之下，大為吃驚：這書翻得多好看，比市面上一堆《簡愛》都好看得多，怎麼沒聽過？我把這部《孤女飄零記》從頭到尾唸給當時讀小學的女兒聽，唸了好幾天，她一聽完當天就要求我再從頭唸一遍，可見這本譯的有多好。於是我追查了《簡愛》的譯本史，赫然發現其他眾多版本還真是萬變不離其宗，全是抄李霽野的。李霽野還當過台大外文系的老師呢，但後來溜回大陸去了，在這邊自然就黑掉了，所有作品皆成禁書，包括《簡愛》也有「為匪宣傳」的嫌疑，所以眾多譯本都不署名或編一個假名字應付。這明明是戒嚴時期留下的問題，但圖書館的書目都沒有更正，甚至解嚴後出版的一些書目、書目研究也一直錯下去，甚至不少碩士論文，只要涉及經典文學翻譯的，幾乎譯本資訊都有或多或少的錯誤。我雖然比較喜歡伍光建的譯本，但也不能漠視李霽野的名字被塗掉。

我開始覺得，身為譯者與翻譯研究者，為前輩譯者恢復名譽責無旁貸，也可說是轉型正義的一環。解嚴至今也近三十年了，翻譯書目仍有那麼多的假資訊、假名、假出版年，實為台灣翻譯學界的責任。所以我申請了研究計畫，開始逐步清查舊帳，至今連續做了六年的譯本評述，把英、美、法、德、俄國的重要小說都整理了譯本譜系。這份評述書目雖然說不上完整（西班牙、義大利、波蘭、希臘、日本等語言未收），但因為逐本清查是否抄襲及追查抄襲源頭為何，也算是有一定的貢獻。

「翻譯偵探事務所」部落格則有點像是學術研究的副產品：這幾年為了追查真實譯者的身份，在兩岸三地的圖書館和舊書店翻閱過上千本早期譯本，但很多有趣的發現沒辦法用在學術論文上，所以就想試試看用部落格紀錄下來。在教書、翻譯、研究計劃、寫論文、開會、評鑑、審查之餘，偶爾找個空檔，把所思所得寫下來，還有人看，其實是蠻療癒的一件事。寫學術論文像演講，每一句話都要有憑有據，分析要深入，架構要完整，論證要清楚。相較之下，寫部落格或臉書文章有點像跟朋友聊天，買到一本沒聽過的譯本，找找資料，知道一些有意思的事情，自己留下紀錄，也分享給愛書的同好。三年多來，我從這樣的書寫中收穫很多，網友的回應大都是溫暖鼓勵的，有時也有內行的朋友提供更多的資訊。追查譯者身份漸漸告一段落，我也開始注意台灣早期的譯本，如戰後流亡譯者的作品、反共作品、從日文轉譯的兒童文學，以及日治時期的譯本等。看著一篇篇的部落格文章，也是我自己學術研究的軌跡。

這一路走來，要感謝不少貴人。第一位當然是撕書的康士林（Nicolas Koss）教授。他戒嚴期間就來台灣教書，顯然比我們更了解台灣的黑歷史，所以我們幾位同學在他的鼓勵下，紛紛做起偵探，分頭追查起台灣翻譯史上的黑暗過往。我追查的是美國詩，一回追查惠特曼的《草葉集》，發現有一串譯本一個抄過一個，明知都是同一個譯本，卻苦於找不到真正源頭。還好透過康老師介紹，得知吳潛誠老師藏有大陸譯者楚圖南的版本，雖然素昧平生，吳老師還是慷慨借書給我，讓我得以順利破案。還有從我剛提出研究構想，就一路鼓勵我的單德興老師；這些年陪我一起破案的助理們：思婷、孟儒、虹均、孝耘、簡捷、慈安、冠吟、思穎；不少修課或寫論文的學生，都幫忙釐清過某本著作或某作家的翻譯史；幫我借過書的各地好友，包括

國家圖書館出版品預行編目（CIP）資料

翻譯偵探事務所：偽譯解密！台灣戒嚴時期翻譯怪象大公開 / 賴慈芸著 . -- 初版 . -- 臺北市 : 蔚藍文化 , 2017.01

面； 公分

ISBN 978-986-92050-6-1（平裝）

1. 翻譯 2. 臺灣文學史

811.7 105010223

翻譯偵探事務所
偽譯解密！台灣戒嚴時期翻譯怪象大公開

作　　者／賴慈芸
社　　長／林宜澐
總 編 輯／廖志墭
編輯協力／潘翰德、楊先妤、何昱泓
書籍設計／小山絵
內文排版／藍天圖物宣字社
書影攝影／郭倍宏（18頁—29頁，作者收藏翻攝。書中其餘書影為作者研究期間翻攝紀錄。）
行銷協力／薛慕樺、櫞椛文庫 林廷璋

出　　版／蔚藍文化出版股份有限公司
地址：10667臺北市大安區復興南路二段237號13樓
電話：02-7710-7864
傳真：02-7710-7868
臉書：https://www.facebook.com/AZUREPUBLISH/
讀者服務信箱：azurebks@gmail.com

總 經 銷／大和書報圖書股份有限公司
地址：24890新北市新莊市五工五路2號
電話：02-8990-2588

法律顧問／眾律國際法律事務所　著作權律師／范國華律師
電話：02-2759-5585
網站：www.zoomlaw.net

印　　刷／世和印製企業有限公司
定　　價／台幣420元
I S B N／978-986-92050-6-1

初版一刷／2017年1月
初版二刷／2017年2月
二版一刷／2017年12月
二版二刷／2020年8月